11文字の檻

青崎有吾

『体育館の殺人』の衝撃のデビューから10年。“平成のエラリー・クイーン”と称された青崎有吾は、短編の書き手としても高い評価を獲得し、作品の幅を広げ続けている。JR福知山線脱線事故を題材にした人間ドラマ「加速してゆく」、全面ガラス張りの屋敷で起きた不可能殺人の顚末「噤ヶ森《つぐみがもり》の硝子《ガラス》屋敷」、観測不能な最強の姉妹を追う女たちの旅路「恋澤姉妹」、奇妙な刑務所に囚われた男たちの知力を尽くした挑戦を描く力作書き下ろし「11文字の檻」に、人気コミックのトリビュート作やショートショートまで、10年の昇華である全8編を収録。

11文字の檻

青崎有吾短編集成

青　崎　有　吾

創元推理文庫

PRISONER OF WRITING

by

Yugo Aosaki

2022

目次

11文字の檻

青崎有吾短編集成

まえがき

洗練された短編集を求めているなら、この本はおすすめしない。

本書は、二〇一七年から二二年にかけてさまざまな場所で発表された短編・掌編・ショートショートをまとめ、書き下ろしを一本つけ足した、屋根裏部屋のような代物である。

収録作には、アンソロジーのテーマに沿って書いたもの、漫画作品のトリビュート作、イラストレーターさんとの合作で生まれたものなども含まれている。執筆の背景を知っていたほうが楽しめるお話もあると考えたため、巻末に簡単な各話解説をつけた。一作ごとにあわせて読んでいただければ幸いである。特に「前髪は空を向いている」は背景がかなり独特なので、先に解説に目を通したほうがよいかもしれない。

さてと。窓は開けた。あとは、箒《ほうき》で掃いたり、ものを動かしたり、途方に暮れたりするだけだ。

著者

加速してゆく

兵庫県〜大阪府路線図（平成 17 年当時）

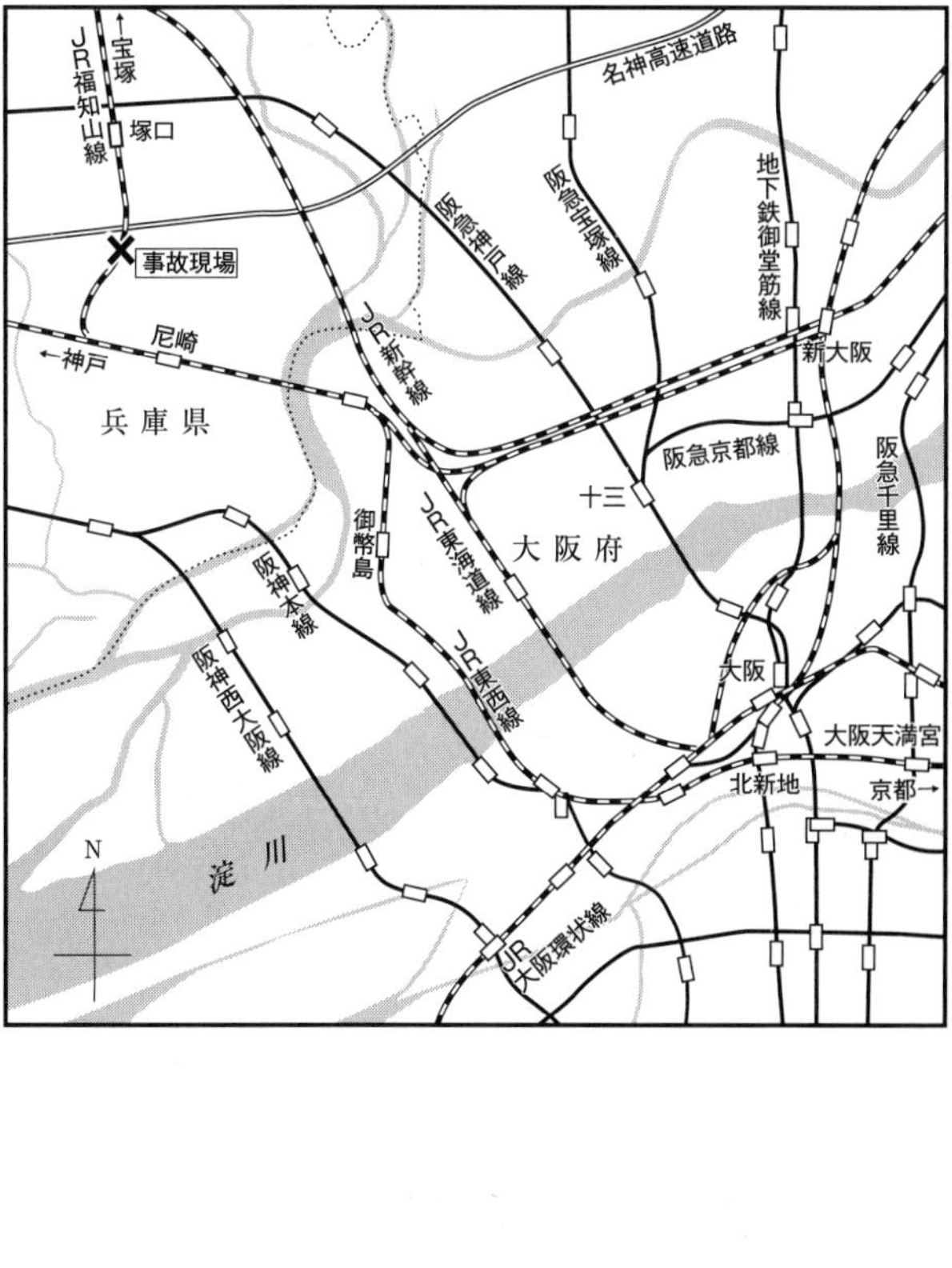

“We have developed speed, but we have shut ourselves in.”

——*The Great Dictator*

1

電車、来《け》えへんな。

そう思った矢先だった。早口な鼻声で、ホーム全体にアナウンスが入った。

『えー、本日もJR尼崎《あまがさき》駅をご利用いただきありがとうございます。えー、福知山《ふくちやま》線ご利用のお客様にご案内いたします。六番線に到着予定の快速同志社前《どうししゃまえ》行きですが、先ほど塚口《つかぐち》・尼崎間の踏切内において、えー、事故が発生したとの連絡が入りました。そのため福知山線は、ただいま全線で運転を見合わせております。お客様にはご迷惑を――』

六番線で電車を待っていた植戸《うえと》昭之《あきゆき》は、文庫本から顔を上げた。時計を見ると九時二十五分だった。上りの快速は、いつもなら二十分には到着しているはず。すでに五分の遅れである。

焦りやいらだちよりも、またか、という気持ちが強かった。

JR福知山線は全長約一〇〇キロ、駅数三〇。ここ、兵庫の尼崎駅から京都の福知山駅までを一本に結んでいる。市民の間では正式名称よりも「JR宝塚《たからづか》線」の愛称で呼ばれることが多い。もともとは本数の少ないローカル線だったが、八年前にJR東西線が開通したことで、尼崎から大阪の各路線への直通が実現。現在はＪＲ西日本の動脈の一本となっている。利便性と利用者が増した分、遅延も増えた。

　だが、踏切事故とは珍しい。しかも、自分が待っていた快速が事故るとは。車との接触か、飛び込みか。大きな事故ならうちの紙面にも載るかもしれんな。

　植戸の勤め先は、二駅先の御幣島《みてじま》にある畿内《きない》新聞社である。京都・大阪・兵庫を中心に展開する地方紙で、小規模ながら写真部があり、植戸の名刺には〈カメラマン〉という肩書きが、電話番号よりも小さな字で控えめに添えてある。仕事柄毎日の出勤時間はまちまちで、多少遅れても咎《とが》められることはない。遅延に対する余裕はそのせいでもあった。

　ラッシュアワーを過ぎたホームを見回す。植戸は十二両分あるホームの七号車の乗車位置に立っていて、そこからだと右側、大阪方面のホームのほうが長い。ヘッドホンをつけた学生。惣菜《そうざい》パンをかじる老人。『冬ソナ』の話に興じる主婦たち。アナウンスを聞いて早々にホームを去った者もいるが、多くは何事もなかったように並び続けている。皆わきまえたもので、あえて遅延を無視するような雰囲気すら見て取れた。

　続いて神戸《こうべ》方面、電車が来るはずの方向をうかがう。快速電車が現れる気配は当然ながらなかった。そもそもホームの端には物置のような白い小屋が建っていて、線路の様子がよく見えない。〈乗務員乗継詰所〉と書かれた小屋なのだが、植戸はそこに乗務員が詰めているところを見たことがない。

今日も詰所は無人らしく、ホームの中でそこだけが廃墟《はいきょ》のような侘《わび》しさをまとっている。詰所の前にはひとりだけ、学ランを着た少年が立っていた。少年はアナウンスに戸惑うように首をきょろきょろ動かしていて、植戸と視線が合った。

遅延やて。まいったなあ。そんな苦笑を返し、植戸は読み途中の『1リットルの涙』に目を戻す。

四ページほど読み進めたとき、ポケットの中が震えた。買い換えたばかりのドコモの携帯を開く。宮垣《みやがき》という若い記者からの電話だった。今日の遅めの出勤は、昨日この男と飲み歩いていたせいである。

「もしもし」

『植さん？』宮垣の声は息切れしていた。『いまどこですか』

「尼崎のホームやけど」

『ああよかった。カメラありますか』

「カメラ？　持っとるよ」

『あの、さっき宝塚線で事故が』

「聞いた。踏切やろ。でかいんか？」

『踏切ちゃう！』叱咤《しった》するように声が大きくなった。『脱線です。マンションに突っ込みました』

「脱線？」

植戸は思わず聞き返した。その先も理解が追いつかず、「マン、え?」と言葉を詰まらせる。電話の向こうから、サイレンと誰かの叫ぶ声が聞こえた。

『俺、いま現場です。ちょっとえらいことなってて。植さんも向かってもらえますか。踏切の手前のマンションです』

「わ……わかった。すぐ行く」

通話を切った。ふと視線を感じ振り向くと、先ほどの高校生がそばにいて、いぶかしげにこちらを見ていた。逃げるように階段へ向かう。同時にアナウンスが入る。

『お客様にご案内いたします。えー、運転見合わせ中の福知山線ですが、先ほど踏切内の事故とご案内しましたが、ただいま状況の把握を――』

声に押されるように、足が速まった。

階段を駆け上がり、定期券で改札を抜ける。習慣で南口に向かいそうになり、慌てて引き返した。福知山線が延びているのは北口側だ。駅を出て、ロータリーに並んだタクシーの一台に乗り込む。

「どちらまで?」

言われて初めて、現場の場所がわからないことに気づいた。植戸は尼崎に住んで十二年目だが、福知山線沿いは詳しくない。

「ええと……塚口までの間にあるマンション、わかります? 踏切のそばの」

「マンション? ああ『エフュージョン尼崎』。市場の向こうの。線路の横に建っとるやつ」

線路の、横。

「そこです。たぶん」

「エフュージョンて、なんやろね。最近はどこもおかしな名前つけるねえ」

運転手の笑い声とともにタクシーが出発した。

再開発が進む駅前には、工事現場と高層マンションが混在している。空はよく晴れており、並木道を一組の親子が歩いていた。のどかな景色を眺めるにつれ、植戸の中に疑念が生じた。脱線事故——宮垣は大慌てだったが、本当だろうか。電車がマンションに突っ込むなんて国内では聞いたことがない。あいつ、まだ酒が残ってるんちゃうか？

駅から離れると、鉄工所や整備工場といった町工場が増えてくる。「ほら、あれ」と運転手が顎《あご》をしゃくった。工場の屋根越しにマンションの上部が見えた。

九階建てくらいだろうか。白い手すりのベランダが断層のように重なっていて、建物の角だけがレンガ色に塗られている。まだ新しく、頑丈そうに見えた。崩れてもいなければ煙が上がってもいない。なんだ、やっぱりたいしたことないやん——植戸は胸をなで下ろす。タクシーは十字路を左折する。

直後、サイレンを鳴らす救急車とすれ違った。

それを皮切りに、いくつもの緊急車両が目に飛び込んできた。二台の消防車が、慌てて乗り捨てたように道の真ん中に停まっている。その奥にはパトカーとドクターカーが数台。ミニバンベースの指揮隊車に大型の救助工作車、脚立を何本も積んだ軽トラ、そして人だかり。タクシーがスピードを落とした。バックミラーには、きょとんとした運転手の顔が映っていた。

「あの、ここでええです」

千円札を押しつけ、降車する。

もともと工場が多いからか、事故で何か漏れたのか、外にはオイルのにおいが漂っていた。人だかりは野次馬ではなく、ヘルメットをかぶった救急服や救助服の男たちだった。これほど多くの隊員を見たのは十年前の震災以来だ。指示。うめき。怒号。飛び交ういくつもの声。男たちの足の間からは、怪我の手当てを受ける人々が見えた。額を両ひざにつけ、道の端にうずくまっている女性がいた。頭から血を流しながら、携帯で何かをまくしたてているサラリーマンがいた。敷地の奥にも救助隊員のまとまりが確認でき、そちらのほうへ消防ホースが一本伸びている。どうやら事故は、マンションの反対側で起きたらしい。

だが、マンション自体にさえぎられて肝心の線路がよく見えない。線路はマンションの西側に沿うように走っていて、植戸がタクシーを降りたのは南東側だった。道路の先に、遮断機の開いた踏切がかろうじて見えた。邪魔にならぬよう塀沿いを駆け、そちらへ回る。

え、と声が出た。

踏切の一〇〇メートルほど先。マンションが落とした影の中に、青いラインの入った三匹の怪物が横たわっていた。乗り慣れた電車の車両だとは思えなかった。窓が割れ、車体がひしゃげ、はがれた外板がぶら下がり、それは見知らぬ金属の塊と化していた。

左側の一両は上り線のレールを斜めに外れ、下り線のレールをまたぎ、フェンスを突き破って道路にまではみ出している。真ん中の一両もレールを外れており、左右の車両に挟まれて、少し浮き上がるような形で止まっていた。二両とも損傷が目立ったが、最もひどいのは右端の三両目だった。

三両目は箱としての原形を留《とど》めていなかった。どれほどの勢いで衝突したのか、マンションの角に押しつけられる形で、飲み終えたアルミ缶のように全体がつぶれてしまっている。車体の側面は紙のように破れていて——いや、違う。側面ではなく天井だ。車両は横転している——その穴や車体の上を、救助隊員たちが行き来していた。

「植さん！」

踏切の向こうから若い男が走ってきた。宮垣だ。ジャケットもネクタイも脱いで、シャツの袖《そで》をまくっている。腹は赤く汚れていた。

「おい、それ」

「ああ、ちゃいます。ほかの人の血です。さっきまで救助に交ざってたんで。レスキュー隊来たんで、いまは大丈夫やと思います」

「そ、そうか」

線路西側の道路にはブルーシートが敷かれ、救助された人々がぐったりと横たわっている。道の向こうの駐車場には近隣の住人や工員と思《おぼ》しき人々が集まり、ざわめきながらそれを見守っている。

「電車ん中、まだ人は」

「何人も残ってます。一号車と二号車が特にひどくて」

「……まずいな」

「ええ」

「原因は」

「まだなんとも。目撃者によると、かなりスピードが出てたみたいですが……」

けたたましい音が空気を裂いた。大手の新聞社だろう、上空にヘリの姿があった。

「救助の声が聞こえねえだろ！」

焦燥をぶつけるように宮垣が叫んだ。

宮垣は同志社卒、今年四年目の若手記者だ。ネタのためならルールは二の次というすり切れたタイプで、いい意味でも悪い意味でも優秀な記者になるだろうと目されていた。その若者がシャツに血をつけ、ヘリに向かって叫んでいる。

現場の惨状よりも、むしろその姿が、植戸にことの重大さを認識させた。白昼夢めいた周囲の光景が、実態を持って肌に染み込むのを感じた。

「写真がいるな」バッグからケースを取り出す。「おまえ、カメラは」

「デジカメなら。うちの取材班もすぐ来ます。地上はこっちで押さえるんで、植さんは俯瞰《ふかん》図をお願いします」

「俯瞰て？」

「いつも撮ってるやつですよ。畿内《うち》はヘリなんて飛ばせへん、植さんが頼りです」

冗談めかした言葉だが、後輩の顔は真剣だった。それじゃ、と言い捨て、宮垣は駐車場のほうへ走っていく。

植戸は脱線車両に目を戻し、ふと胸騒ぎを覚えた。三つの車両は連結器が外れ、バラバラに散らばっているように見えた。一号車と二号車が特にひどくて――

「なあ」宮垣を呼び止めた。「一号車ってどれや」

「こっちからは見えません」

「見えんって、なんで」

「一階の駐車場に潜り込んでるんです！　中がどうなってるか、見当もつかん」

ぐらりと、足元が揺れた気がした。


植戸には写真の才能がない。

若いころは森山大道《もりやまだいどう》や荒木経惟《あらきのぶよし》のようなフォトグラファー志望だった。スタジオで働きながら独立を目指していた時期もあったが、食っていけず、知り合いのつてで畿内新聞に転がり込んだ。

それから十五年経ったいまでも、写真の腕が上がったとは思っていない。ただ、地方紙の地味な仕事をこなしていくうちに、ひとつだけ得意分野といえるようなものができた。

高い場所からの撮影。

高校総体の体育館で。ニューオープンしたショッピングモールで。球団のパレードや市民デモで。高所からその場の全体像をつかむようなワンショットを撮るのがうまかった。より正確にいえば、撮るのに最適な場所を見つけるのがうまかった。

どの建物のどの階からどの方角を見下ろせば、どんな画が見えるか。高さを計算し、景色を想像し、誰よりも早く動くことができる。ヘリ代わりとは言い過ぎだが、宮垣がわざわざ自分を呼び出したのはそんな長所を買ったからだろう。

日陰に立っているのに、現場はひどく暑く感じた。植戸は額を拭《ぬぐ》ってから、周囲にさっと目を走らせた。

地形は平坦《へいたん》だ。自動車の修理工場、建材の製作所、化学メーカーの倉庫。現場のマンション以外、高い建物はほとんど見当たらない。駐車場の先にもうひとつ、八階建てのマンションが建っているが、部外者は簡単に入れそうにない。入れたとしても各部屋のベランダがこちらを向いているので、廊下から現場を俯瞰することはできないだろう。その向こうには中学校も見えるが、やや遠すぎる。とすると――

ある建物が目に留まった。

バッグを肩にかけ直し、走りだす。タクシーを降りた地点まで戻り、町工場が並ぶ細い道に入った。二分とかからず目的地に着いた。

そこはどうやら研磨工場のようだった。薄緑に塗られたトタン壁が、灰色ばかりの通りの中で少しだけ目立っていた。あちこちに窓がある四～五階建て相当の建屋で、角に外階段がついている。階段の頂点はそばの電柱よりも高く、マンションの側を向いていた。休憩中なのか、事故の様子を見に行ったのか、工場に人はいなかった。

わずかな逡巡《しゅんじゅん》のあと、植戸は階段に足をかけた。金属質な足音が響く。踊り場を回るたび、枯れかけのプランターや空の一斗缶が視界をよぎった。頂点まで来ると、手すりから身を乗り出すようにしてマンションのほうを見た。

切れていた息が、止まった。

階段からは予想どおり、線路とマンションの北側を俯瞰することができた。だがその場所からでも、見えた車両は六両だけだった。快速は七両編成だったはず。一両足りない。

宮垣の情報は本当だった。先頭車両はマンション一階に、完全に潜り込んでいるようだった。

地上から見えた三つの車両も、間近で受けた印象以上に大きく線路を外れている。どうやらマンションの角にぶつかったのが二号車、挟まれていたのが三号車で、一番手前にせり出していたのは四号車だったようだ。その後ろに、かろうじてレールに留まったという感じで、五～七号車が尾を引いている。窓が割れ、ドアもすべて開いていたが、五号車以降の損傷は少ないように見えた。

二号車の損傷は、想像より何倍もひどい。車体全体がつぶれるだけでなく、中央から大きくへし折れ、一両目が突っ込んだ穴に蓋《ふた》をするようにマンション一階をふさいでいた。車両の端には伸ばされた脚立が二本かけられており、救助隊員たちが車体に上っている。オレンジ、グレー、濃い青、くすんだ水色。男たちの制服は何色も入り乱れていて、白いヘルメットだけが共通していた。マンションの角には消防車が一台停まっている。その前には車両と接触したらしき車と、折れた架線柱が一本見える。屋外の駐車場には車両から外した青い座席シートが並んでおり、担架代わりに使われたり、負傷者たちが寝かされたりしていた。少し離れた場所の山は、乗客のバッグや靴をまとめたもののようだった。

マンションは、二階から上にはほとんど損傷がなかった。ベランダから顔を出し事故を眺めている者さえいる。その差異が余計に、植戸に恐怖を抱かせた。一階は中も駐車場だと宮垣は言っていた。住人はいなかったのだろうか。それでも、車両には数百人が乗っていたはずだ。死者数は十や二十では済まないのではないか。

マンションから線路へと注意を移す。高い位置から眺めると、線路はカーブを描いていた。大きく右側に反るような、かなり急なカーブだった。植戸には直感的に、事故の原因がわかった気がした。

曲がりきれずに倒れたんや。それで、カーブの外にあったマンションに――

背後から足音が聞こえた。

社員が自分を見つけ、注意するために階段を上ってきたのだと思った。だが振り向いたところで「あれ？」と声が出た。

立っていたのは、学ラン姿の少年だった。

「君、たしか……」

尼崎駅のホームにいた高校生だ。なぜここに？　少年は軽く頭を下げ、植戸の横に並んだ。そして一言も発さぬまま、事故現場に視線を注ぐ。

目をしばたたくことしかできなかった。

植戸は尼崎駅からタクシーに乗り、ほぼ最短で現場まで来た。彼がこうして現れたということは、自分を追ってきたとしか考えられない。だが、どうやって。

尼崎駅での行動を思い返してみる。植戸は電話で「カメラ？　持っとるよ」「脱線？」「すぐ行く」などと話した。はたで聞いていただけでも、電話をしている男は報道関係者で、起きたのは脱線事故で、これから現場に向かうところだ、という程度は察しがついたかもしれない。植戸を追って改札を抜け、タクシーに乗り、「前の車についていってくれ」と言えば、現場に辿《たど》り着くことはできる。そういえば自分は出口を間違えそうになったり、行先の説明に戸惑ったりと、少しタイムロスもあった。

タクシーを降りたあとも、宮垣とのやり取りを聞いて「この人はこれから現場を俯瞰できるような場所に向かう」と推測したのだろうか。そうやって自分を追い続けてここまで来た？

事故の様子を確認するために？

ブン屋も顔負けの野次馬根性だ。だがそれ以上に――

賢い子やな、と思った。

驚きつつも少年を見つめる。間近で見ると、かなり端整な顔立ちだった。十六か十七、自分の娘と同い年くらいか。学ランは紺色の生地に黒ボタンで、第一ボタンが開けられている。肩にはスクールバッグの他にＹＯＮＥＸのラケットバッグ。少年は錆《さ》びついた柵《さく》を両手で握り、アーモンド形の目をぐっと開いて、救助の様子を凝視していた。その姿は苦悩する大人のようにも、テレビを眺める子どものようにも見えた。

何者なのか気にはなるが、ともかく自分を邪魔するつもりはないらしい。植戸はケースからカメラを取り出し、望遠レンズをはめた。事故現場に焦点を合わせると、シャッターを切り始めた。

現場は刻一刻と変わっていく。三号車の端にも脚立がかけられ、救助隊員がそこを上る。西側の道路ではオレンジ色の医療用エアーテントが膨らんだ。そうしたすべてを書き記すように、一枚ずつ写真に収める。

階段の頂点は幅が狭いため、カメラの角度を調整するたびに少年と肘が触れた。無人の工場の階段で、知らない少年と二人きりで、凄惨《せいさん》な事故を眺めている。なんとも奇妙な時間だった。

「人が」

少年が、口を開いた。

「人が死んでく」

「違う」反射的に植戸は応えた。「助けられてるんや。レスキュー隊や救急隊に。みんな助かる」

少年は、植戸の存在を思い出したかのようにこちらを向いた。黒い髪が風になびいた。

「写真、たくさん撮るんですね」

「仕事やからな」

「こんな事故を撮るの、いやじゃありませんか」

「気持ちのええもんではないな。そういう仕事もたまにはある」

ファインダーに目を戻し、撮影を続ける。その間も少年の視線を感じた。嫌悪をまとった、咎めるような視線だった。

「君は、写真は嫌いか」

「嫌いです。大嫌い」

「なんで」

「残酷だから」

シャッターを押す指が止まる。

何百人もの命に関わる大事故が起きた。その現場をわざわざ離れ、物見遊山《ものみゆさん》のようなこの場所から、好き勝手に写真を撮っている。紙面を飾るインパクトを求めて。けれど死体や血など、生々しすぎるものは避けながら。確かにそれは残酷な行為だ。残酷で、醜悪だ。

「でも、こんなに大きな事故や。誰かが伝えなあかん」

「どうして」

「どうしてって……みんな知りたがるやろ、事故のことを。君だって知りたいからここに来たんちゃうか」

少年は、追及を避けるように顔を背けた。

「わた」

「ん？」

「いえ……知りたかったとか、そんなんじゃないです。ぼくはただ……見届けなきゃいけないと思って」

「……そうか」

「知りたい」と「見届けたい」の間にどんな違いがあるのか、植戸にはわからなかった。わからなかったが、二人の会話はそこで途切れた。事故現場に意識を戻す。緊急車両が新たに増えていた。医療チームだろうか、赤十字のゼッケンをつけた十人ほどの男女が降りてくる。頭上をヘリが横切り、中学校のほうへ降下していく。ブルーシートに寝かされていた負傷者たちが、エアーテントに運び込まれる。

「大丈夫や。大丈夫。みんな助かる」

自分に言い聞かせるようにつぶやき、植戸はシャッターを切り続けた。

平成十七年（二〇〇五年）四月二十五日。ゴールデンウィークを間近に控えた、月曜の朝の出来事だった。

2

宝塚発同志社前行き上り快速電車５４１８Ｍ。

それが脱線した列車の名称だった。

事故の発生は午前九時十八分。列車は尼崎駅一・四キロ手前のカーブを右に曲がろうとしたところで、左に傾くように——つまり遠心力に負けるように脱線。一号車は横転し、線路沿いのマンション〈エフュージョン尼崎〉一階の機械式駐車場に衝突した。後続車両も二〜五号車までが脱線し、二号車はマンション北西部の柱にぶつかって〈く〉の字形に歪曲《わいきょく》。三号車は向きが前後逆に変わり、四号車は下り線側の車道にはみ出した。列車には約七百人の乗客が乗っていた。

事故から二十七分後に国交省は対策本部を設置。救出作業は尼崎市消防局だけでなく、近隣住民、警察、陸自、県内・県外の各消防局の協力も得て迅速に行われた。だが大きく変形した二号車と、マンションに完全に潜り込んでしまった一号車での作業は困難を極めた。救助された死傷者は膨大な数に上ったため、パトカーや民間車両まで利用され、尼崎中央病院、塚口病院など複数の病院に搬送された。福知山線の宝塚—尼崎間は完全に運転が止まり、その日だけでも十万人近くの足に影響が出た。

大事故のニュースは、またたく間に日本中に流れた。テレビ局は報道特別番組に切り替えて生中継を行い、各新聞は号外を発行した。畿内新聞の号外には、共同通信社から上げられる写真ではなく、植戸の撮った一枚が使われた。ヘリからの撮影と一味違い、鳥の目を借りたような奇妙な臨場感があった——と、これは宮垣の評である。

号外に記された数字は、その時点で死者三十七人、負傷者二百二十人だった。それが夜には死者五十八人、負傷者四百四十八人に増えた。ＪＲ史上最悪の事故となることは確定的だった。

畿内新聞ではこうした大事件の際、通常のデスクとは別に特任デスクをひとり指名し、取材の指揮を集約させるならわしだった。今回選ばれたのは社会部の名村《なむら》という男だった。事故から十一時間後の午後八時、名村は机の周りに記者たちを集めた。現場に急行した取材班という扱いで、植戸にも声がかけられた。

「呼称は『JR福知山線脱線事故』で統一しようと思う。地元民には宝塚線でも通るが、大手は正式名称を使ってくるやろうから、そっちに合わせる」

名村は記者歴二十年、ベテランだが出世とは無縁の男で、デスクを担当するのも初めてである。鉄道好きでその道に詳しい、というだけが抜擢《ばってき》の理由だったが、本人には動揺もプレッシャーも見られなかった。天命を受け入れたように彼は淡々と話した。

「JR西は十四年前にも信楽高原鐵道《しがらきこうげんてつどう》で大事故を起こしとる。塚本《つかもと》では三年前、救助活動中の救急隊員が列車にはねられる事故があった。今回と絡めて事故史を採り上げたい。病院と体育館からのレポも上がっとるが、遺族関係は明日は避けよう。で、問題は事故の原因や。いくつか可能性があるが……」

「スピード超過です」記者のひとりが答えた。「列車はカーブ進入時に一一六キロ出てたそうです。カーブの制限速度は七〇キロやから、五〇キロ近くオーバーしてたことになります」

「でも」と、別の記者。「JR側の試算じゃ、一三三キロ以上出さんと脱線しない言《ゆ》うてましたが」

「〈国枝式《くにえだしき》〉やな」名村が顎を撫でる。「あの計算式は乗客数と風の条件次第で結果がだいぶ変わる。あてにはならんと思う」

「スピード超過に一票」宮垣が声を張った。「快速は事故の前、伊丹《いたみ》駅で七二メートルもオーバーランして時間を食ってました。塚口通過の時点で一分十二秒遅れてたそうです。その前にもいくつかトラブルが」

「遅れを取り戻そうとしてスピード出したってことか?」

「でも線路には自動ブレーキがついてるやろ」

「あのカーブはATS未設置だったそうや」

「事故のときブレーキ音を聞かなかったって証言もあります」

「オーバーランなんて普通するか? 運転士に問題があったんじゃ」

「運転士は亡くなった。十一ヵ月目の新人やったそうだが……」

「待った」

筋肉質な手がペンをかざした。副編集長の釜江《かまえ》だった。

「スピード超過よりも、置き石の線が強いんじゃないか」

この可能性は、事故から六時間後の会見でJR西日本が発表したことだった。現場のレールを調べたところ、石を轢《ひ》きつぶしたような白い粉が付着しているのが見つかったというのである。

「粉砕痕《こん》の写真まで公開された。動かぬ証拠だ。現場は踏切のそばで、誰でも簡単に侵入できた。俺は、原因は置き石だと思う」

記者たちはざわついた。誰も置き石の線を忘れていたわけではない。ただ、これまで起きた置き石による脱線事故は、小中学生のいたずらが原因だったことが多い。もしも未曾有《みぞう》の大事故の犯人が、子どもであるとわかったら――そのケースを想像してやるせない気持ちに襲われたのである。

「どうだ名村」と釜江が尋ねる。名村はまだ落ち着いていた。黒縁眼鏡をかけ直すと、彼は上司の顔を見据えた。

「釜江さん、粉砕痕の写真は僕も見ました。あの石は、たぶんバラストやと思います」

「バラスト？」

「緩衝材や防音材として線路に敷いてある石です。色がそっくりやった。一両目が斜めに脱線したとき、バラストをレール上に巻き上げて、それを後続車両が轢きつぶしたんでしょう。もちろん置き石は捨てきれませんが、明日はスピード超過に重点を置いたほうがええと思う」

「だが、ＪＲ西は……」

「スピード超過でいきます。そうしないと、たぶんうちは恥をかく」

特任デスクの最終判断だった。釜江は折れた。記者たちは、彼がなんと続けようとしたのかわかっていた。

ＪＲ西日本は畿内新聞にも出資している。強風や置き石ではなく、速度超過が事故原因となれば、畿内はスポンサーの失態を追及することになる。

「記事には遅延とオーバーランの件を盛り込んでくれ」名村はすでに腹を決めているようだっ

た。「一応、置き石の件も。それと現場の急カーブ。あそこは八年前、ＪＲと直通させるために無理やり線路を曲げたような場所や。もともと危険が多かった。運転士の個人的な責任追及は控えめで頼む。僕は、この事故の根っこはＪＲ西そのものにあると思うとる。基本方針はこんなところで……あっ、まずい！」

「どうしました？」

「速度超過でこけたとなると、『脱線』やなくて『転覆』のほうが意味が近い。呼称を変えるべきか……」

記者たちに苦笑が広がった。「号外でも『脱線』やったし」「そのままのほうがわかりやすいです」と、ここは名村が説き伏せられる形となった。


「植さん、ちょっと」

写真部に戻ろうとしたとき、宮垣に呼び止められた。

「俺、生存者の記事を任されたんですけど」

「聞いとった。残念やったな」

誰よりも早くあの場にいた宮垣である。現場レポを独占してもおかしくなかったのだが、そちらは先輩キャップとの連名でまとめられてしまった。

「まあしゃあないです。で、生存者だけだと他社と代わり映えしないんで、事故を回避した人とかも採り上げよ思うて。植さん出てもらえません？」

「え、俺?」

「尼崎駅にいたんでしょ。快速を待っていたカメラマンがその電車の事故写真を……なんて、記事になりそうやないですか」

「まあ、ええけど……」

困ったように首の裏をかく。体験談を話すのは苦手だし、事故当時はひたすら慌てていた記憶しかない。宮垣の思い描くような面白味が出るかは自信がなかった。到着予定駅にいた者からという視点は確かにありかもしれないが。

そうだ。尼崎駅といえば――

「尼崎から俺を追ってきた高校生がいたんやけど。そっちはどうや?」

「高校生?」

植戸はプラットホームや研磨工場の階段での出来事をかいつまんで説明し、

「野次馬にしちゃ度が過ぎるし、真剣な顔で眺めとったからな。なんか事情があったのかもしれん。快速に友達が乗ってたとか……」

と、いまさらながら思ったことをつけ加えた。これに宮垣が食いついた。

「ええですね、それ。高校生ですか! 最高のネタですよ。植さんよりずっとええ!」

「……そりゃよかったな」

「でも変ですね。事故が起きたの九時過ぎですよ。もう学校始まってる時間やないですか。その子、なんで駅にいたんです?」

「そういえば、そうやな」言われて初めて、違和感を覚えた。「遅刻してたのかな」

「その子、名前は」

「名前？　いや、知らん知らん。たいして話さんかったし」

「それじゃ捜しようがないじゃないですか。どんな子でした？　制服は？」

「ええと、学ランやったな。紺色の。ボタンは黒で……あと、ラケットバッグ持ってた」

「紺の黒ボタンの学ラン。で、快速を待ってたってことはたぶん東西線沿いの……」宮垣はしばらく考えてから、「あ、わかった。青淋《せいりん》高校や。大阪天満宮《おおさかてんまんぐう》駅の近くにある、けっこうええとこですよ。ラケットってのはテニスの？」

「にしちゃ小さかったから、バドミントンかなあ。まあ、それがわかったところでさすがに名前は……あ、おい」

　宮垣が廊下を歩きだし、植戸はあとを追った。着いたのは自分のホーム、写真部だった。

　宮垣は部屋を横切ると、ひときわ散らかった机を持つ永良《ながら》という男に話しかけた。

「永良さん、こないだ高校バドの春大会取材してましたよね。大阪の地区予選。スナップのデータ、まだ残ってますか」

　永良は煙草を灰皿に押しつけ、「あるよ」とだけ答えた。

「見せてもらえます？」

「ちょい待ち」

　パソコンの中も未整理らしく、フォルダの発掘にはしばらくかかった。やがて、数十枚の写真がデスクトップ上に表示された。植戸は宮垣に肩をつかまれ、パソコンと向き合わされる。

「こっから見つける気か?」

「ものはためしです」

「しゃあないな……」

ぼやきつつ、画面を睨《にら》む。試合だけでなく、ミーティング中や休憩中の各校を撮った写真も多い。だが、見込みは薄いだろうと思われた。そもそもあの少年が青淋のバドミントン部かどうか怪しいし、大会に出ていたかどうかも――

「あっ」

五分と経たぬうちに、一枚の写真が目に留まった。

〈SEIRIN〉と書かれたユニフォームの少年たちが、体育館の壁際に集まり、カメラに向かってピースをしている。

「たぶんこの子や」

口では「たぶん」と言ったが、内心では確信があった。間違いなくあのときの少年だ。選手たちは皆、ユニフォームの上に苗字《みょうじ》入りのゼッケンをつけている。だが少年の体は前にいた仲間に遮られ、苗字が上半分しか見えなかった。宮垣は画面に顔を近づける。

「一文字目は、カタカナのタ……ああ、〈多い〉の〈多〉か。二文字目は……まだれに、なんやこれ?」

「〈鹿〉じゃない?」永良が口を挟んだ。「多いに鹿で、〈多鹿《たじか》〉」

「あ、それや。多鹿くんや！」

歓声を上げる宮垣。新しい煙草に火をつける永良。ほんまに見つけてもうた。植戸はあきれ半分で写真に目を戻す。

多鹿という名のその少年は、一番隅に写っていた。試合を終えたばかりなのか、髪が汗で光っている。カメラを向けられてはしゃぐ仲間たちと違い、彼だけは楽しそうな様子がなかった。顔をうつむけ、何かに耐えるように唇を結んでいた。

写真が嫌い、という彼の言葉を、植戸は思い出した。

3

翌日、四月二十六日。

授業が終わる時間を見計らい、植戸と宮垣は東西線に乗った。

東海道本線《とうかいどう》・福知山線から直通し、尼崎―京橋《きょうばし》間を地下鉄で結ぶＪＲ東西線だが、福知山線不通のために今日のダイヤは乱れていた。乗り込んでくる乗客たちはそろって車内を見回したが、それは座れる空席を探すというよりも、より安全な場所を求めるような、緊張感を隠した動作だった。誰もが事故に怯《おび》えていた。

現場での救助はいまだに続いており、死者も負傷者も増え続けている。名村の予想は見事に当たり、大手各紙を始めとしたほとんどのメディアが、事故原因を速度超過とみて報じた。ここ半日の間にも、いくつかの事実が明らかになった。

ＪＲ西日本には、ミスをした職員に懲罰を科す「日勤教育」と呼ばれる制度があり、運転士の間ではそれを逃れるための速度超過や虚偽報告が常態化していたこと。無理なダイヤ運行の一方で、ＡＴＳ－Ｐ（自動列車停止装置）の設置が遅れていたこと。事故を起こした車両が軽さ重視のステンレス鋼製であったこと。つまるところ、問題はＪＲ西の企業体質に集約されていきそうだった。垣内《かきうち》社長はすでに辞任の意向を示したが、それだけで済む規模の事故ではない。先に何が待ち受けているか、植戸には大局が読めなかった。滅入《めい》るような気持ちのまま、電車に揺られ続けた。

御幣島駅から東西線で十分。淀川《よどがわ》を渡り、北新地《きたしんち》を過ぎた先が大阪天満宮駅である。その名のとおり菅原道真《すがわらのみちざね》を祀《まつ》る大阪天満宮の最寄駅だが、年末年始以外だと観光客はそう多くない。

二人は七号車で降りたが、構内図で確認すると、青淋高校方面の出口はかなり遠かった。近くの階段から地下一階に上がり、西改札を出て通路を歩き、東改札を通り過ぎ、駅の端にある階段をまた上り……地上に出るだけで息が上がってしまった。下町風情が残る街並みを、松ケ《まつが》枝町《えちよう》のほうへさらに歩く。

五分ほどで青淋高校に着いた。正門には下校する生徒たちの姿があった。

「で、どうする？」

「青淋のバド部は火曜と木曜が休みだそうです。東西線ユーザーはみんなこっちの門を使いますから、待ってればたぶん出てきます」

「うちを辞めたら探偵になれるな」

「そしたら植さんを引き抜きますよ、助手として」

「カメラマンちゃうんか」

門の脇に立ち、学ランを着た男子たちに目を凝らす。見つかるかどうか半信半疑だったが、ここでも運に味方された。二、三十人をやり過ごしたところで、門からあの少年が出てきた。

少年のほうも植戸に気づき、立ち止まった。並んで歩いていた短髪の男子に「ちょっとごめん」と声をかけ、こちらに近づいてくる。

「おっす」あえて気さくに挨拶《あいさつ》した。「一日ぶりやな。多鹿くん、で合ってるか?」

「そうですけど……なんですか」

「薄々わかっとると思うが、俺は新聞社の者《もん》や。畿内新聞の植戸と申します、よろしく。実はうちの記者が、事故のことで君に話を聞きたいらしくてな。ちょっと相手してやってもらえんか」

「どうも」と、名刺を差し出す宮垣。

「……ぼくに話を、ですか。どうして」

「俺たち一緒に現場を見たやろ。そのときのことを聞きたいんだと」

「すみません……ぼくは、そういうのはちょっと」

「そこをなんとか。君がだめだと、俺がインタビューされなあかんのや」

植戸は苦笑したが、多鹿はつられて笑ったりしなかった。大会での写真と同じように、逃げるように顔をそむける。植戸は、昨日の自分の推測を思い出した。

「……もしかして、事故でどなたか亡くされたんか?」

「ち、違います」

「話しづらいことまでお聞きするつもりはありません。お時間は取らせませんし、謝礼も……」

「すみません」

多鹿は素早く頭を下げると、止める間もなく駅のほうへ走っていった。友人らしき男子が「あ、おい」と声をかけたが、それでも振り向かなかった。

男子は頭をかいてから、植戸たちのほうに寄ってきた。

「あんたら、多鹿になんかしたんですか」

「いや。話を聞かせてもらおうと思っただけで……」

二人は身分を明かす。事情を説明するうちに、少年の眉間《みけん》からしわが消えた。

「あいつシャイやからなあ、そういうの苦手なんですよ、許したってください」でもそうかあ、と腕を組み、「あいつやっぱ尼崎におったのかあ。昨日マジで怖かったんですよ。巻き込まれたんちゃうかって」

「君は多鹿くんの友達?」

「まあ、駅も部活も一緒なんで。毎日一緒に通ってます」

「駅が一緒ってことは君も尼崎住みか」植戸はふと思いつき、「ちょっと聞いてええかな。昨日、多鹿くんは待ち合わせに遅れたんか？」

「駅の待ち合わせには遅れなかったんですけど。あいつ、電車乗る直前で『腹壊した』言《ゆ》うて。そんで、俺だけ先に行ったんです。けど授業始まってもまだ来なくて。そしたらＪＲで事故ってニュースやろ？　もう心配で心配で。結局尼崎の手前の事故やったし、多鹿も十一時過ぎには顔出したんで、ほっとしましたけど」

植戸と多鹿が別れたのは午前十時ごろだった。現場から歩いて尼崎に戻り、東西線で学校へ向かったのだろう。だが——腹を壊したって？

「昨日の朝、君が電車に乗ったのは何時ごろ？」

「八時十五分ですよ。いつもそうです。あの、もうええですか」

「も、もうひとつ。多鹿くん、ほんとに腹痛に見えたか？」

「調子は悪そうでしたよ。電車来る直前までは普通に話してたんですけど」

「どんな会話を？」

「どんなって……なんやったっけ。たいしたことない話だったと思います。好きな子おる？　みたいな。それじゃ」

軽く手を上げ、多鹿の友人は去っていった。残された二人は呆然《ぼうぜん》と立ち尽くした。

昨日の八時十五分、多鹿はＪＲ尼崎駅にいた。だがいつもの電車には乗らず、駅に残った。植戸が尼崎駅で彼を目撃したのはその一時間後、九時二十五分である。

急な腹痛に襲われ、一時間以上も駅のトイレにこもっていた――ということだろうか。だが、植戸が見たときの多鹿は健康そうに見えた。そもそも体調が悪かったら、自分を追いかけたりはできないだろう。

「……変やな」

「変ですね」

笑い声を上げながら、十人ほどの新たな集団が正門を通り過ぎた。

取材が不発に終わったため、植戸がインタビューの標的になった。しかたなく喫茶店に入り、体験談を語ったが、階段で多鹿と出会った話は伏せてくれと頼んだ。それでも宮垣は満足げだった。これと昨日集めた生存者インタビューとを合わせ、八百字の記事にまとめるのだという。駅に戻る途中、また多鹿の話になった。一時間以上も尼崎駅にいたのはなぜか。現場まで植戸を追ってきたのはなぜか。そして、過剰にインタビューを拒否したのはなぜか。

「あの子、置き石犯だったりして」

地下への階段に差しかかったとき、宮垣が言った。前を歩いていた植戸は、思わず振り返った。

「冗談ですよ、冗談。ま、事故を見に来たのは学校サボりたかったからってだけでしょう。俺も高校生のとき、反対方向の電車乗ったことありますよ。琵琶湖《びわこ》まで行こう思たんですけど金が足らなくて。そんで結局……おっと」

着信があったらしく、宮垣が電話に出る。植戸は階段を下りながら、その「冗談」について考えた。

高校生。置き石。脱線事故。

あの子が些細《ささい》ないたずらで、事故を起こしたとしたら？

尼崎で友人と別れ、一度駅を出て塚口間の踏切まで行き、線路に石を置いて、また尼崎に戻ってくる――時間は一時間でちょうど足りる。現場まで植戸を追ってきたのも、深刻な顔で事故を眺めていたのも、インタビューを拒否したのも、それならすべてうなずける。

いや――やっぱりありえん。置き石なら、石を置いた直後の通過電車が被害にあうはず。彼に尼崎まで戻る余裕があったとは思えない。そう、違う。大丈夫や。

首を振ってみても、疑念は払拭《ふっしょく》しきれなかった。植戸は何かから逃避するように、階段を下る足を速めた。

大阪天満宮駅に戻ってくる。券売機の前には駅員が立ち、両手をメガホン代わりにして、福知山線不通の旨をアナウンスしていた。電話を終えた宮垣が植戸に追いついた。

「死者数、百人を超えたそうです」

「そうか」

「まだ車両に取り残されてる人もいます。最終的にはもう何人か増えると思います」

「……そうか」

二人は東改札を抜けた。すぐそばのエスカレーターに乗り、地下二階のホームに下りる。壁には、金閣寺《きんかくじ》や五山《ござん》の送り火を写したJR西日本のポスターが貼られていた。

「なあ。おまえこの事故、どこへ向かうと思う」

「どこへって?」

「社長が辞めて、遺族に謝罪して終わりとはならんやろ。終点はどこや」

「さあ。ただ、脱線させたくはないですね。置き石やら試算やらでレールをそらしたがってる奴らもおる。気をつけて進まんと」

宮垣は肩をすくめ、携帯でメールを打ち始めた。植戸はバッグから文庫本を取り出した。ページは、昨日尼崎駅で開いたときのまま止まっていた。

「なんすか、それ」

「『1リットルの涙』。娘に借りたんやけど、けっこう泣けるぞ。こないだ映画もやってたろ」

「セカチューなら観ましたけど」

「セカチュー?」

「去年ヒットしたでしょう」

「ああ、あったなあ」

「似たような映画ばっかりですね」

笑い合ってから、植戸は滲《にじ》むような不安を抱いた。去年のことすらうろ覚えとは。昨日名村が言及した信楽鐵道の事故も、実はほとんど忘れかけていた。十四年前といえば、もう畿内新聞で働いていたころのはずなのに。

文庫本のページのように。研磨工場の階段のように。あのマンションのベランダのように、出来事は積み重なってゆく。古い記憶は底に沈み、次から次へと色褪《いろあ》せる。

一年後、自分はこの本のことを覚えていられるだろうか。

十年後、この脱線事故のことを覚えていられるだろうか。

注意喚起の電子音が鳴り、下りホームに尼崎行きの電車が滑り込んだ。植戸たちの前には七号車が停まった。

しもたなあ、とふと思う。ここはホームの東寄り。御幣島駅の改札は西寄りにあるので、降りてからまたホームを横断することになってしまう。前もって一号車の乗車位置に移動しておけばよかった。そうすれば——

「あっ」

目の前で、自動扉が開いた。

4

鬱々《うつうつ》とした梅雨空《つゆ》から、数日ぶりに晴れ間が覗《のぞ》いた。

JR尼崎駅の六番線には、夏の気配をまとった濃い影が落ちていた。日曜を満喫する人々に交じり、休日出勤らしきサラリーマンが首の後ろを拭っている。環境省は今年から「クールビズ」なる省エネルックを推奨し始めた。普及率はいまひとつのようだ。

植戸もこれから会社に顔を出すつもりだった。が、ホームを見回して予定を変えた。文庫本をしまい、白線沿いを歩きだす。頭上からアナウンスが聞こえた。

『まもなく、六番線に、快速、同志社前行きが、まいります……』

十日ほど前。JR福知山線、宝塚―尼崎間は運行を再開した。六月十九日、脱線事故から五十五日ぶりのことだった。

復旧したカーブは制限速度が六〇キロに引き下げられ、福知山線のダイヤ全体にもそれまでほとんどなかった時間的余裕が与えられた。JR西日本は再発防止策をまとめた〈安全性向上計画〉を発表。国交省は全国の各鉄道事業者に対しても、ATSシステムの改良を義務づける旨を通達した。

だが、区切りがついた感覚は植戸の中にはなかった。JR西の後続人事は混迷を極め、社長・会長の辞任は先延ばしされた。遺族対応も連日のように問題が指摘されている。加えて、事故列車に出勤途中のJR職員二人が乗り合わせたが、救助に参加せずその場を去っていたこと、事故当日に近隣のJR職員たちがボウリング大会を実施していたことなど、あきれるような不祥事も明らかになった。畿内新聞は最後まで追い続ける覚悟だが、組織改革には長い時間がかかるだろうと思われた。

事故による最終的な死者は、運転士を含めて百七人。負傷者は五百六十二人だった。

マンションはまだ、あの場所に建っている。

青いラインの入った七両編成が滑り込んでくる。植戸は足を速めた。電車が停まり、ドアが開いた直後、ホームに並んでいたひとりの肩を叩いた。

「やあ」

少年が振り向いた。

Tシャツに薄手のパーカー、下はジーンズ。学ランを着ているときよりも、ずっと華奢《きやしや》な体つきに見えた。

「二ヵ月ぶりか。同じ駅使《つこ》うてても、意外と会わんもんやなあ。まあそれが普通か。今日はひとり？」

「……はい」

「急ぎか？」

「特には」

「じゃあ電車、二、三本遅らせんか。何かおごるから」

「あの、すみません。ぼくは……」

「今日はインタビューやない。個人的に話があるんや」

わずかな躊躇《ちゆうちよ》のあと、多鹿は妥協するようにうなずいた。背後で快速のドアが閉まった。

二人並んでホームを戻る。南口から出ると、すぐそばにある喫茶店に入った。多鹿に飲みたいものを聞くと「なんでもいいです」と言うので、レイコーを二つ頼む。午前中の店内に客はおらず、不景気をごまかすように明るいポップスが流れていた。

「これ、最近よう聞くな。なんてったっけ」

『全力少年《ぜんりょくしょうねん》』。スキマスイッチの」

「ああ、それそれ。ええ曲やな」

「そうですか」

「君は嫌い？」

多鹿は答えず、植戸から目をそらした。窓の向こうには、東海道本線のレールが走っている。

「電車、復旧したな」

「……ええ」

「君はその後、どうや」

「どうって」

「学校とか。普通に暮らしてる？」

「そりゃ、普通には暮らしてますよ」

「そう」

注文した品が運ばれてくる。二人はストローに口をつけ、あまり冷えていないアイスコーヒーを飲んだ。探り合うような間のあとで、多鹿が口を開いた。

「話って、なんですか」

「あの事故の原因な、スピード超過やった。最初は置き石って話もあったけど、調査で否定された。ＪＲ西には戦時中みたいな懲罰制度があって、運転士は遅延を避けたがった。それでカーブに入るとき、スピードを出し過ぎたんや。カーブに本当ならついてるはずの自動ブレーキがついてなかったことと、もともと無理なダイヤ運行だったことも原因や」

「ニュースで見ました」

「そうか……なら、ええんや。君がわかってるなら、それで」

「わかってるって、何を」

「君は何も背負う必要ないってことを」

少年の顔がさっと強張《こわば》り、それが仮説を裏付けた。語りかけるように植戸は続けた。

「なあ……君はあの日、快速電車に飛び込むつもりだったんちゃうか」

「気になったのは乗車位置や」

植戸は二つのグラスを脇へよけた。自分と少年とを隔てるものを、なくすように。

「あの朝俺は、七号車の乗車位置で電車を待ってた。来るはずだった快速は七両編成。つまり俺が乗る車両が最後尾や。でも君は、十二両分あるホームの一番端にいた。七両しかない電車が、そんなとこに停まるはずないのに。走ってくる電車を眺めたくてホームの端に立つ奴もよくおるが、あの場所に限ってはそれもありえん。君の前には乗務員用の詰所があって、線路への視界をふさいでたからな」

それだけやない、とさらに続ける。

「君の高校がある大阪天満宮駅。青淋高校へは、京橋方面の東の端にある出口が最寄りやな。

尼崎から乗るとすれば、一号車か二号車に乗るのが一番楽や。後ろ寄りの車両に乗ったら、大阪天満宮で降りてからえらい苦労することになる。現に俺たちは、御幣島から七号車に乗ってきたせいでめちゃめちゃ歩いた。毎日学校に通ってる君がそれを知らんとは思えん。つまり──ホームの端に立ってただけでなく、君がホームの神戸寄りにいたこと自体も不自然なんや」

少年はなぜ、あの場所に立っていたのか。

JR尼崎駅六番ホーム、塚口方面の先端には、小さな詰所が建っている。〈乗務員乗継詰所〉と書かれたその小屋のせいで、ホームからは線路がよく見えない。ホームから線路が見えないということは、当然、線路からもホームが見えないということ。塚口方面からやって来る快速電車。電車はホームの前寄りに停まるため、詰所を通り過ぎる時点ではまだ十分な速度がある。もし誰かが、詰所の陰に隠れていたら?

そして電車が来ると同時に、線路に飛び込んだら──

いつの間にかポップスは鳴りやみ、店内を静寂が満たしていた。多鹿は視線を落としたまま、グラスを幻視するように、テーブルについた結露の跡を見つめていた。

「自分でも、どっちだかわからないんです」

やがて彼は言った。

「本気だったのか、本気じゃなかったのか。勇気が持てなくて、迷ったまま何本も電車をやり過ごしました。あの快速には本当に飛び込むつもりでしたけど、やっぱり怖かった。心のどこかで電車が来なきゃいいのにって思いました。そしたら……」

本当に電車が止まった。

未曾有の脱線事故によって。

植戸は思い出す。自分を追ってきたあの日の彼を。階段の上から事故を眺めていたその姿を。見届けなきゃいけない、という言葉を。

「事故と重なったのは偶然や。君は関係ない」

「わかってます。ただ……どうせなら、もっと早く飛び込めばよかった。わたしが死ねば電車が止まって、あんな事故も」

「それはちゃう」遮《さえぎ》るように言った。「さっきも言うたろ、あれはJR西の人災や。日勤教育とあの急カーブがある限り、いつか必ず起きる事故やった。君が電車を止めたとしても何日か先延ばしになるだけや。そしてまた、別の人たちが犠牲になった」

閉ざされた電車の中で、生きたくても生きられず、亡くなっていった人々がいる。自分が死ねばよかったなどという言葉は、単なる生者のわがままに思えた。虚《むな》しさと憤りに似た何かが植戸の胸をふさいだ。

「なんで死のうなんて」と、独り言のようにこぼす。

多鹿はアイスコーヒーを飲み、それからストローで氷をかき混ぜた。手を離したあとも、コーヒーはぐるぐると回り続けた。その渦が収まってから、彼は奇妙なことを尋ねた。

「お名前、なんていいましたっけ」

「植戸や」

「漢字は」

「植えるの〈植〉にドアの〈戸〉」

「……金八《きんぱち》先生って、見てましたか」

「金八？　いや、今年のは見てへん」

「一個前のやつです。第六シーズン」

「ああ、それなら……」

不意打ちのように、ある考えが頭をかすめた。植戸は目を見開いて、初めて出会った相手を見るように、正面に座った多鹿を見た。多鹿も視線を上げ、まっすぐに植戸を見つめ返す。触れたら壊れてしまいそうな、怯えを孕《はら》んだ瞳だった。

「あれを見て自覚した子って、多いと思うんです」

「……周りの人は」

「気づいてないと思います。気づかれる前に死にたかった」

「だからって」

「ドラマみたいにはいかないんですよ」か細い声だった。「でも、結局飛び込まずに済んだので。もう大丈夫です。これからは、普通に暮らします」

普通に、暮らす。

その言葉は多鹿にとって、何を意味するのだろうか。

植戸は天井のファンを見上げた。大会のスナップに写っていた多鹿のことを、毎日一緒だという友人のことを、それから、自分の娘のことを考えた。

背もたれにかけていたバッグを開くと、ケースからカメラを取り出した。

「一枚、撮らしてくれんか」

多鹿はきょとんとし、自分を指さした。

「わたしを？」

「君を」

「前にも言ったじゃないですか。写真は……」

「嫌い。覚えとる。そのあと話したことも覚えとる。俺は、みんなが知りたがるから写真を撮ると言った。でもそれは間違いやった。俺たちは、みんなが知りたがらないから写真を撮るんや」

けたたましい車輪の音が聞こえる。窓の外を、電車が流れてゆく。

「世の中のスピードはどんどん速まっとる。分刻み秒刻みで、津波みたいに情報が流れてくる。ええことやけど、その分忘れられてくもんも多い。この事故も十年後や二十年後にはみんな忘れかけかもしれん。もっと大きな事件の陰に隠れて、興味も持たれないかもしれん。だから撮る。記録に残す」

加速しすぎればレールを外れる。

そうならないよう、撮り続ける。

残酷と言われても。醜悪と言われても。

「君もいまの自分が嫌いなんはわかる。でも俺は、いまの君を撮っておきたい。都合の悪いことを忘れ続けたら、俺たちはいつかやってけんようになる」

多鹿はおし黙り、植戸をじっと見つめた。植戸ではなく、植戸の瞳に映る自分と対峙《たいじ》するかのように。まぶたを閉じ、また開いてから、多鹿は長い息を吐いた。

「綺麗《きれい》に撮ってもらえますか」

「任せとき。おじさんはこれでもプロや」

多鹿の顔から笑みがこぼれた。得意の俯瞰視点ではないが、いい写真になる、と植戸は思った。ボディキャップを外し、ファインダーを覗く。

静かな店内に、シャッターを切る音が鳴った。

〈参考資料〉
『軌道　福知山線脱線事故　ＪＲ西日本を変えた闘い』松本創　東洋経済新報社
『一両目の真実　福知山線５４１８Ｍ』吉田恭一　エクスナレッジ
『クラッシュ　風景が倒れる、人が砕ける』佐野眞一　新潮文庫
『ＪＲ福知山線事故の本質　企業の社会的責任を科学から捉える』山口栄一編著
ＮＴＴ出版
「福知山線脱線事故　事故調査報告書」国土交通省
ほか、ＪＲ西日本〈祈りの杜〉に所蔵されている各種資料を参考にしました。

噤ヶ森《つぐみがもり》の硝子《ガラス》屋敷

硝子屋敷　平面図

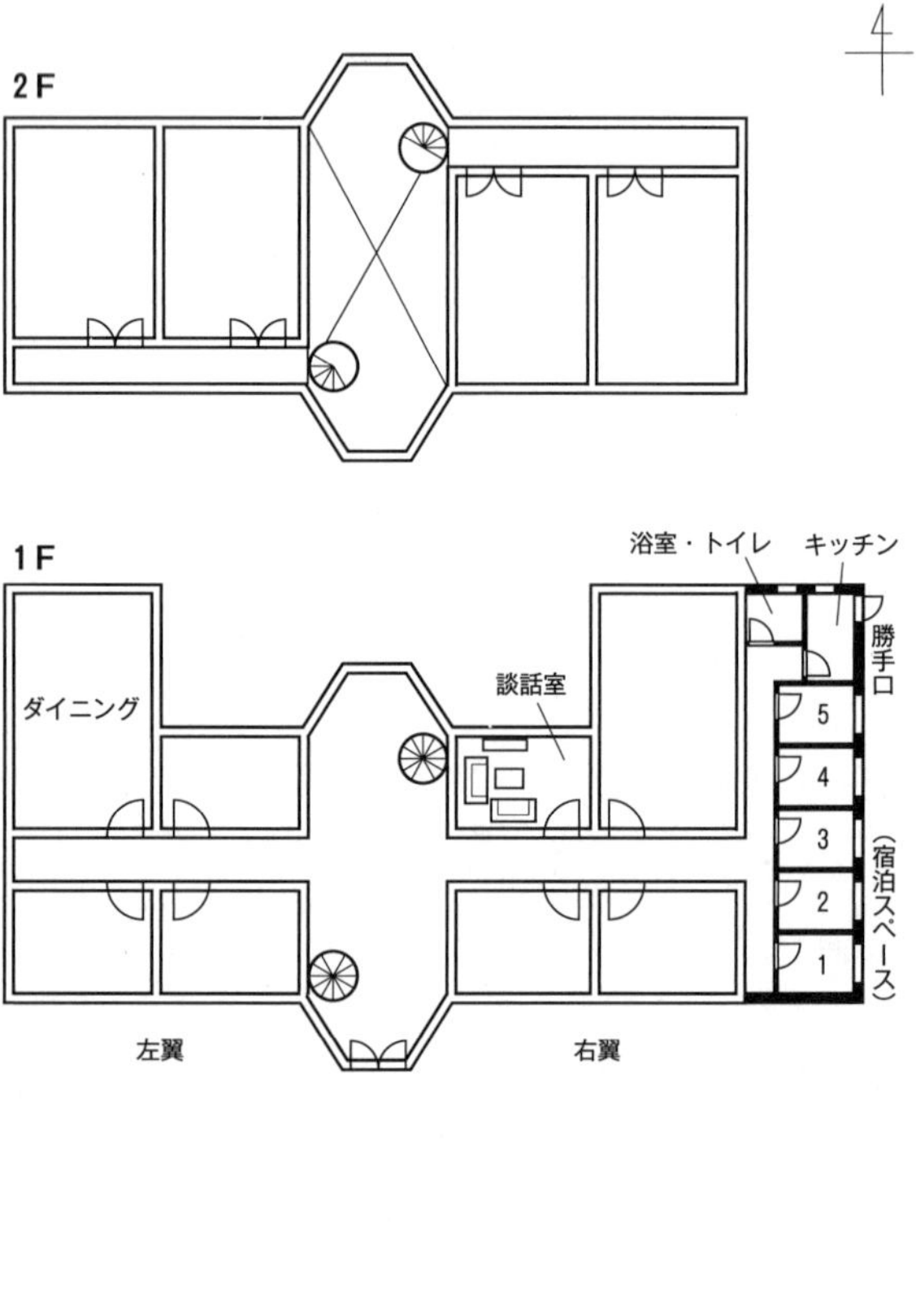
N
2F
1F
浴室・トイレ
キッチン
勝手口
談話室
ダイニング
5
4
3
2
1
（宿泊スペース）
左翼
右翼

1

「そしたら牧師がこう言ったわけ。『では、その木と釘で棺桶《かんおけ》を作りなさい。あなたが死んだあとも必ず役に立つでしょう』」

プライベートフィルムというのは大抵そうだが、この映像も脈絡のない場面から始まった。

走行中のワンボックスカーの車内。日時は五月三日、午前十一時三十二分。ちょうど助手席の佐竹《さたけ》がジョークを披露し終えたところで、大爆笑とはいかないまでも、ぼくらの反応は上々だった。ホスト役の顔を立てようという心理が働いたのかもしれない。

「にしても、ずいぶん山奥にあるんだな。重松《しげまつ》さん、あとどれくらいですか?」

「もうまもなくです」

ぼくの隣に座った笠山《かさやま》が尋《たず》ね、運転席の重松さんが答えた。笠山はぼくが構えたビデオカメラに気づくと、「よせよ飯島《いいじま》」と恥ずかしそうに窓のほうを向く。外はどこまで行っても緑一色で、コンビニはおろか標識ひとつ見当たらない。

「たしかにだいぶ街から離れたね」と、ぼくの声が入る。「こんなところに宿泊施設をオープンして、本当にお客さんが来るかな」

「必ず来るわ」

カメラが助手席へと向けられた。南国風の濃い顔立ちの美女がこちらを振り返っていた。佐竹だ。

「現代人っていうのは誰も彼も珍しいもの好きだもの。まるで江戸時代に逆戻りしたみたいにね。その上極度の目立ちたがり。話題性のあるものを見つけだして、SNSで拡散して、情報の発信者になろうと日々やっきになってる。そして珍しさと話題性において、あれに勝るものはないわ」

ビジネス番組のインタビューに応じるような調子で、若き女性実業家は微笑《ほほえ》んだ。ルージュを引いた唇が薄暗い車内でも鮮《あざ》やかに映えている。皮肉なワンカットだった。画面の中の彼女は三十分後に待ち受ける運命を知らない。

「SNSはやってないけど、おれだったら毎年来たいなあ」

のんびりした男の声が割り込んだ。カメラが動き、最後尾の座席の二人を捉《とら》える。窓にもたれる色白の女性と、景色を眺める大柄な男。碓井《うすい》さんと馬淵《まぶち》である。

「すごく綺麗な森だ。ツグミガモリって言うからにはツグミが多かったりするのかなあ」

「鳥のツグミじゃないってば。〝口を噤《つぐ》む〟ほうの字を書くの」と、佐竹。「鳥のツグミも、夏になると口を噤んだように鳴き声が途絶えるのが語源って説があるから、まあ間違ってはないけどね」

「口を噤む森って、なんか不気味な名前」

碓井さんがぼそりと言った。佐竹は声のトーンを落とし、

「そう、実は古くから伝わる神隠し伝説が……と言いたいとこだけど、そうじゃないの。このあたりは無風地帯でね、一年通してほとんど風が吹かないんだって。風がなければ木々がざわめくこともないでしょ。まるで森全体が口を噤んだように静かな場所、だから噤ヶ森。どう？説明を聞くと洒落《しゃれ》た名前に思えてこない？」

「そうかしら」

怖がりな碓井さんにはあまり共感されなかったようだ。

カーブに差しかかったのか、画面が小刻みに揺れた。車は４ＷＤの性能をフルに発揮し、けもの道をさらに奥へと進んでゆく。

「いまどき静かな場所は貴重よ。休暇にはぴったり。それより、馬淵の意見はいい視点ね。せっかくの自然を利用しない手はないもの。植生や動物の分布を調べて散策マップを作れば、年配の旅行者も呼び込めるかも」

「桑《くわ》や榎《えのき》が多いなあ。風が弱い地域だからかな。弾発型の風媒花はそういう場所でもよく育つんだよ。イラクサの茂みとかもありそうだなあ」

「飯島、撮るのやめろって」

「いいじゃないか、五人そろうのは久しぶりだし」

「どうしよう、わたし車酔いしたかも。昨日あんまり寝なかったから……」

「見えました」

重松さんが落ち着いた声で言い、車内の会話ともいえないような発言の応酬が途絶えた。カメラは慌ててフロントガラスへ向き直る。

前方は森が拓《ひら》けて、天然の広場になっていた。広さは小学校の校庭くらいか。

その中央に、巨大な家が一軒。

昨日の今日だというのに。あんな事件が起きたあとなのに。見ているのはただのビデオなのに——気がつくとぼくは息を呑《の》んでいた。しかしそれもしかたがない。何しろ実物はすでになくなっていて、この映像が最後の記録なのだ。撮影時の自分自身と感動を重ねながら、すべてを追悼するような気持ちで、ぼくは画面の中の光景に見入った。

それは透き通った洋館だった。

現代に甦《よみがえ》った水晶宮《クリスタル・パレス》。周囲の自然とミスマッチを描く異形の人工物だった。形としては、東大の安田講堂を彷彿《ほうふつ》とさせるようなゴシック建築だ。中央に背の高い身廊があり、左右に二階建ての翼廊が伸びている。そのシンメトリー自体も見事だが、重要なのはデザインよりも材質だった。外壁も、内壁も、扉も、天井も、屋根も、階段も。最小限の柱を除き、屋敷のすべてはガラスでできているのだった。

ガラスの透明度はかなり高くて、内部の構造はもちろん、裏側の木々までもがはっきりと透けて見える。建物を眺めているはずなのに景色との境目がわからない、奇妙な感覚。ぼくらはしばし言葉を失い、その蜃気楼《しんきろう》めいた儚《はかな》さと計算し尽くされた美しさに圧倒された。あいにくの曇り空だったが、快晴の日には太陽を反射して、屋敷全体が宝石みたいにきらきら輝くに違いない。

「ようこそ。噤ヶ森の硝子《ガラス》屋敷へ」

佐竹がその館の名を口にした。

向かって右側の翼の端《はし》に、コバンザメのように平屋がくっついている。ガラス張りではなくログハウス風の造りで、その部分だけは現実味があった。佐竹が増築した宿泊スペースだ。ワンボックスカーは右へ回り込み、その平屋の前に停《と》まった。

笠山たちに続いて、ぼくはカメラを構えたまま車を降りる。新築の宿泊スペースにはカーテンの閉まった窓が五つ並び、右端には勝手口がひとつあった。

「こちら、お部屋の鍵になります」

トランクから荷物を降ろしたあと、重松さんがあいうえお順にキーを配った。ぼく、碓井さん、笠山、佐竹、馬淵の順で一号室から五号室。そして最後に、佐竹に正面玄関の鍵が渡される。カメラがその手元にズームした。硝子屋敷の鍵はドラクエに出てくるような古風なもので、それ自体も厚いガラスでできていた。

「食べ物や飲み物はキッチンにご用意してあります。電気やガスも工事を終えておりますので、問題なく使えるはずです。明日の十一時にお迎えにあがりますが、何かございましたらご連絡を」

「わかってるわ。ありがと」

「では佐竹社長。皆さま。ごゆるりとおくつろぎください」

社長秘書は深々と一礼し、ワンボックスカーで去っていった。佐竹の会社がつぶれてもホテルマンとしてやっていけそうだ。

さっそく入りましょ、と佐竹が音頭を取り、ぼくらは壁沿いに正面玄関へ向かう。

「家具までガラスなの？」

中の様子を眺めながら碓井さんが言った。

「そうよ。鍵も家具も全部ガラス製。イミテーションで実際には使えないものばかりだけど」

「たしかにあの暖炉《だんろ》には火をつけられないね」

と、ぼく。カメラは奥の部屋に見えるガラスのマントルピースにズームしている。……火をつけられない、か。これも皮肉だ。いまから思えばだけど。

アーチを描く巨大なドアに辿《たど》り着き、透明な鍵穴に透明な鍵が挿し込まれた。

洋館なので土足で入ってもいいかと思いきや、玄関には五人分のスリッパが用意されていた。一階の床は全面が白いタイルなので、それを汚さぬための配慮だろう。履き替えて中に踏み込むと、天井にどよめきがこだました。

屋敷の中央部分は吹き抜けのホールで、精緻《せいち》を極めたガラスの調度品が訪問者たちを出迎えていた。天井から吊り下げられたクラシックシャンデリア。壁際には猫脚のチェスト。その上に並んだ壺や写真立てまでガラス製で、すべてが曇りひとつなく透き通っている。とりわけ壮麗なのは左手前と右奥にある螺旋《らせん》階段だった。手すりも踏み板もガラスでできた二つの階段は完璧な調和を成してせり上がり、左右の翼の二階へと続いていた。

カメラは屋敷の全体像をつかもうと、三百六十度回転する。

硝子屋敷の間取りはシンプルだった。一階はホールの真ん中から左右の翼へと廊下が延び、それを挟む形で部屋が四つずつ、計八つ。北東と北西に位置する二部屋はほかの部屋よりも二倍くらい広く、その分北側へ出っ張っている。二階は左右の階段から真横に廊下が延び(一階の天井も二階の床も透明だ!)、大部屋が横並びで二つずつ見えた。先ほどの暖炉のある部屋や空っぽの本棚が並んだ部屋、食卓らしき大きなテーブルがある部屋など、イミテーション品ばかりとはいえ部屋の用途は一応分かれているようだ。トイレや風呂はさすがに見当たらないが、その点は心配ない。増築した宿泊スペースに集約されている。

宿泊スペースは、右翼の廊下から直接つながっていた。屋敷と接する壁――つまり屋敷の東側の壁――に沿って左右に廊下が続いている。壁はやはり透明なので、ホールからでも廊下の様子がよく見えた。右から順に1、2、3、4、5、とナンバープレートつきのドアが並び、左端にはさらにドアが二つ。ズームすると〈キッチン〉〈浴室・トイレ〉とプレートが見て取れた。

一周を終えたカメラは、気まぐれに笠山を捉える。彼は畏《おそ》れ入ったような顔で螺旋階段の手すりに指を這《は》わせていた。

「ベルリンの国会議事堂。ルーヴル美術館のピラミッド。クリチバ植物園の温室に北京《ペキン》の国家大劇院。ミース・ファン・デル・ローエに藤本壮介《ふじもとそうすけ》……。ガラス張りの近代建築はたくさんあるが、ここまで特化した家は例がないな」

「名前は硝子屋敷だけど、プラスチックや水族館用のアクリルパネルも使われているそうよ」

「耐久性は大丈夫なの？」と、ぼく。

「そこが設計者の天才たる所以《ゆえん》ね。二十年以上前の建物なのに、ほら、このとおりひびひとつ入ってない。ガラスをピカピカに磨《みが》き直《なお》すのが一苦労だったけど」

宿泊先に着いたときというのは、まず部屋に荷物を置きにいったりするものだが、途中にこんな魅力的な空間が待ち受けていては話が別だ。ぼくらはリュックやスーツケースを持ったましばらくホールをうろついた。碓井さんはインテリアのひとつひとつにいちいち感嘆し、馬淵は透ける景色を夢中で眺める。見かねた佐竹が笑いながら手を叩いた。

「さあ、とりあえずひと休みしましょ。こっちの部屋が談話室になってるから」

案内されたのはホールの右手奥、例の暖炉がある部屋だった。暖炉を囲むように長椅子《ながいす》がいくつかとリビングテーブルが配置されている。言うまでもなくすべてがガラス製だ。

「これ、座っていいの？」

碓井さんが尋ね、佐竹は素振りで「どうぞ」と促《うなが》した。碓井さんはおそるおそる長椅子に腰かけ、少女のように破顔した。ガラスの靴に足を入れるシンデレラはこんな気持ちだったのだろう。カメラの視線がちょっと低くなり、ぼくも碓井さんの横に座ったことがわかった。

「座り心地は普通のソファーに負けるね」と、冗談めかしたぼくの声。「家具や小物も全部その設計者が作ったのかな。ええと、なんていったっけ。墨壺《すみつぼ》……」

「墨壺深紅《しんく》」笠山がその名を答えた。「彼女が作ったのは屋敷だけだ。家具や壺やさっきの鍵は、国内外のガラス職人の作品。ただ、すべて墨壺がオーダーメイドしたもので、デザインや配置を考えたのは彼女自身らしい」

解説役を奪われたと感じたのか、佐竹がつまらなそうな顔をする。

「詳しいわね」

「俺は建築学科卒だからな。墨壺深紅のことならおまえより詳しいよ」

「あらそう？　これでも私、屋敷を所有するにあたってひと通り勉強したんだけど」

「どうせネットの受け売りだろ。屋敷そのものだって不動産の抵当で転がり込んだだけじゃないか」

談話室を包む気まずい空気が画面越しでも伝わってきた。やれやれ、と呆れるようなぼくの吐息が音声に入る。歯に衣着せぬ笠山とプライドの高い佐竹は、昔からこんなふうにぶつかり合うことが多かった。

「笠山、招いてもらったのにそんな言い方……」

ぼくの声がたしなめかけたところで、

「ちょっと外を回ってきてもいいかなあ」馬淵のマイペース発言に救われた。「さっき、ツグミを見かけた気がして」

「ええ……ええ。どうぞ」

佐竹は拍子抜けしたようにうなずいた。続いて碓井さんが手を上げる。

「わたしも、ちょっと部屋で休んでいい？　けもの道だったから車酔いしちゃった」

「もちろん、好きに休んでちょうだい。泊まり心地をたしかめてもらうためにみんなを呼んだんだから。私も部屋で着替えるとしようかしら。この服装じゃ、せっかくの硝子屋敷なのに気分が出ないし」

調子を取り戻した佐竹は自分の襟を引っ張った。長袖のシャツにアウトドア用のダウンベスト、ジーンズという出で立ちだ。ぼくらも似たような恰好なのだけど。

「もう着替えるの？」と、ぼくの声。

「今日のためにドレスを新調したんだもの。三十分後にもう一度集合して、ガラスのダイニングで昼食にしましょう」

佐竹はスーツケースの取っ手を伸ばした。馬淵は「わかった」とだけ応えてホールに戻り、玄関のほうへ。よほど野鳥が気になるらしい。

「碓井ちゃん、車酔い大丈夫？」

「うん。でも水飲みたいかも」

「キッチンにひと通りそろってるはずよ。案内してあげる」

女性陣も廊下に出て、宿泊スペースへ向かう。ぼくと笠山だけが談話室に残った。

ガラスの壁を通して人の動きが見えるのが面白くて、ぼくのカメラは佐竹たちを追った。二人は三号室の前で廊下を左に折れ、突き当たりのキッチンに入る。そのまま撮り続けていると、三十秒ほどで佐竹が出てきた。彼女は四号室の鍵を開けて中に入った。少し遅れて、水のペットボトルを持った碓井さんが出てくる。冷蔵庫にあったものをもらったのだろう。碓井さんは喉の渇きを癒《いや》しながら二号室の中へ入った。

一連の動きを眺め終えてから、笠山はカメラのほうを振り返り、苦笑した。

「飲み会の途中でも着替える女、佐竹。学生のころから変わらないな」

「みんな変わらないよ。馬淵の自然好きも、碓井さんのすぐ体調崩すところも」

「おまえの撮影趣味もな」

「君の口の悪さだって」

言い返しながら、ぼくはリビングテーブルの上にカメラを置いた。深い理由があってのことじゃない。ずっと持ちっぱなしだったので腕が疲れたなと思っただけだ。だから録画ボタンも押したままだった。

しかし。ここからぼくは笠山との会話に意識を奪われ、しばらくカメラの存在を忘れてしまう。結果、カメラは誰にも動かされることなく一ヵ所のみを写し続けることになる。いわゆる定点観測というやつ。そう、ここからが重要なのだ。

ぼくの予想は当たっていた。

偶然だが、テーブルの上に置かれたカメラは宿泊スペースの側を向いていた。そして二枚のガラスの壁を通し、佐竹の四号室のドアを真正面から捉えていた。ちょうど家具などに邪魔されることもない角度で、はっきりと鮮明に見える。

映像を再生した一番の目的はこれをたしかめることだった。うまくいけば重要な手がかりが見つかる――かもしれない。どんな小さな異変も見逃すまいと、いままで以上に集中する。対照的にフィルムの中のぼくは、気楽な声で笠山に尋ねる。

「どういう人だったの？　墨壺深紅って」

「そうだな……天才、奇才、変人、傑物。その手の陳腐《ちんぷ》な呼称が陳腐に聞こえないくらいよく似合ったそうだ。七〇年代から八〇年代にかけて、先鋭的な家を建て続けた希代の女建築家。エピソードはいろいろあるが、俺が好きなのは都庁の話だな」

「え、都庁って新宿の？　あれも建てたの？」

「違う違う、都庁を建てたのは有名な丹下《たんげ》健三《けんぞう》。だが、もう少しで墨壺が建てていたかもしれないらしい。八〇年代後半に新都庁舎を建てることになって、設計者を決めるコンペが開かれたんだ。それに若手の墨壺深紅も参加していた」

　笠山が画面の隅に踏み込んできた。ジャケットの胸ポケットを探っている。

「当時は建築技術の発達もあって、超高層ビルがあちこちで建てられていた。コンペ応募者たちのデザインした庁舎はどれもそのブームに乗った超高層ビルで、そろって〝日本一の高さ〟が売りだった。だが、墨壺のデザインだけは違った。敷地いっぱいに積み木で組んだような大きな箱を寝かせて、その中央を広いホールが貫《つらぬ》いている庁舎――エンクローズドモール形式のショッピングセンターみたいな、都民に親しまれることを目的とした庁舎だった。彼女いわく――『高層ビルは虚勢だ。技術が進めばほかに追い抜かれる。無価値になるとわかりきっているものをわざわざ建てる必要はない』」

笠山は煙草《たばこ》に火をつけようとして、すぐライターをしまった。灰皿が見当たらないことに気づいてやめたようだ。

「墨壺の案は最終選考まで残ったが、一票差で敗れたそうだ。結局丹下の案が採用され、一九九〇年、高さ二百四十三メートルの日本一高いビルが竣工《しゅんこう》した。そしてわずか三年後、横浜ランドマークタワーに追い抜かれた」

「そのランドマークタワーも、もう日本一じゃないしね」

「そう。大阪にできたあべのハルカスのほうがわずかに高い。六百三十四メートルのスカイツリーでさえ、ドバイのブルジュ・ハリファには遠く及ばないしな。高さの競い合いは不毛だよ」

「墨壺深紅は、建築の未来を見通していた?」

「どうかな。発言の真意はわからない。もし見通してたとしたら、彼女は見通しすぎたのかもしれないいな」

フレームの左端には建物の外も収まっていて、宿泊スペースのキッチンの裏から左翼側へと馬淵が歩いていくのが映った。通り過ぎざま、ひょいとぼくらに手を上げる。笠山は手を振り返しながら話を続ける。

「九〇年代に入ると墨壺は仕事を受けなくなった。山奥にこもって図面を引き、五年ほどかけて日本のあちこちに奇妙奇天烈《きてれつ》な屋敷を建てた。それらの連作は、いまでは墨壺コレクションと呼ばれてる。この硝子屋敷もそのうちのひとつだ」

笠山は頭を反《そ》らせて、ガラス張りの天井を眺めた。

「住居としての機能ひとつひとつを突き詰めた結果、逆説的に住みやすさを放棄した六つの変態屋敷。たとえば、〝眺望〟を追求した馘殺山《くびそぎやま》の廻天《かいてん》屋敷。〝レイアウト〟を追求した四泥岬《しどろみさき》の機巧《からくり》屋敷。〝プライベート性〟を追求した骸洞穴《むくろどうけつ》の密閉屋敷なんてのもある。この硝子屋敷で追求されたのが何かは、わかるよな」

「……〝採光〟？」

笠山は口元を緩《ゆる》めて、「そう」とうなずく。

「たしかに一般的には、光がたくさん差して開放感があるほうがいい家ってされてるが……これはやりすぎだな。トイレに行きたくなったらどうすんだって話だよ」

「夏場も直射日光がきつそうだしね。墨壺深紅って、まだ生きてるの？」

「わからない。六つ目の屋敷を建てたあと失踪して、二十年以上行方不明だ。自殺したとも言われてるし、まだ見つかってない七つ目の屋敷に住んでるって噂もある。たぶん死んでるんじゃないかな」

笠山の話しぶりは墨壺深紅のファンのようだったので、死亡説の支持は少し意外だった。

「どうして？」とぼくの声が尋ねると、笠山は宿泊スペースを親指で指した。

「横にあんなものをくっつけちゃ、硝子屋敷のコンセプトが台無しだ。もし墨壺が生きてたらすぐに飛んできて、我らが佐竹を殴り殺してるはずさ。いや、死んでいても化けて出るかも」

「でも、増築したおかげで泊まれるようになったんだし」

「泊まってどうする？　墨壺コレクションは存在することに意味があるんだ。住む必要はないし、人に知られる必要もない。佐竹みたいな連中がレジャー気分でこの屋敷に踏み込んで、はしゃぎながら写真を撮って、ＳＮＳで拡散する。テレビや雑誌の取材が来て、タレントが適当なコメントをつける……想像すると吐き気がするよ」

映像の中のぼくは何も答えなかった。笠山は顔をしかめて、「わるい」とぶっきらぼうに謝った。気まずそうに視線を泳がせる。

「ダイニングは向こう側かな。ちょっと見てくる」

笠山はフレームアウトし、画面の中には誰もいなくなった。カメラは相変わらず四号室のドアを睨《にら》み続けている。

ぼくは何をしたっけ？　そう、まず笠山を見送ったのだった。ガラスの食卓が置かれたダイニングは一階左翼側にあって、彼はそちらに歩いていった。ついでに外にいる馬淵の姿を探したが、見当たらず、森の中に入ったのかなと考えたことも覚えている。

そのあとは、馬鹿らしい言い方になるが、右翼側を眺めながらぼーっとしていた。おそらく四、五分程度。具体的には長椅子の肘《ひじ》かけに体を預け、笠山の発言に思いを馳《は》せていた。

硝子屋敷が世間に知られるのが苦痛。それはいかにも一匹狼の笠山らしい主張で、けれどその宿泊施設のプレオープンにのこのこ招待されてきたということは、彼自身にも墨壺コレクションを見てみたいという俗っぽい気持ちがあったのだろう。それから、墨壺深紅がもし生きていたら……と想像し、芸術家肌の建築家と怒鳴《どな》り合う佐竹の姿を思い描いて少しおかしくなった。「殴り殺す」は言いすぎだ。

でもいま振り返ると、この言葉は示唆《しさ》に富んでいたといえる。佐竹はたしかに殺された。殴り殺されたわけでは、なかったけど。

カメラは四号室を睨み続けている。画面の中を動くものは何もない。人は映り込まないし、どこのドアも開かない。三分が過ぎ、四分が過ぎた。

画面端の録画時間が三十四分〇七秒になったとき、

パン！

その音が鳴った。

乾いた破裂音。そう、ドラマや映画で聞く銃声にそれはよく似ていた。映像だと音源の場所は判然としないけれど、実際に耳にしたときははっきりと方向がわかった。宿泊スペースの四号室——佐竹の部屋だ。

このときすぐに動いていれば結果は変わっていたかもしれない。だがぼくは、長椅子にもたれたまま立ち上がることすらできなかった。なんの音だろう。たぶん佐竹の部屋だ。スーツケースでも壊したのかな。でも、あんな音するか？　休暇の雰囲気に呑まれた愚鈍な頭でそんなことを考えていた。

録画時間が三十五分ちょうどになったとき、笠山が談話室に入ってきてぼくに声をかけた。それでぼくも我に返った。

「おい、いま何か……」

「あ、うん。ぼくも聞こえた。佐竹の部屋だ」

「ねえ、何か音がした？」

馬淵の声も割り込んだ。巨体に汗を浮かべ、屋敷に戻ってきたのだ。画面には映っていないが、ぼくらは顔を見合わせ、暗黙のうちに様子を見に行く決断をした。

ここでぼくは、ようやくカメラの存在を思い出す。テーブルの上に置いていたことと、録画ボタンが押しっぱなしだったことを。ぼくはとっさにカメラをつかみ、談話室から廊下へ出た。事件の記録を……などという考えはもちろんなかった。ただの野次馬根性だ。

ぼくの動きに合わせて画面が揺れた。でも四号室のドアがフレームから外れることはない。廊下を駆け抜け、左に曲がる。途中でドアの開く音がし、「すごい音したけど、なあに？」と低血圧な声が聞こえた。碓井さんが二号室から顔を出したのだ。

その碓井さんも合流し、ぼくらは四人一緒に四号室の前に辿り着いた。

「佐竹、どうかしたか？　おい、佐竹」

笠山がノックをし、呼びかける。返事はない。録画時間が三十六分を過ぎる。ぼくが片手でドアノブをつかむと抵抗なく動いた。鍵はかかっていないようだ。

「佐竹、開けるよ？　いいね？」

ドアを開き、部屋の中に入った。

プレオープン中だからということもあるのだろう、部屋の内装は簡素だった。広さは六畳ほど。正面の壁に窓があり、右の壁沿いに液晶テレビが載った薄型デスクと、クローゼット。左側の壁沿いにはシングルベッド。

そのベッドの端に体をのけぞらせるようにして、佐竹が倒れていた。

着替えの途中だったのか、白いドレスの肩紐は腕を通っておらず、下着が露《あら》わになっている。その左胸に開いた小さな穴から鮮血がどくどくと溢《あふ》れていた。

「……佐竹！」

笠山が慌てて彼女を抱きかかえ、首筋に手を当てる。ぼくのほうを向き、絶望的な顔で首を振った。それでぼくらは友人の死を知った。

碓井さんがかん高い悲鳴を上げ、映像の音が割れた。馬淵が尻餅《しりもち》をつきそうな勢いで後ずさる。ぼくもかなり困惑したらしく、画面が関係のない場所を映し出した。ドアのすぐ右にスーツケースが開いた状態で置かれ、その横には佐竹が先ほどまで着ていたシャツが畳まれている。さらに部屋の角には、廊下側の壁に押しつけられるようにしてダウンベストとジーンズがくしゃくしゃに丸まっていた。

それ以外、部屋の中には何もない。

混乱のさ中にいたから、このときの自分が何を思考したかははっきり覚えていない。だけどひとつだけ、こう考えたことは記憶している。

四号室　現場図

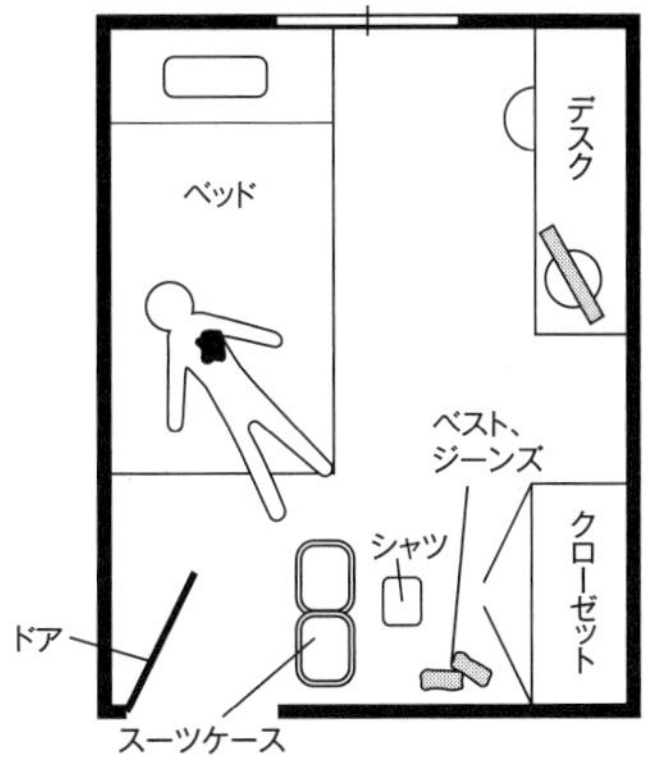

おかしい。

ドアに鍵はかかっていなかった。でもぼくはずっと談話室の長椅子に座って、この部屋のほうを向いていた。四号室のドアは一度も開いていない。誰もこのドアに近づいていない。

ぼくのカメラは犯人の姿を求めてさまよいだす。電気が点《つ》いていたし、窓のカーテンは左右とも開いていたので、隅々《すみずみ》までよく見えた。ベッドの下は？　いや、このベッドは下に隙間《すきま》がないタイプだ。デスクの下は？　もちろん誰もいない。ドアの裏側。いるわけない。とするとクローゼット？　観音開きの扉がわずかに開いている。カメラがそちらに近づき、ぼくの手が両側の扉を開いた。誰の姿もなかった。……窓は？　窓はどうだ？　カメラが部屋の奥へ向けられる。

ごく一般的なアルミサッシの引き違い窓は、左右がぴたりと閉じていた。新品のクレセント錠が内側からかかっているのも、近づくまでもなくわ

かった。

収録時間が三十七分を過ぎる。

「なんなのこれ」碓井さんが嗚咽《おえつ》交じりで言った。「なんなの。佐竹ちゃん、どうして……」

「わからない」笠山が叫び返す。「銃で撃たれたみたいだ」

「殺人だ」馬淵が呆然《ぼうぜん》とつぶやいた。「警察……。警察に、電話を」

「待って。ちょっと待って。変だよ、これ。犯人はいったいどこに……」

ぼくの説明は最後まで続かなかった。

映像に新たな異音が侵入したからだ。パチ、パチ、パチ……と、何かが爆《は》ぜるような小さな音。今度はキッチンのほうから聞こえた。

ドアの近くに立っていた馬淵と碓井さんが何事かと廊下に戻り、ぼくのカメラもあとを追った。佐竹の死体を発見したことを人生最大の驚きとするなら、その直後、ぼくらは人生で二番目の驚きに包まれた。

画面に映ったのは、キッチンのドアを包んで広がりつつある炎と、飛び交う火の粉。

「か、火事だ!」

笠山が叫ぶ。さすがのぼくも野次馬根性どころではなく、停止ボタンに手を伸ばした。馬淵の慌てふためく声に碓井さんの絶叫が重なる。画面が大きくぶれ、そして――

2

そして、始まったときと同じくらい唐突に映像は終わった。

中年の男がパイプ椅子を動かしてこちら側を向く。彼はぼくらひとりひとりを見回して、凝《こ》りをほぐすように首の裏をさすった。

「たしかに、皆さんの証言と食い違う点はないようですな」

「ええ」とか「ああ」とか、力ない応えがまばらに返った。当然だ。二度と見たくないと思っていた死体発見シーンをもう一度確認させられたのだから。

しょせんは映像だし、酷《ひど》さも生々しさも半減だろうと高をくくっていたが、不思議なことに画面の中の出来事は現実よりずっと陰惨に感じられた。笠山、馬淵、碓井さん、みんな気分が悪そうだ。初めて佐竹の死体を見せられた重松さんもぼくらの後ろで顔を青くしている。深呼吸して落ち着きたいけど、ここではそれも難しい。あたりにはまだ不快な焦げ臭さが漂っている。

ぼくらは、焼け跡に設置されたパイプテントの下にいた。

火事に気づいたときにはもう手遅れで、炎はキッチンを呑み込んでいた。ぼくらは佐竹の死体を運び出す暇さえなく、大慌てで硝子屋敷の外に逃げた。街に戻る途中だった重松さんに携帯をかけ、すぐに対応してもらったが、消防車が駆けつけるころには屋敷全体に火が回り、消火のすべはなくなっていた。

ぼくらはパトカーに乗って街まで戻り、警察署で事情聴取を受けながら不安な時間を過ごした。一夜明けてからもう一度ここに連れてこられ、世界一楽しくない映像鑑賞会が始まったわけだ。

名残《なごり》を惜しむように、また焼け跡を見る。

硝子屋敷は全焼していた。堂々としたホールも、美しい螺旋階段も、精緻を極めた内装も。ガラスのすべてが熱で割れ、ドロドロに溶け、ひしゃげて曲がって崩れ落ち――墨壺深紅の人生の結晶は、無残な灰色の残骸と化していた。宿泊スペースももちろん丸焼けで、捜査員たちが瓦礫《がれき》を撤去するために動き回っている。

昨日車の中で考えたことは奇《く》しくも現実となったわけだ。透き通った屋敷は、蜃気楼のようにそのまま消えてしまった。無風の There is no 嘸ヶ森だけあって、周りの木に火が燃え移らなかったことだけが不幸中の幸いだった。

「一夜明けたら死体が……なんてのは小説でよくありますが、到着して三十分弱でというのは最短記録ですな」

中年の男――長野県警の戸部《とべ》と名乗った刑事は唇を歪《ゆが》めた。場を和ませるためのジョークだったのかもしれないが、笑った者は誰もいない。刑事はすぐ真顔に戻り、「よろしい」と続ける。

「手始めに火事のことから考えましょう。私らみたいに人を疑うのが仕事じゃなくても、山奥の森の中で殺人事件と放火事件がたまたま同時に起きた、なんて与太話を信じる人間はいないでしょう。二つの事件は同一犯の仕業だったはずです」

「あれってやっぱり、放火なんですか」と、ぼく。

「ええ。出火場所はキッチンです。ガソリンみたいな燃料を撒いて火をつけたようです。ただ、放火のタイミングがいつかはわかりません。銃声が聞こえてから皆さんが四号室に入るまでには二分ほど間がありましたな。そのわずかな間に犯人がキッチンに移って火をつけたのかもしれませんし、あるいは事前に時限式の発火装置のようなものが仕掛けられていたのかもしれません。導火線と燃料入りの袋を用意すれば簡単に作れますからな。キッチンならシンクの下とか、隠し場所もいくらでもありますし」

「何か、そういった痕跡《こんせき》でも？」

「いえ。キッチンは焼け方が激しくて、何もわからない状態です。そこがやっかいでしてな。とりあえずキッチンに出入りした人間というと……碓井さん、あなたと被害者の佐竹さんだけですが」

「わ、わたしが火をつけたって言うんですか！」碓井さんは感情を爆発させた。「わたしは、飲み物がほしかっただけです。車に酔って気分が悪かったから……。そ、それに、佐竹ちゃんもずっと一緒にいたし」

「いや」笠山が口を挟んだ。「映像だと、碓井は佐竹よりも少し遅れてキッチンを出てきた」

「ほんの何秒かでしょ。仕掛けなんてできないわよ！」

「ええ、ええ。わかってます」と、戸部刑事。「ただ、何か気づくことはありませんでしたか。たとえば勝手口のドアです。図面を確認しましたが、あのドアは内側に閂《かんぬき》タイプの鍵がついていて、中からのみ開け閉めできるようでした。その鍵が開いていたとか、壊されていたということはありませんでしたか？」

「鍵のことなんて、知りません。キッチンにいたのは一瞬だったので」

「なぜ勝手口のことを気にするんです」と、笠山。「犯人が外から侵入したとでも？」

「そういうわけではありませんが……」

「外からだとしたら、怪しいのは馬淵だな」

笠山はずけずけと言い放った。馬淵はええ、と戸惑った反応。

「だって屋敷の外にいたのはおまえだけだろ。勝手口から忍び込んで工作を行うチャンスはいくらでもあったはずだ」

「そんな……お、おれがやるわけないじゃないかあ」

「現に映像にも残ってたろ。俺たちと手を振り合ったときだよ。おまえ、キッチンの裏からこっちに向かって歩いてきたじゃないか」

「散歩をしてただけだよ。宿泊スペースには近づいてないし、目を向けてすらいないよ。森のほうを気にしてたから……。そんなこと言うなら笠山だって怪しいんじゃないか？　飯島と話したあとでどっか行ってたんだろ？　外に出て回り込むこともできたんじゃ」

「ダイニングを見に行ってたんだよ。だいたい外に出たらおまえに気づかれるだろうが」

「だっておれ、そのときは森の中にいたし……」

「笠山が宿泊スペースに回り込もうとしたら、ぼくの視界にも入ったと思う」

仲間割れを止めたくて、ぼくも口を出す。

「硝子屋敷は中からも外が丸見えだし。ぼくはずっと宿泊スペースのほうを向いてたから」

「そうだな。だから俺が外に出た可能性よりは、飯島が外に出た可能性のほうが高い」

ええっ、と馬淵と同じような声を発してしまった。

「談話室で別れたあと、俺は飯島がそこに居続けたかどうかを知らない。ビデオにも飯島の姿は映ってない。こっそり外に回って火をつけることもできただろ?」

「ひどいよ笠山……。せっかく君を弁護したのに」

「弁護はありがたいが、こういうのは心情抜きで考えるべきだ」

「同意見ですな」

専門職の一言でぼくらは我に返る。戸部刑事は鹿爪《しかつめ》らしい顔で腕組みしていた。

「わかりました、放火の機会は一応全員にあったとしましょう。次は殺人についてです。佐竹さんの死体は黒焦げでしたが、体内からコルト・ガバメントの銃弾が見つかりました。日本でも流通している銃――と言うとおかしいですが、暴力団なんかでよく取り引きされるやつです。銃器に詳しい部下もあの銃声はコルトのそれに間違いないと言っとりました。映像を見る限り室内に拳銃はありませんでしたし、焼け跡からも発見できなかったので、自殺とは考えられません。そもそも自殺なら胸ではなく頭を撃つでしょうからな。そうなると、問題は……」

戸部刑事はみなまで言わず、容疑者たちをじろりと眺めた。ぼくらには言葉の続きが容易にわかった。

問題は、誰が殺したかだ。

「皆さんは被害者と旧知の仲で、今回は三年ぶりに五人そろっての旅行だったそうですな。発案者は佐竹さんで、泊まるのも佐竹さんの会社でオープン予定の宿泊施設。彼女が参加することは確実だったわけだ。会社経営で多忙な彼女と人里離れた場所で対峙《たいじ》できる貴重なチャンス。皆さんの中の誰かがその好機を狙《ねら》って――などと、穿《うが》った想像をすることもできます」

縁起でもないたとえ話をしてから、刑事の視線は笠山を捉える。

「動機面から攻めるなら、笠山さん、あなたは佐竹さんと硝子屋敷について少なからぬ思いを持っていたようですが」

「もし俺が佐竹を殺《や》るなら、人前で動機を語ったりしませんよ。それに俺に殺せたはずがない。俺は銃声の直後、談話室で飯島と顔を合わせてるんです」

「直後といっても一分ほど間がありました。健康体の成人男性なら、外から回り込んで談話室へ戻ることも時間的には可能でしょう。三十秒もあれば充分です」

「だから、そんなことしたらほかの奴に目撃されますって。……それに誰の仕業にせよ、どうやって殺したっていうんです？　あの部屋には誰も出入りできなかったんですよ」

笠山が核心を突き、その場の全員が黙り込んだ。

そう。すべてはぼくの映像が証明していた。四号室の出入口はドアと窓だけ。窓には内側から鍵が。ドアの鍵は開いていたが、そのドアは佐竹が部屋に入ってから死体となって見つかるまでの間、ずっとカメラのフレームに収まっていた。ドアは一度も開閉していないし、誰かが近づいてさえいない。なのに犯人は、部屋の中から忽然《こつぜん》と消えていた……。

どこから入って、どこへ消えたのか？

「ひ、秘密の通路とかがあったんじゃ」

ぼそりと発言したのは碓井さんだった。笠山が「おいおい勘弁してくれよ」と言いたげに肩をすくめる。

「でも、そうとしか考えられないじゃない。四号室のどこかに抜け道があって、こっそり出入りできたとしか……そ、そうよ。犯人が屋敷に火をつけたのも、その証拠隠滅を図るためかも」

「お言葉ですが碓井さま」重松さんが控えめに反論した。「硝子屋敷並びに増築した宿泊スペースの図面は、社員も佐竹社長もチェック済みでした。そのような仕掛けはどこにも存在しませんでした」

「その点は私らもチェックを行いました。増築を受け負った業者にも部下が聴取を。残念ながら秘密の通路や隠し扉はないようですな。先ほど火災研の職員にも焼け跡を見てもらいましたが、そんな大規模な仕掛けがあったらいくらなんでも痕跡が見つかるはずだと言っとりました」

「じゃ、じゃあどうやったっていうんです！」

唾を飛ばす碓井さん。感情の起伏が普段と大違いだ。戸部刑事はまた首の裏をさすりながら、

「たとえば……犯人がドアの後ろに隠れていて、混乱に乗じて抜け出したとか」

「馬鹿馬鹿しい。ドアのそばには俺たちがいたんですよ」

「ぼくもドアの裏は気をつけてました。誰も隠れてなかったと思います」

笠山とぼくが言い、その説も否定された。続いて馬渕が口を開く。

「部屋に入らずに殺すこともできたんじゃないかなあ。銃で撃たれてたんだろ？　小さな穴を通して遠くから射撃したとか」

「ゴルゴ13じゃあるまいし、無理だよ」と、ぼく。「それに、銃声ははっきり四号室の中から聞こえたし」

「それはほら、録音とか」

「あれが録音なら、本物の銃声はいつ響いたんだよ」と、笠山。「それに、俺たちは銃声が聞こえてから二分ほどで部屋に入ったが、死体の傷口からはまだ血が流れていた。佐竹は間違いなくあの銃声がしたときに殺されたはずだ」

「検視でも、近距離からの射撃だと報告が入っとります。弾は死体の体内に留《とど》まってましたが、かなり深く食い込んでいたそうです」

立て続けに反論され、馬渕はしゅんとしたように大きな体を縮こまらせた。もうほかに珍説は出ないようだった。

でも――

「でも、そんなのっておかしいですよ。これじゃ完全に……」

「密室殺人っすね」

ぼくが結論付けようとしたとき、ふいに知らない声が割り込んだ。

振り向くと、キャップを前後逆にかぶった若い女性が立っていた。

作業服を着ているが、鑑識係の青いそれではない。カーキ色の薄汚れたつなぎである。そばかす顔の眉間には薄く皺《しわ》が寄っていて、ヤンキーに睨まれているようなプレッシャーを感じた。どうも片田舎のバイク屋といった風情の見た目だが、彼女が持っているのはレンチでもスパナでもなく、付箋《ふせん》だらけの分厚い手帳だった。

「なんだあんた、記者か？　ここは立ち入っちゃだめだよ」

戸部刑事はパイプ椅子から立ち上がり、部下の誰かを呼ぼうとする。だがその途中ではっと顔を強張《こわば》らせ、女性に指を突きつけた。

「待て！　知ってるぞ。一課の会議で話題になってた。たしか……」

「仲介屋の琵琶《びわ》っす。見てるだけなんでおかまいなく」

女性はぶっきらぼうに名乗り、焼け跡のほうへ目を移した。どうも話に追いつけない。

「刑事さん、仲介屋って」

「どっから情報を仕入れてるやら、ときどき現場に現れる女です。捜査の邪魔をするわ妙な連中を呼び出すわで、こっちも困ってまして……」

「妙な連中？」

「探偵っす」琵琶と名乗る女が答えた。「あたしらそれが仕事なんで」

追いつくつもりだったのに、さらに差をつけられてしまった。

聞き間違いでないとしたら、彼女はいま「探偵」と言った。探偵――。警察言うところの「妙な連中」。信用調査や素行調査を行うそれとは違った意味合いに聞こえた。まさか、捜査に介入して謎を解く探偵？　そんな連中、実在するのか？　「それが仕事」って……探偵に事件を仲介する仕事？

「ごちゃごちゃ言ってないでいますぐ出てってくれ」

「いいっすよ。もうだいたい調べ終えたし」琵琶は手帳を閉じて、「この感じだと薄気味《うすきみ》さんが適任でしょうね」

「うすきみい？」

「薄気味良悪《よしあし》。いまちょうど近くに滞在中らしくて。墨壺屋敷で密室で火事とくればあの人的にはSSR《エスエスレア》級の案件っすし、すぐ飛んでくると思いますよ。ヘリか何か使ってでもね」

「誰だか知らんが部外者を呼ばれちゃ困る」

「でも、プロの助言があったほうがあなたらも助かるでしょ」

彼自身も捜査のプロであるはずなのに、戸部刑事は声を詰まらせた。その強く出られない態度と先ほどの言葉から察するに、両陣営の接触はこれが初めてではないのだろう。ぼくの膝がそわそわと揺れた。硝子屋敷の非現実にまだ囚われている気分だった。

警察は探偵を知っている。

彼らがどういう連中で、どのくらい役に立つのかを知っている。

「実力についてはご心配なく。薄気味さんは京都の後目坂《うしろめざか》の一番人気っす。あの探偵街にはピンからキリまで探偵事務所が並んでますけど、その中で一番ってのはかなりの折り紙つきっすよ。淀側基準《よどがわスケール》でもDQ80以上をマークしてますし。不安なら千葉県警に電話して、去年起きた轡邸《くつわてい》事件について聞いてみてください。たしか薄気味さんが解決してたはず」

馴染《なじ》みのない単語を交ぜながら、いかにも仲介業めいた口調で話し続ける琵琶。

「性格も上位の探偵の中じゃまともなほうっすからご安心を。変わったとこがあるとすれば──」

「事故物件に住みたがることくらいかな」

彼女は眉間に皺を寄せたまま、呆れるように笑った。

3

「大変見事な焼け具合ですね」

一時間後。仲介屋の予言どおりチャーターヘリで現れた男は、嬉しそうに焼け跡を見回した。まるで高級レストランでステーキを品評するような言い方だった。

「さすがは墨壺コレクション全焼してもなお美しい。散らかったガラス。焼けただれた柱。鼻をつく悪臭。怨念《おんねん》渦巻くようなこの雰囲気。お見事です実にお見事。僕の別荘に加えるにふさわしい物件ですよ。物件というほど原形を留めてはいませんがね。あっは」

何やらはしゃぎながら男はパイプテントに入ってくる。ぼくらはたぶん、全員が同じことを考えていた。

こいつが本当に探偵なのか？　と。

旅行会社の広告などでよく見る、和装の外国人——というのが僕の抱いた第一印象だった。軽く癖のついた波打つ金髪、すらりと細い顎《あご》に雪色の肌。ハリウッドスター級の容姿を持つその男が、スーパーの特売品めいたしじら織りの甚平《じんべえ》を着ている。履き物は木の右近下駄《うこんげた》。二十代か三十代か、国籍も不詳なら年齢もよくわからない。口元はにんまりとカーブを描き、ウィンクのつもりなのかなんなのか、ずっと右目を閉じていた。

そしてもうひとり——甚平男の後ろに控えたのっぽの男。彼は古きよき六〇年代の生き残りだった。黒い髪を長く伸ばし、額には紐状のバンドを巻いている。Tシャツの上にフリンジベストを羽織り、ズボンは足元がラッパのように広がったベルボトム。ひげを生《は》やしていないことを除けば完全にヒッピーだ。彼もまた年齢不詳だが、薄い色のサングラスからは世を儚むような超然とした目が透けて見えた。そしてギターケースの代わりに、スケッチブックを一冊持っていた。

「やあやあどうもはじめましてこんにちは。事故物件収集探偵の薄気味良悪です」

甚平姿の男が名乗った。続いてヒッピー男が口を開く——のではなく、スケッチブックを開く。一ページ目に〈遊山遊鶴《ゆさんゆづる》〉と名前らしきものが書いてあった。

「助手の遊山くんです」と、薄気味。「すみませんね。彼は人と喋《しゃべ》るのが苦手でしてコミュニケーションはもっぱら筆談なんです」

遊山と名乗った男はスケッチブックのページをめくり、何やらマジックペンで書きつけた。そしてそれを薄気味に見せる。

〈苦手じゃない　控えてるだけ〉

「ああはいはいそうだったね。お酒と同じ。人との会話が健康に悪いという君の持論は理解しかねるけどまあバランス的にはちょうどいいよ。僕がちょっぴり饒舌《じょうぜつ》なほうだものね。会話の量まで釣り合いが取れてるなんてやっぱり僕らは名コンビだねえ」

あっは、と独特のアクセントで笑う薄気味。その勢いに呑まれたからか、〝轡邸事件〟とやらについて調べたからか、戸部刑事は闖入《ちんにゅう》者たちの振る舞いに口を挟もうとしない。彼はただ、無人島で助けを求めるみたいにおどおどと目を移ろわせていた。仲介屋はすでにこの場を去っていて、あいにく探偵との間を取り持つ役はいなかった。

「な、長野県警の戸部です……戸部だ」敬語を使うべきか迷ったらしい。「ええと、聞いた話だと力を貸してもらえるとか、もらえないとか」

「力を貸す？　その表現は二つの点で間違ってますね。まず僕が扱うのは力ではなく知恵です。それに貸したりはしません。貸したら返してもらわなきゃいけないじゃないですか。僕はあなたたちに返してもらうほど知恵に困ってませんからね。よって一方的に知恵を与えるという表現が正しいでしょう一種の慈善事業です。表向きの手柄もあなた方の独占でよろしい。その代わり解決できた暁にはこの焼け跡の所有権を譲っていただきます。僕はこういった場所を保全するのが趣味でしてね。つい先日もおやどうしたの遊山くん」

助手に肩を叩かれ、薄気味は振り向いた。スケッチブックには一文字〈金〉と書いてあった。

「ああそうそう忘れてた。謝礼も少々いただきますよ。僕らにも生活があるのでね。まあ今回殺されたのは不動産グループの社長だそうですから国民の血税よりかはそちらからふんだくったほうが後腐れはないでしょう」

薄気味はウィンク顔を維持したまま重松さんを見やった。「あ、はい」と社長秘書は背筋を伸ばす。

「犯人を見つけていただけるなら、我が社としましてはいくらでも」

「では早いところ解決に取りかかりましょう。硝子屋敷の残骸もゆっくり愛《め》でたいところですしね。いえ詳細は話さずともけっこう琵琶さんからほぼ聞いています。事件の前後を記録した映像があるそうですね。それだけ見せてもらってもよろしいですか」

「見せるだけなら……」

戸部刑事はビデオデッキに手を伸ばす。薄気味はパイプ椅子であぐらをかき、片膝の上に頬《ほお》杖《づえ》をついた。遊山はその後ろに立ったまま、ぼくらも周りに群がったままで映像が始まった。

そしたら牧師がこう言ったわけ——佐竹の微妙なジョークと、車内を包む愛想笑いをもう一度聞かされる。

「これ全部で何分ですか」

薄気味が尋ねた。「三十分くらいです」とぼくが答えると、探偵はリモコンの三倍速ボタンを押した。会話が早口になり、アングルがめまぐるしく切り替わる。目がちかちかしそうなその画面を、薄気味は左目だけで凝視し続けた。ぼくらの人間関係については仲介屋から聞き及んでいるのか、質問などすることもなかった。

昨日のぼくらは猛スピードで硝子屋敷に到着し、談話室に入り、死体を発見して火事に遭遇した。早回しの映像は十分ほどで終わった。

「どうです……どうだ？」と、戸部刑事。「何かわかったことは」

「存外簡単そうな事件ですね。片目で充分」

「え？」

「でもトリックが絞りきれないなあ。秘密の通路という可能性もあるにはある。ちょっと失礼して現場を拝見」

甚平姿の探偵はテントから離れ、カランコロンと下駄を鳴らして焼け跡へ踏み入る。六〇年代ファッションの助手もその一歩あとをついていく。

宿泊スペースの残骸をうろつく探偵たちを、ぼくらは不安げに見守った。ゴミ山で遊ぶストリートチルドレンを眺めているようだった。薄気味はきょろきょろと首を巡らし、歩幅で何かの距離を測ったり、黒焦げの物体を拾って観察したりする。ときおり「遊山くんこの下見せて」などと助手に頼み、遊山は沈黙したまま瓦礫をどかす。

——ちょっと待った。家の瓦礫って、片手であんな簡単に持ち上げられるものなのか？　手ごろな大きさの瓦礫はすでに捜査員が片付けていて、いま残っているのはクレーンを使わないと撤去できないような大きな塊ばかりだ。ログハウス用の丸太って一本何キロくらいだっけ？

「薄気味悪い奴らだ」

笠山がつぶやく。ぼくはうなずかざるをえなかった。

五分ほど歩き回った末、探偵たちはテントに戻ってきた。

「抜け道や隠し扉の痕跡はありませんね」

「わ、わかるのか」

「一応事故物件を専門にやってますからそれくらいは焼け跡からでも。にしても風がないから嶸ヶ森とはよい名前をつけたものです。たしかに風を感じません」

と、何やらひとりで納得したあと、

「刑事さん。戸部さんでしたっけ。ひとつだけお聞きしたいんですが昨日このあたりの気温が何度だったかご存知ですか。日中の気温です」

「気温？　昨日は……二十度くらいだったと思う」

戸部刑事が答え、ぼくらも同意した。そう。初夏の長野らしく過ごしやすい一日で、だから硝子屋敷の中でもエアコンが必要なかった。

「二十度。なるほどそうですか」

薄気味は顎を撫でてから、ひらりと身をひるがえし、

「あなたが犯人ですね」

重松さんを指差した。

「わ、私ですか」

突如名指しされ、さすがの重松さんも慇懃《いんぎん》な態度を崩した。

「私が、佐竹社長を殺したと？」

「社長を殺したのもあなたですし屋敷に火を放ったのもあなたです。佐竹さんを撃ち殺したあとキッチンに移動し放火してから北側の森に逃げたのでしょう。三〜四分あれば時間的には充分です。勝手口はあなたが前日のうちに鍵を開けておいたんじゃないかな」

「何をおっしゃっているのかさっぱり……。そもそも、なぜ私が」

「なぜって？　わかりきっているでしょう。あなた以外犯人じゃありえないからです。密室トリックもあなたにしか実現不可能な仕掛けが使われている。ひとつならまだしも二つが一致したとあっちゃいくら慎重入念がモットーの僕でも確信を持たないわけにいきませんよ」

ぼくらはテニス観戦者のように、探偵と秘書とを交互に見た。

重松さんが犯人というのも意味がわからないが、それよりも解決スピードが理解できなかった。薄気味良悪がやったことといえば三倍速で映像を見て、宿泊スペースの焼け跡をうろつき、昨日の気温を尋ねただけだ。なぜそれだけで犯人がわかるのか？　しかも、トリックまでわかったって？

「動機はいったいなんでしょう？　社長にこき使われてストレスが溜《た》まっていたのかな。それとも墨壺深紅の隠れ信奉者で屋敷が汚されるのに耐えられなかったとか？　ただの怨《うら》みならこんな殺し方する必要ありませんから後者のほうがありそうですね。笠山さんも言ってましたがあの女社長のセンスのなさにはほとほと呆れますよ。彼女を始末したのは正しい行いだったと僕は思いますね。だからと言って見逃すつもりもありませんが。仕事ですからね。あなたには申し訳ないけれど。あっは。おや何かな遊山くん」

〈信奉者が火をつけるか？〉

「屋敷がＳＮＳで晒《さら》しものになるくらいならいっそ燃やしてしまえと思ったのさ。ほらアイドルなんかでもよくあるでしょ。大好きだけど誰かのものになるくらいなら殺してやる的なファン心理」

遊山は軽く考え込み、またスケッチブックにペンを走らせ、

〈たしかに福山雅治《ふくやままさはる》が結婚したときは悲しかった〉

「福山さんの幸せを願ってあげなよ遊山くん」

「待ってくれ」戸部刑事が割って入った。「わからない」

「そうですか？　有名人じゃないですかドラマにもよく出るし」

「いやそうじゃない。福山雅治の話じゃない。なぜこの人が犯人なんだ」

刑事は秘書を顎でしゃくった。ぼくらも、張本人の重松さんも、怪訝《けげん》な顔でこくこくとうなずく。

「私が社長を殺しただなんて、とんでもございません。犯人だとおっしゃるならその根拠を

「……」

「もちろんこれからお話ししますよ」

薄気味は彼の言葉を遮り、またパイプ椅子の上にあぐらをかいた。

「まず犯人がどうやって四号室に入ったかを考えましょう。至近距離から銃を撃っている以上犯人は必ず四号室の中にいたはずですね。しかし佐竹さんが入って以降四号室のドアには誰も近づかなかったわけですから侵入方法は次の二通りに限定されます。①窓から入ったか②佐竹さんが入る前から部屋の中に隠れていたか。①のほうが簡単そうですが問題は佐竹さんが若い女性であり部屋の中で服を着替えていたという点です。想像してみてくださいよ。誰かが窓から入ったとして着替え途中の彼女になんて言い訳するんですか。『やあこんにちは。ちょっとふざけて窓から入ってみたけど気にしないでね』？　馬鹿馬鹿しいじゃありませんかそんなことしたら悲鳴を上げられる危険が大ですし運よくそれを免れたとしても警戒されるに決まってます。警戒されたら殺人はできない。したがって侵入方法は②。隠れて待ち伏せしていたわけです。そしてあの部屋の中で長時間隠れられる場所といえば一ヵ所しかありません」

ぼくの頭の中で映写機が回る。

六畳ほどの四号室の室内。ベッドにデスクといったシンプルな内装。ベッドは下に隙間がないタイプだったし、デスクの下は覗き込むまでもなくよく見えた。あの中で隠れられそうな場所は――

「クローゼット、ですか」

薄気味の唇がいっそう楽しそうに綻び、ぼくにうなずきかけた。すかさず重松さんが異を唱える。

「単なる推測でしょう。証拠は……」

「服ですよ」

探偵は金髪を指に巻きつけながら続けた。

「四号室の壁際でくしゃくしゃになっていた佐竹さんの服。部屋に入った彼女はドアの横にスーツケースを置きその場でドレスに着替え始めたのでしょう。そこまではよろしい。しかし到着早々着替えるほど身だしなみに気を遣う女性が脱いだ服をくしゃくしゃのまま放るなんておかしいじゃありませんか。現にシャツは床の上にきちんと畳まれていました。おそらく彼女はほかの二枚も同じようにしてシャツの近くに畳んでおいたはずです。その後何か不測の事態が起きダウンベストとパンツだけが壁際にくしゃっと押しつけられてしまったのでしょう。では何が服を押したのか？　位置関係から見れば明らかです」

遊山がスケッチブックをめくり、さらさらとペンを動かす。

〈クローゼットのドア〉

「そのとおりさ遊山くん。あのクローゼットは観音開きタイプだった。それが開いたとき床の上の服が扉に押されて壁にプレスされたってわけ。畳んで置かれた場所が扉の軌道の外側だったためシャツだけは難を逃れたんだろう。この事実は佐竹さんが服を脱いだあとでクローゼットが開閉されたことを示している。しかし佐竹さん自身が開けるならその前に服をどかすはずだ。大切な自分の服なんだからね。ならばクローゼットを開けたのは佐竹さんではなく犯人。犯人がそんなことをした理由は？　映像だとクローゼット内には誰もいなかった。したがって殺人後に隠れるために開けたのではない。とすれば殺人前にその中に潜んでいたからということになるじゃないか」

脳内で映写機のフィルムが切り替わり、犯行の流れが映し出された。

クローゼットの中に潜み、扉の隙間からチャンスをうかがう犯人。佐竹がベッドのほうを向いたときを狙い、扉を内側から開ける。服が壁に押しつけられる。気配を察して佐竹は振り向くが、時すでに遅し。声を出す間もなく心臓を撃たれ、背中からベッドに倒れ込む――。たしかにクローゼットの中から撃たれたとしたら、倒れていた位置にも齟齬《そご》が生じない。

「さて。犯人は佐竹さんに先回りして四号室に隠れていたことがわかりました。ではそれが可能だった人間は？　佐竹さんが四号室に入るとき飯島さんと笠山さんは談話室で一緒にいました。碓井さんもまだキッチンにいた。馬淵さんは一足早く外に出ましたが彼はそのあと映像内に現れて飯島さんたちと手を振り合っていますからクローゼットに隠れ続けることはできません。とすると？　あの日硝子屋敷の近辺にいて四号室に先回りすることができた人間かつ佐竹さんを殺す動機を持っていそうな人間は重松さんしかいません。よってあなたが犯人ということになるわけです。おわかりですかね」

薄気味の饒舌が途絶え、〝嗤ヶ森〟の名にふさわしい沈黙が場を包んだ。

刑事とぼくらの視線は、重松さんに注がれていた。彼の顔は冷静さを失っていないが、額には汗が滲《にじ》み始めていた。

遊山がまたペンを走らせる。

〈車で帰ったのは見せかけか〉

「そうだよ。車で帰ったふりをして森を少し入ったところに停車してすぐ屋敷に戻ったの。火事が起きたあとは森の中でしばらく待ってタイミングを見計らって四人を助けに戻ったわけ。子どもじみたトリックだけど森の中なら銃なども捨てられるしね」

〈馬淵が森を散策してたはずだが〉

「そう。ギリギリだったのさ。馬淵さんがもうちょっと森の奥に入っていれば車を見つけていたはずだ。彼が外に出たこと自体計算外だったろうね。だってそうじゃない？　初めて硝子屋敷に入ったのにすぐ外に出ちゃう人なんて想定できる？　普通は一時間くらいかけてゆっくり中を見るよ。飯島さんがカメラを回し続けていたのも想定外だったと思う。本来は被害者以外の四人の証言を利用して視線の密室を作るつもりだったのだろう。何しろ硝子屋敷は透け透けでどこからでも四号室のドアが見えるからね。そうそう想定といえば——」

と、薄気味は重松さんに向き直って、

「佐竹さんが到着してすぐ四号室にこもるであろうことを想定できた人間もあなたくらいしかいませんね。彼女が着替え好きというのは有名だったようですが硝子屋敷用にドレスを新調した事実を知ることができたのは秘書のあなただけでしょう。ほかの四人は三年ぶりに集まったわけですから」

とどめのようにつけ加えた。重松さんは錆《さ》びついたロボットみたいに右手を動かし、やっとのことで額の汗を拭《ぬぐ》った。そして咳ばらいをひとつ。

「大変興味深いお話でした。……しかし、私に殺せたわけがございません。仮にうまく先回りして、クローゼットに隠れられたとしても、あの部屋から出ることは誰にも不可能だったはずです」

「よろしい。では次に密室の謎を解きましょう」

臆することなく応えられ、重松さんは逆にひるむこととなった。一歩後ずさり、磨かれた靴の踵《かかと》が地面を削る。探偵は機先を制するように手を突き出す。

「おっと。逃げたり暴れたりするのは僕としてはおすすめしません。遊山くんは強いですからね。シンプルに強い。何事もシンプルなのが一番です。この事件のトリックも極めてシンプルでその点は感心しました。合理的なのも非常によい。屋敷を燃やすことが社長への報復とトリックの隠蔽《いんぺい》二つを兼ねています。というよりもともと火をつけるつもりだったから火事で隠蔽可能なトリックを考案したとも取れますね。そういう〝ついでの密室〟が僕は好きですよ。密室なんてこだわり抜いて作るほどのものじゃありませんからね」

軽快に言い、薄気味はまた「あっは」と笑った。彼の右目はいまだに閉じられたままだ。その場にまったくそぐわない、不気味なくらい爽《さわ》やかなウィンク。誰かの椅子のパイプが小さく軋《きし》んだ。

喋り疲れた様子はまったく見せず、探偵は推理を再開する。

「すでに何度か言及しましたが佐竹さんは服を着替えるために四号室に入ったのでしたね。実際に死体で発見されたときも着替え途中の状態でした。それで僕は映像を見ながら『おや？』と思ったんです。『おや？　どうしてカーテンが開いているんだろう？』と」

重松さんの両目がぎょっと見開かれた。

「若い女性が部屋のカーテンを全開にして服を着替えようとしますかね？　森の中だから気にしなかったのでしょうか？　いいえ。佐竹さんは馬淵さんが屋敷の周りを歩いていることを知っていたはずです。それにあの部屋のカーテンは最初から閉じていました。それをわざわざ開けて着替えるというのはありえないことです」

そうだ。佐竹が宿泊スペースに向かうよりも、馬淵が外に出ていくほうが先だった。それに、硝子屋敷に到着して車から降りたとき、カメラにはカーテンの閉じた五つの窓がはっきりと映っていた。

なのにぼくらが踏み込んだとき、四号室のカーテンは開いていた――

「佐竹さんが開けるはずないのであればカーテンを開けたのは必然的に犯人ということになります。そしてクローゼットに隠れていた事実がある以上カーテンを開けたのは佐竹さんを撃ち殺してから皆さんが部屋に入るまでの短い間。その短い間でわざわざカーテンに手を伸ばしたとすれば理由はひとつしか考えられません。犯人が窓から逃げたからです。窓から出るには当然カーテンを開ける必要がありますし早くしないと飯島さんたちが入ってきますから外に出たあと閉め直す余裕がなかったというのも納得です。さあこれでひとまず結論が出ました。犯人はどこから逃げたのか？　答え：窓から。至極妥当ですね。部屋には窓とドア以外出入口がなかったしドアからは誰も出てこなかったんですから」

「いや……窓から逃げるのも不可能だろ」笠山が言った。「鍵がかかってるのを全員が見たし、映像にもちゃんと映ってた」

「何か、外側から鍵をかける方法があるのか？」

戸部刑事が重ねて尋ねる。薄気味は首を横に振り、

「鍵をかける方法はありません。時間的に考えて犯人に施錠トリックを用いる余裕はなかったはずです」

「じゃあやっぱり、密室のままじゃ……」

「まあまあ。焦らず続きを聞いてください。犯人が窓から逃げるためにカーテンを開けたとしてもひとつ疑問が残ります。それは『なぜ両側のカーテンを全開にしたのか』。ちょっと皆さんもう一度想像してみてください。佐竹さんを殺して急いで窓から出る必要があったとしましょう。でもその場合ってカーテンは片側だけ開ければ充分じゃないですか。あの窓はごくごくスタンダードなサッシ窓でどちらか片方を開けばすぐ出ていけるんですから。朝日を浴びるジブリヒロインじゃあるまいしなぜカーテンを全開にするのかが理解できません。この行為はまったく不可解です。ねえ遊山くんもそう思わない？」

〈無意識にやったのかも　普段の癖で〉

「無意識の行動なわけないじゃない。犯人は外に出ようとしてカーテンを開けたんだよ？　靴、

を持っていたに決まってるでしょ。ということは片手がふさがっていたわけだ。片手じゃ一気にカーテンを開くことはできないよ。つまり両側が開いていたってことは故意に片側ずつ開けたってことになるわけだ」

遊山は新たなページを開いた。これは名前と同じようによく使う言葉らしく、最初から書き込まれていた。

〈異論ない〉

「さて話を戻しましょう。犯人はわざと両側のカーテンを開いた。なんのためでしょう？　カーテンを全開にすることが犯人にとって何かメリットとなりえるでしょうか。たとえば外からでも死体を見つけやすくして発見を早めたかったとか？　いえいえ銃声を派手に鳴らしているわけですから誰かが部屋の様子を見にくるであろうことは容易に想定できます。発見を早めたいならドアの鍵を開けておいたほうが確実です。現に開けてあったでしょう？　とするとカーテンを全開にした理由は？　ここはひとつ逆の命題を考えてみましょう。もし犯人がカーテンを全開にしないまま部屋を脱出していたら。どんなことが起きるか？　少し遅れて飯島さんたちが部屋に入ってきますね。そして死体を発見する。部屋には誰も隠れていない。硝子屋敷は透け透けで四号室のドアは衆人環視下にあったわけですから誰がどこから逃げたのという話になる。ドアじゃないとすれば窓。まさしく映像がそうであったように飯島さんたちは窓に注目するでしょう。そのとき窓がカーテンで半分隠れていたとする。飯島さんたちの取る行動は？　そうです。窓に近づいてカーテンを開けるはずです。そうしなければ窓の様子がちゃんと確認できませんからね。しかし実際は誰も窓に近づかなかった。カーテンは全開で離れた場所からでも窓の様子がよく見えたからです」

　ぼくがカメラを向けたときも、窓には接近しなかった。クレセント錠がかかっていることは誰の目にも明らかだったから。

「つまり……犯人はぼくらを窓に近づけたくなかった？」

「そうなりますね。窓に近づけずに鍵がかかっていることを確認させたかったのです。直後に屋敷が火に包まれてカーテンもクソもなくなっているわけですからカーテンを全開にしたことによって生まれる差異はその一点しか考えられません。さあ。データが出そろいました。犯人は鍵のかかった窓から逃げた。時間的な制約から施錠トリックは用いられていない。そして犯人は窓に近づいてほしくなかった——とここまでくれば答えは明らかでしょう」

　いつの間にか、重松さんは膝から崩れ落ちていた。

「木を隠すなら噤ヶ森。それを隠すなら硝子屋敷といったところでしょうか。あっは」

　ぼくは焼け跡に視線を向け、そこに建っていた硝子屋敷を幻視する。細部まで透明であることにこだわったガラスの建造物。まるでどこにも存在しないかのように、外の景色が透けて見える屋敷。

　まさか——

　どこにも存在しないかのように。

「重松さんは天気予報を見て犯行を決意し前日のうちに硝子屋敷に行って工作をしておいたの

でしょう。そして火事を起こし証拠隠滅をはかった。この程度の工作の痕跡なら充分うやむやにできますからね。ここ喋ヶ森は無風地帯。昨日は過ごしやすい一日だったので屋外と屋内の気温差はほぼなし。曇り空だったので太陽の反射も問題なし。宿泊スペースは建ったばかりでどこもかしこも新品ホヤホヤ。汚れひとつない窓は硝子屋敷のそれと同じように透き通っていた。もうおわかりですね？」

薄気味良悪は解答を告げた。

「四号室の窓にはガラスがはまっていなかったんですよ」

前髪は空を向いている

陽菜《ひな》に、陽菜以外のあだ名なんてないって思ってた。

だって陽菜は、陽菜だし。

1

「えーとじゃあ席立っていいんで、やりたい競技ごとにまとまってくださーい」

聞き慣れた、っていうより聞き飽きた男子の声で、昼さがりの眠気が散らされた。

腕の中から顔を上げる。衣替えしたばかりの夏服はまだ季節になじんでなくて、微妙に肌寒い気がする。教卓に両手をついてるのは担任の荻野《おぎの》じゃなく、ツンツン頭のメガネだった。よしだ。

「適当すぎね？」

「や、俺こういうの向いてないから」

つっこんだ鈴木《すずき》によしが言い返す。チャラい笑い方がちょっとうざい。よしはいい奴だけど、確かにこういうの向いてないと思う。勝手に一学期の委員長に任命した荻野が悪い。その荻野といえばにこにこしながら教室の隅に立っていて、私の眠気を投げつけてやりたくなる。

ガタガタと、周りから席を離れる音がする。五時間目のＬＨＲ《ロングホームルーム》。議題は……なんだっけ。背筋を伸ばすついでに黒板を見た。

クラスマッチ競技決め

男子　サッカー
　　　バスケ
女子　ソフトボール
　　　卓球
必ず一個参加　かけもちOK

ああそうそう、球技大会。クラス対抗の。二年に一度の。

正直めんどいなあ、と思ってしまう。スポーツは好きだし、授業がつぶれるのも嬉しいけど、球技大会って遠足とか体育祭と違ってなんかいまいち盛り上がらない。特に今回は。一年のときは女子の競技にバスケがあって、私はもちろんそっちを選んで、けっこう楽しめた（二回戦で三年に負けたけど）。でも今回はソフトと卓球。あんまりやりたくないっていうか、どっちでもいいっていうか。

ほかの女子も似た思いらしく、席を立ったはいいものの、みんな周りを様子見って感じだった。修学旅行の班決めとかのガツガツした雰囲気とは大違いだ。「どーしよっか」「うーん」という声がちらほら聞こえる。私もどーしよっかな、と考える。

……陽菜はどうするのかな。

斜め後ろの席を見ると、

「あれ?」

求める姿はそこになかった。かわりに、

「クロ、どっちにする?」

すぐ近くから声が聞こえた。

毎日聞いても聞き飽きない、綺麗《きれい》ではきはきした声が。

いつの間に移動したのか、私の斜め前の席に陽菜が現れていた。横には田村《たむら》もいる。二人はボールを持ったオフェンスをマークするみたいに、その席の女子を左右から挟み込んでいた。

静かで受け身でどう見ても地味な側なのに、それが逆に存在感になってて、一度視界に入るとどこまでも気になってしまうブラックホールみたいな女子。枝毛が目立つ真っ黒な髪を肩下まで伸ばして、ちょっとクマのできた大きい目が印象的な、小柄で細身で色白な女子。

黒木《くろき》だ。

「卓球かな」

「へえ。なんで?」

「卓球なら適度にサボれそうだし、陰《いん》キャがやっても許される唯一のスポーツだから」

「あーまた自意識」

「う、うるせえな……ネモはポールダンスでもやってろよ」

「ポールダンスは球技じゃないから」

あきれ顔で陽菜が返す。ポールダンス？　最近フィットネスとかで流行ってるやつか。

「黒木さん卓球にするの？　私あまりやったことないけど楽しそう。私も入っていい？」

何かの単語にセンサーが反応したように。ストレートロングをふわっとなびかせて、隣から明日香《あすか》が割り込んだ。「あっ、うん、もちろん。へへ……」とにやつく黒木。田村が手を伸ばしてそんな黒木の袖をつまむ。っていうか、ねじる。

「私もやるから」

「え、そう。いいんじゃない？」

田村に応える黒木。ぞんざいだな。

「田村さん卓球できるの？」

「ラケットで打てばいいんでしょ」

陽菜に応える田村。ぞんざいだな……。陽菜は気にする様子もなく黒板を見る。

「卓球って定員五人だっけ。あと一人……」

教室を撫でた視線が、当然のように私を見つけた。私も当然のように口元を緩《ゆる》める。合図するっぽくちょっと手を上げて、立つために椅子を引いて——

「岡田《おかだ》さん」

背後から名前を呼ばれた。

思わず振り向く。クロスしたヘアピンと何事にも動じなそうな顔。伊藤《いとう》だった。あんまり話さないけど、前に学食でお昼したことがある。

「岡田さん、中学で運動部だったよね？」

「あ、うん。バスケやってたけど」

「ソフトボール入ってくれない？　運動神経いい人集めたいって、ことが」

伊藤は私の右隣を向く。吉田《よしだ》の席だ。ショートヘアのメガネが、何かに取り憑《つ》かれたような顔で吉田をスカウト中だった。

「吉田さん力強いよね？　学食で私殴ったとき強かったもんね？　ソフトボール入って」

「てめー喧嘩売ってんのか？」

「よ、吉田さん、私もソフトにするから一緒にどうかな」

「しょうがねーな」

田中《たなか》になだめられておとなしくなる吉田。礼の一言もなく次のスカウトへ向かうメガネ。伊藤は友達の奇行に引くでも怒るでもなく、じっと黙って注視している。最近よく抱く感想が今日も私の頭をよぎる。

うちのクラスの女子、やべー奴ばっかだな……。

「二木《ふたき》さん卓球上手いの？」

「わりと得意」

会話が聞こえて、黒木の席を振り返った。陽菜たちの中に新メンバーが加わっていた。二つ結びのまん丸い目の女子。名前は確か二木。こいつも休み時間に教室の後ろで柔軟やってたりして、何考えてるかわからんとこがある。

「じゃあ五人決まったかな」

明日香が席を立って、黒板に名前を書きに行く。陽菜は何か言いたげにこっちを見てたけど、黒木に話しかけられて注意をそらす。

岡田さん、とまた伊藤に呼ばれた。

「ソフト、入ってくれる?」

「え、ああうん。わかった」

どっちにしろ卓球が五人埋まったなら残りはソフトに入るしかない。伊藤は「ありがと」と薄く笑って松田《まつだ》の席へ向かった。メガネよりは常識がある。

教室のあちこちで競技決めが進んでいく。二つ隣の席から「まこっちどうするのー」と南《みなみ》の声。男子は一ヵ所に集まって「バスケに戦力そそごうぜ」と何やらよしが仕切っている。荻野は何が楽しいのやら、うんうんうなずきながらそれを見守っている。

やることがなくなったとたん、しつこい眠気がよみがえって、私は机にへばりついた。髪が少し、重く感じた。

2

小学生のころは放課後のチャイムが楽しみだった。

授業が終わるからってだけじゃない。みんな一斉に動きだすから。女子はグループごとに集まって遊びの相談を始め、男子はランドセルをつかんで教室を飛び出す。バスケの試合開始にも似たその瞬間が好きだった。

でも。同じ毎日が十年続けばそんな元気も枯れてしまう。今日の放課後も、グラスの外を伝った水がテーブルに着地するみたいに、だらーっとしたペースでやって来た。チャイムが鳴って荻野が出ていったあと、やれやれ、どっこいしょ、って感じで生徒たちが帰り始める。元気なのはよしくらいで、和田《わだ》を近所のアクレシオに誘っている。

「吉田さん終わったよ」と控えめな声。昨日の私みたく机に突っ伏した吉田を、田中が揺すってやっている。明日香は英単語のリングカードを開いたまま、廊下で待つ夏帆《かほ》のもとへ向かう。ゴールデンウィーク以降、うちのクラスでも受験への熱が高まり始めた。大学見学に行った奴が多いせいかも。

私もけっこう真面目に受験生をやってたりする。リュックをしょい、彼氏といちゃつく三家《みけ》の脇をすり抜けて、陽菜の席に向かった。陽菜も支度を終えたとこだった。

「茜《あー》ちゃん今日どうする？」

「んー。スタリでちょっと勉強してく？」

「おっけー」

陽菜は指でマークを作ってから、ちらっと黒木の席を見た。椅子から立ったばかりの黒木に田村が話しかけている。

「帰ろうか」

「あっ今日はちょっと……」

「ちょっと何？」

「あっいやちょっと卓球の練習を……」

「そういうのやるタイプじゃないでしょ。サボりたいから卓球にしたんでしょ」

「ま、まあ、そうなんだけど……」

あーだこーだ。やがて決着がついたのか、黒木は「じゃ、じゃあ」と肩を縮めて教室を出ていった。駆けだす足から白い膝が見えて、短いままにしたのか、とうっすら思う。黒木はずっとロンスカだったけど、こないだ「長すぎない？」って話になって膝まで上げた。言いだしたのは陽菜だ。

「あーちゃんちょっと待ってて」

そう言うと、陽菜は田村に近寄った。軽い調子で声をかける。

「ふられちゃったね」

「ふられてないけど」

「私たちスタリで勉強してくけど、田村さんも一緒にどう?」

「…………」

田村が私のほうを見た。そのときの私はたぶんぽけっとした顔で、三人ならファミレスのほうがいいかなあ、とか考えていた。歓迎するっぽく笑顔を返せばよかったかもしれないけど、そういうわざとらしいのはなんか苦手だ。

田村も笑顔を見せなかった。

「今日はいい」

「そっか。じゃまた明日ね」

陽菜が挨拶を終えるころ、田村は耳にイヤホンをはめていた。戻ってきた陽菜にがっかりした様子はぜんぜんなかった。

「お待たせ。行こっか」

「……うん」

むしろ嬉しがるような顔だ。今日のノルマクリア、みたいな。並んで歩きだしながら、私は首を傾げてしまう。

廊下に出たとき、ボブカットの女子とぶつかりそうになった。隣のクラスの内《うち》だ。私の教室を覗《のぞ》き、「いない」とつぶやいてから、あせり顔で走っていく。誰と会うのが狙いなのか、内は最近よく3—5に出入りしている。学食でお昼した帰りとかいつの間にかまざってたし。

ますます首を傾げてしまう。
私の周りってもっと単純で、もっと平凡だったはずなのに。
このところ、よくわからんことが増えてきた……気がする。

正門から出ると、すぐ前の信号が点滅していた。私たちは自然と早足になって、六車線の道路を駆け抜けた。わざわざここを渡らなくても道の先には歩道橋があるんだけど、階段の入口が反対側を向いてるので、回り込まなくてすむ分こっちのほうが近道だ。原幕《はらまく》に通ううち身についたどうでもいいテクのひとつである。

ぞろぞろ歩く生徒たちの中にまじる。並木道を抜けて歩道橋に上がり、ぐわんぐわん音が響く高速道路の下をくぐる。歩道橋を下りるとすぐ前がイオンで、真夏だと原幕生の行列が中に吸い込まれてくのを見ることができる。なぜかっていうと、中を通り抜けたほうが涼しいから。これもどうでもいい原幕通学テクのひとつ。

でもいまは六月で、エアコンとかあんま関係ない。列を抜けてモールに入ったのは私と陽菜だけだった。

入ってからのルートもだいたい決まっている。まず、すぐそばにあるペットショップで立ち止まり、ガラス越しに犬や猫を眺める。ペットたちは基本退屈そうに寝ていて、なんとなく吉田を思い出す。新しい靴のにおいがするＡＢＣマートの前を通って、隣にある雑貨店を覗く。ここはメジャーからマイナーまでキャラものがそろってる店で、陽菜のお気に入り。今日も陽菜はセール棚から、私がよく知らないキャラのグッズを手に取った。うさぎの被り物をした黒猫のメモ帳。でもパラパラめくっただけで、複雑そうな顔で棚に戻してしまう。

「寄んないの？」

「うん……こないだクロがさー」

「黒木が？」

「や、なんでもない」

店を離れる陽菜。私はリュックの後ろにくっついたクマを追いかける。

雑貨店の先にいくつかカフェが入ってて、一番角にあるのが〈STAR TURRYS COFFEE〉だ。狭い店内は今日も混んでいた。二人用の丸テーブルがあいてたので、すかさず確保。ほんとは奥のソファー席が憧れなんだけど、こっちはあいてたためしがない。荷物だけ置いて注文カウンターへ向かう。

トールのキャラメルマキアートを受け取って席に戻ると、先に注文をすませた陽菜が飲みものを撮影していた。小麦色のドリンクの上にたっぷりクリームがのっかった、初めて見るやつ。

「何それ」

「加賀《かが》棒ほうじ茶フラペチーノだって。新商品」

うきうき顔で一口飲む陽菜。直後その顔が固まって、何かに耐《た》えるように口元がひくついた。

「どう」

「思ったよりほうじ茶が強いかな……」

「陽菜ってさ……たぶんだけど、甘いものと健康的なものを足せばカロリーゼロにできると思ってない？」

「え、なんで」

「なんかそういう組み合わせ好きじゃん。はちみつ豆乳ラテとか」

陽菜は黙ったまま目をそらした。頬がパッションアイスティーみたいな色に染まっていた。

そしてリュックからペンケースを出す。

「勉強しよっか」

「あ、うん」

「あーちゃんこれ一口どう？」

「いやいいわ……」

ゆとりありまくり世代の私たちは何を始めるにも時間がかかる。やりたくない勉強ならなおさらだ。

それでも。ノートと問題集を広げて、単語帳の上に別冊の解答例を積んで、シャーペンに芯を補充すると、形から入る感じでエンジンが温まってきた。私はタイマーをセットして英語の長文を解き始める。陽菜は現代語訳のアプリを開いて古文に取りかかる。

隣にいた他校の二人組がサラリーマンに替わって、またいなくなった。外を歩く原幕生の列が途切れ途切れになる。ときどき交わされる無駄話のたび、飲みものが五ミリずつ減っていく。ハズレかと思ったほうじ茶フラペは「あっ慣れたらいけるかも」というつぶやきのあと減るペースが上がった。一口もらったら確かにほうじ茶が強かった。

その微妙な味があとを引いたように、集中力が落ち始めた。ひとつ単語を覚えるたび、ひとつ問題を解くたびに、ローファーで床を叩いたりスマホをいじったりしてしまう。注意散漫《さんまん》なのは私の目標が薄いからかもしれない。進学はするつもりだけど、絶対この大学に行きたいみたいなのはまだない。ゴールデンウィークは陽菜につきあって森永《もりなが》を見にいって、けっこういいなと思ったけど。

陽菜は森永大学の文芸部演劇学科を志望している。

そこで四年間、演技の勉強をするのだという。

陽菜の夢は声優だから。

いまの声優ってアイドルっぽいこともしなきゃいけなくて、なるのはけっこう難しいらしい。でも陽菜なら、なれるんじゃないかと思う。

勉強中の陽菜をチラ見する。Vネックのニットベストと緩めに締めたネクタイ。カラーリップを薄く塗った唇に、私と違ってくっきりしたキュートな目。色が入ったツインテールはちょっと派手だけど違和感とかはぜんぜんなくて、明るい顔立ちによく似合っている。正直かわいい。スタイルもいいし。声綺麗だし。滑舌もよくて、演技もかなり上手いと思う。たまにやってくれる芸能人とか教師のモノマネは本物そっくりだ。

陽菜の夢は声優。

私はそれを、二ヵ月前まで知らなかった。

「そういえばあーちゃん、昨日ごめんね」

ふいに陽菜が言ってきた。

「え?」

「球技大会の競技。卓球誘おうと思ったんだけど」

「ああー、いいよ別に。どっちでもよかったし」

「みんなけっこう適当に決めちゃってたよね。よっちゃんとかもさ」

「まあ負けても球技大会だしね」

「だしねー」

いつの間にかシャー芯が折れていた。カチカチとノックしながら話題を変える。

「さっきの黒木がってやつ。何?」

「や、こないだちょっとまた馬鹿なこと言われて」

続きを待つ。陽菜はそこで話をやめたかったらしく、もごもご唇を動かした。やがて根負けしたように「ネ」と黒木っぽい声で言った。

「『ネモって中二なのにかわいい系も好きとかセンスが取っ散らかってない?』って」

ちゅうに?

「高三だろ」

「いやそうなんだけどそういう意味じゃないっていうか……とにかくあーちゃんは気にしなくていいから」

頬はまたパッションアイスティー色に戻っていた。私は「そう」と答えて背もたれに寄りかかる。ネモ、という発音を舌の上で転がす。

隣で椅子を引く音。新たに女子高生の二人組が座ったところだった。今度は原幕生で、ネクタイの色から二年だとわかった。顔を突き合わせ、何やら真剣そうに話している。

「智貴《ともき》くんやっぱりバスケじゃなくてサッカーだったね。試合とかぶっても朱里《あかり》は応援行っていいからね」

「紗弥加《さやか》。ここでそういう話はやめよ」

「何言ってるのだめだよ朱里そうやって自分の気持ち隠してたら。もっとはっきり出してかなきゃ智貴くんにだって気づいてもらえないよ。もしかしてまだ気にしてるの智貴くんの」

「紗弥加！」

片方が急に大声を出してちょっとびっくりした。でも、アカリとサヤカ……。そうだよなーと私は思う。

女子って基本、名前だよな。

もしくは○○っちとか、ちゃん付けとか。

「そのネモってやつ、黒木が考えたんだっけ」

「あー、うん。なんか心の中でずっと呼んでたみたい」

マジか……。まあ、もう黒木が何をしようが驚かないけど。もしかして私も黒木の中では独特のあだ名で呼ばれてたりするんだろうか。

「どして？」とつっこまれる。

「いや、いい呼び方だなーと思ったから。私もそう呼ぼうかな」

「えーやめてよそんな」

陽菜は困ったように笑う。それから一瞬だけ真顔になり、「オカ……岡さんはもういるか。アカ……あー黒と赤っていいかも……でも呼びづらいかな……」とぶつぶつ言い、からっと晴れやかに結論を出した。

「やっぱりあーちゃんはあーちゃんかな」

「……うん。陽菜は陽菜だわ」

私も笑ってそう返した。

自分に言い聞かすみたいに。

陽菜はアプリに目を戻す。今日のスマホケースはギズモとかいう昔の映画のマスコットだった。センスが変とは思わないけど、かわいい系ともちょっと違うような。

しばらくあと、陽菜は「あ、やば」とつぶやいてギズモをしまった。

「帰んの？」

「うん、レッスンあるから。あーちゃんどうする？」

キャラメルマキアートの残りはあと三口。問題集は次のタームまであと二ページ。

「もうちょっとやってくわ」

「じゃ、また明日ね」

陽菜は返却カウンターにカップを置き、店内のドアから外に出た。ガラス越しに私に手を振り、駅のほうへ歩いていく。

私は勉強に戻ったけど、やっぱり集中は長続きしなくて、十五分くらいで完全にだれた。言いわけのようにカップを空にし、最後の一ページだけ残して片付けを始める。

消しカスを払いながら、陽菜が座ってた席をちょっと気にする。陽菜は消しカスも折れたシャー芯もテーブルについた水滴もみんな掃除して、椅子もきっちりもとに戻してから帰っていた。

最初から誰もいないみたいだった。

3

スタリを出たあとモール内のトイレに寄った。

トイレはよくあるスーパーのそれで、お洒落《しゃれ》なスタリとは一瞬で別世界だ。センサー式水道の下に手をやると、水はジャーじゃなくてびろろろって感じの出かたをした。びろろろ、びろ。石鹸《せっけん》を流しきる前に止まってしまう。センサーの下でまた手を振る。びろ、びろろろ。ため息をつきたくなってくる。

ハンカチで手を拭きながら、鏡を見る。

水垢だらけの鏡面から、どこにでもいそうな顔の女子が見返してきた。彼女は私と目を合わせると、ますますつまらなそうに眉根《まゆね》を寄せた。

手を伸ばし、髪をいじる。

私の前髪は空を向いている。

ゆったりしたセミロングの前を持ち上げて、おでこを見せて、上げた髪はシュシュで一つにまとめている。

中学のときはここプラス左右二ヵ所も結んでいた。昔からボリューミーな髪が好きで、でも伸ばしっぱなしだとバスケをやるには邪魔で、自然とその形になった。バスケをやめて結ぶ必要がなくなっても、前髪だけは慣れちゃったからずっとこれで通している。卒業式みたいなちゃんとした日とか、休日に帽子かぶるときとかはシュシュを取るけど、それ以外は基本これ。男子にはときどきパインってからかわれる。陽菜はいつもかわいいって言ってくれる。

かわいいかどうかは置いといて、私はけっこうこの髪型を気に入っている。遮《さえぎ》るもののない見通しのいい視界は、自分に合っていると思う。

私はなんでもわかりやすいのが好きだ。気負わずまっすぐシンプルなのが好き。もし神様が現れて願いを叶えてやるって言われたら「毎日楽しく」ってだけ願う。それくらい、日々を気楽に過ごしたいと思っている。

でも最近。

好きなはずのこの髪が、ちょっと重い。

上げた毛先を何本かずつ、指でつまんで整えていく。あんまり意味がないとわかりながらもその動きをくり返す。

四月ごろ、陽菜と喧嘩してた時期があった。私と陽菜は一年からずっと同じクラスで、休み時間でも帰り道でも、蛍輝祭《けいきさい》の衣装係でもクリスマス会の幹事でも一年の遠足でも二年の修学旅行でも体育祭のチアダンでも、いつでもどこでも一緒だった。陽菜は私の隣にいて、私は陽菜の隣にいるのが当たり前だった。

だけど陽菜は、私に夢を教えてくれなくて。

私も陽菜の夢に気づくことができなかった。

で、しばらくギクシャクした。まあそれはもうすんだ話だ。結果的には黒木のおかげ……なのか？　わかんないけど、とにかく私たちは仲直りして、私は陽菜の隣に戻った。

もやっとし始めたのは、むしろそのあと。

声優の話を聞くにつれて、陽菜がすごくがんばってることがわかってきた。学校の外で週二回レッスンを受けてるらしい。筋トレやマラソンを真面目にやるのは体力作りのためだったらしい。やりたいことのために準備して勉強して、志望校と学部も決めて、二十歳《はたち》までに結果を出すって具体的な目標も立ててる。めちゃくちゃえらいと思う。「毎日楽しく」な私とは何もかも違う。

陽菜が眩しい。

隣にいるはずの陽菜が、遠い。

「……はあ」

鏡がくもって、つまんなそうな女子の顔が隠れた。私はトイレを出た。自販機コーナーの前で、さっき隣に座ってた二人とすれ違った。口論はもう解決したのか、親しげに話しながら歩いていく。

話し相手。

陽菜は最近、黒木と話すことが増えた。

黒木はすごく変な奴だ。私が気にし始めたのは二年の終わりだけど、振り返ってみると一年のときからスタンドプレーが多かった。毎年自己紹介でスベったり、ゴキを踏みつぶしたり、蛍輝祭の準備で流血したり居眠りで立たせられたりマラソンビリでゴールしたり。普通なら引くような話にも躊躇《ちゅうちょ》がなくて、こないだも中庭で寝てた陽菜を起こしたときに陽菜の……陽菜の、色がどーのこーの。やべー奴ばかりの3―5でも一番やべー奴だと思う。でも、ネモ・クロと呼び合ってるときの陽菜はなんだか楽しそうだ。黒木の普通じゃないとこを買ってるみたいだし。アニメとか声優の話もできるみたいだし。

……私と陽菜は、普段何を話してるっけ。

ちょっと考えてみる。次の授業の話と、昨日のテレビの話と、雑貨屋の商品とかカフェの飲み物とかぱっと目に入ったものと、あとはよしとかが振ってくる話題になんとなく返して……

他には？

何も思いつかない。

何も覚えていない。

自動ドアの前で立ち止まる。

ドアはすぐに開いたけど、私はリュックのストラップを握ったまま、なかなか前に踏み出せなかった。

原幕生の中で最初に陽菜と話したのは、私だ。入学式の朝、クラス表の前で声をかけて、すぐに仲良くなった。私の一番の友達は陽菜だし、陽菜の一番の友達は私。そこだけは間違いないと思う。この先陽菜が黒木や田村とどれだけ打ち解けても、そこは揺るがないと思う。

だからこそ不安になってしまう。

こんな私に、陽菜の一番でいる資格はあるんだろうか。

陽菜のことを陽菜と呼び続ける資格は、あるんだろうか。

とぼとぼとモールから出た。海浜幕張《かいひんまくはり》は再開発されまくってて、ゲームのステージみたいに歩道橋が張り巡らされてるし、ビルも植木もみんな綺麗だ。でも駐輪スペースの柵は錆《さび》だらけ。

千葉の田舎っぽさを感じる。今日の私はそういうものばかり目に入る。

駅に向かおうとしたとき、

「あれ」

学校のほうから歩いてくる知り合いに気づいた。

指にひっかけたバッグを肩越しに持ち、ブラウスの裾《すそ》をスカートから出しきった、気だるげな女子。

吉田だった。

4

「よお」

吉田の挨拶にはこれっぽっちの愛想もなかった。私も一拍遅れて「おっす」とだけ返した。

「いま帰り？」

「ああ」

ああ、と、んあー、の中間みたいな発音。

「何してたの」

「友達《ダチ》とちょっとダべってた」

「……そう」

私は駅のほうへ歩きだす。でも角の信号は赤だったので、またすぐ止まることになった。吉田も横に並んだ。帰るとこなら私と同じく駅まで行くに決まってるし、当然の流れなんだけど。なんだけど、
吉田と二人か……。

意味もなく、左手で自分の右肘をつかむ。カモメがデザインされた京成《けいせい》バスや黄色くてかわ

いいシーサイドバスが、ロータリーのほうへ走っていく。私は横目で吉田をうかがう。

吉田を一言で表すなら、ヤンキーっぽい奴だ。

言葉も性格も荒っぽくて、周りの目をぜんぜん気にしない奴。授業はサボりがちだし出席してもだいたい寝てる。髪は金に染めてるけど、明日香みたいな完璧な染め方じゃなくて、生え際にプリンができている。ブラウスのボタンは第二まで開けてて、指定のネクタイを締めてるとこは一度も見たことがない。耳にはシルバーのピアス。ボールタイプとチェーンタイプ。ソックスは夏でもだるだる。

切れ長の目は信号だけをまっすぐ捉えている。

それ以外いっさい興味なさそうな、不純物のない横顔。

その姿が動きだし、青になったことにやっと気づいた。

二人とも無言のまま横断歩道を渡る。駅までは大通りをまっすぐ行くだけなので、ここから五分とかからない。会話は、なくてもいいのかな。吉田は気にしなそうだし、私も無理に振るタイプじゃないけど。

私と吉田の関係は……なんだろう。よくわからない。

初めて会話したのは二年の終わり。吉田にシメられそうになってた黒木を私が助けたとき(ああ、また黒木が出てきた……)。結局その一件は黒木が完全に悪くて、私のは余計なおせっかいだった。そのあと打ち上げ会で話したり、ネズミー一緒に回ったりして、見た目ほど悪い奴じゃないってことがわかってきた。いまは昼寝してたら起こしてやるし、キレかけたら止めてやる程度の仲だ。でも、それを友達とは呼ばないと思う。クラスでは隣同士だけど、吉田は右隣の田中と喋ってることが多いから、私とは用事があればたまにっていうくらい。なんで吉田と田中が仲いいかは謎。対極だと思うんだけど。まあ田中って誰とでも仲よくやれるしな……。

あ、田中といえば。

「球技大会、吉田もソフトだよな」

昨日のことを思い出した。吉田はまた「ああ」と「んあー」の中間で答えた。

「ソフトやったことあんの？」

「ぜんぜんねーな」

「そう……まあ私もだけど」

「どうせあのメガネ以外真剣にやんねーだろ。たぶん私サボるし」

「サボんなよ。人数足りなくなるだろ」

「九人いりゃできるだろ」

「できるけどさあ。田中に怒られるぞ」

ぼそっと言い足すと、クールだった吉田の顔がわずかに歪《ゆが》んだ。ああ仲いい理由ちょっとわかったかも。保護者的な？

いくつかの店を通りすぎる。自転車屋、携帯ショップ、美容室、入ったことないステーキ店。ゲーセンのガラスの前で吉田の歩みが遅くなった。ゴチャゴチャ騒がしい店内と重なるように、私たちの姿が映り込んでいる。

「どうかした？」

「いや……おまえ、ぬいぐるみ取るやつ得意か？」

「ぬいぐるみ？　ああＵＦＯキャッチャー？　んー、普通かな」

「そうか……いや、いい」

歩く速さが戻る。ＵＦＯキャッチャーやりたかったのか？　気になったけどつっこまなかった。それより、また思い出したことがあった。話せば間が持つだろうか。

「ＵＦＯっていえば、こないだ月《つき》ノ珈琲《コーヒー》行ったんだけど。バイパス側の。その近くでＵＦＯみたいな建物見てさ。吉田知ってる？」

なぜか吉田の顔が強張《こわば》った。「ああ」と返事。今度は「んあー」との中間じゃない。

「あれ、なんだろうな？」

ところが私がそう言ったとたん、顔がぱっと輝いた。一歩体を寄せてきて、

「だよな。気になるよな」

「えっ、うん。まあ……」

「いや私もなんのアレかとかぜんぜん知らねえんだけど、ほんと知らねえけど。そうなんだよ気になんだよあれは。そうそう」

何度もうなずく吉田。なんていうか、同志を見つけたって感じの喜び方だった。これ、そんな喜ぶことか？　やっぱ吉田もちょっと変だな……。

同志。

——あんたには関係ないでしょ。

——あるよ。私も一緒だ。

あのときの吉田の言葉を思い出す。

遠足でネズミー行ったとき。私が陽菜と喧嘩してる間、吉田もよくつるんでる二人と喧嘩中だったらしい。まあ吉田の喧嘩はくそくだらない理由で、ぜんぜん私と一緒じゃなかったんだけど。

そういえばあのとき吉田と揉《も》めて、初めてこの髪型を崩したのだった。

下ろした髪のまま黒木にエロゲを見せられて、アトラクションに乗り込んで、ぐるぐる回りながら陽菜の名を叫んだのだった。

思考停止した私の中、消えずに残ったのはその名前だけだった。無我夢中で陽菜を求めた。

そのあと陽菜とわかり合って、そして私は、前髪を上げ直した。

「あのさ」

ローファーの爪先を見ながら、話しかける。

「吉田ってさあ、普段友達と何話してる?」

吉田は「あ?」と聞き返し、考えるように間を置いて、

「いちいち覚えてねーよそんなの」

ぶっきらぼうに答えた。

覚えてない。

私と、一緒。

「それさ、なんか不安にならない？」

「なんでだよ」

「だって友達なのにさ、どうでもいい話ばっかしてるってことでしょ」

「いや友達《ダチ》とする話なんて誰でもそんなもんだろ」

前だけ向いたまま、話し相手の私すら気にせず、吉田は続ける。

「てゆーか友達《ダチ》ってどうでもいい話するためにいるもんじゃねーのか」

「…………」

「どうでもいい奴とはどうでもいい話できねーだろ」

いつの間にか、駅前の広場まで来ていた。

海浜幕張の駅前は無駄に凝っている。ずらっと並んだレンタサイクルに、変な形の交番に、座りにくそうな波打つベンチ。ベンチの前では、鉛筆の芯みたいな細長いオブジェが天へと伸び上がっている。私の髪と同じように。

私の前髪は空を向いている。

私の視界を阻《はば》まぬように、私の気持ちを落とさぬように、いつだって上を向いている。

その髪に引かれるように、顔を上げる。

茜色《あかねいろ》がまじり始めた雲ひとつない空が、私を出迎えた。

「今日めっちゃ晴れてるな」

「いまさらかよ」

隣で吉田が、軽く笑った。

5

「お邪魔しまーす。やーたまにはいいねこういうのも。ピクニックみたいで」

「根元《ねもと》さんたちも来るならもっと作ればよかったな」

「いや私と陽菜は弁当あるから。気にしなくていいから」

「食ってみろよ田中のすげーうめーぞ」

「ゆりちゃんの一個あげなよ」

「なんで私なの」

「食べ慣れてるでしょ」

「いいけど」

「ほんと？　じゃあ一個もらうね。あーちゃん半分こしよっか」

「サンキュ。いただきまーす……あ。うまっ！　マジでうまい」

「本当？　よかった」

「あのサンドイッチ、ゆりちゃんに食べられるより浮かばれたね」

「どういう意味？」

そよそよ揺れる頭上の葉が、私たちの頬に薄い影を落としている。むくんだ脚を揉みながら、確かにこういうのもいいなーと考える。昼休み、中庭の片隅。ビニールシートはけっこう広めで、二人増えても余裕があった。

田中のランチボックスには手作りサンドが詰まっている。黒木たち三人は家族みたいにひょいひょいそれに手を伸ばす。陽菜は星柄のミニトートからお弁当を出し、私は自販機で買ったからだ健美《けんび》茶《ちゃ》を開ける。来週の球技大会の話とか、こないだの中間テストの話とか、明日には忘れてしまうような話題が流れては消えていく。

唐揚げを箸《はし》でつまみながら、私もどうでもいい話をした。

「あのさ、月ノ珈琲の近くにUFOみたいな建物あるじゃん。あれってなんだと思う？」

昨日吉田に聞いたけどわかんなくて……と続けようとしたところで、違和感に気づいた。

全員が固まっていた。

マネキンチャレンジなら百万いいねされるくらい見事に凍りついていた。

黒木が沈黙を破る。

「岡田さん知らないの？　あそこラブホだよ」

「……らぶ」

箸の先から唐揚げがこぼれ、レタスの上に着地した。あっ説明してあげなきゃだめかみたいな顔で黒木はさらに喋る。

「えーとラブホテルっていって男と女がエロいことするために入る場所で……」

「ちょっと来い」

「え？　なんで⁉　なんで⁉」

吉田が黒木の襟《えり》の裏をつかみ校舎裏へひっぱっていく。田中が「ご、ごめんね」と力なく笑ってあとを追う。田村はもはや気にしないらしく、黙々とサンドを頬張っている。

「クロってなんであんなに馬鹿なのかな……」

「さあ」

「あーちゃん大丈夫？」

田村とやり取りしてから、陽菜は私を覗き込んだ。私はえっうんぜんぜん大丈夫と答えようとしたけど、硬直した顔がうまく動かない。出た声は「え、う」だけだった。

「はいこれ」

唐揚げが差し出される。レタスの上に落としたやつ。つまんでいるのはピンク色の箸。呆然《ぼうぜん》としたまま、エサをもらう小鳥みたいに私はそれを口に入れる。

木漏れ日と溶けるように、陽菜が笑う。

「あーちゃんはやっぱり面白いなー」

弾むその声は、私の知らない私の魅力を知っているかのようだった。

your name

現れた男は、見事な禿頭《とくとう》だった。

その頭が旅館のレトロな照明を反射し、てかてかと眩《まぶ》しかった。おそらく剃《そ》っているのだろう。顔立ちはまだ若い。Tシャツには〈南無三〉の文字が大きくプリントされている。しばしあっけにとられた。想像とは何もかも異なる人物だった。

男はまず、私の向かい側に座った。それから不都合に気づいたのか、「おっと」とつぶやいて隣に移動してくる。ほのかに線香の香りがした。

「はじめまして、探偵の水雲雲水《もずくうんすい》と申します。水に雲と書いてモズクと読むんです。変わってるでしょう。あはは」

「斉田《さいた》耕平《こうへい》です。よろしく」

簡潔に名乗る。水雲は私のことをよく知っているらしく、気を悪くした様子はなかった。

「いやあ、まさかこんなところで斉田先生にお会いできるとは。〈戸袋《とぶくろ》警部〉シリーズ、全巻読んでますよ。大ファンです」

「それはどうも、ありがとうございます」

「ここへはおひとりで？　それとも奥さんと？」

「ひとり旅です。次回作の取材も兼ねて」

「旅行先で事件に巻き込まれるとは災難でしたね。ではさっそく、見聞きしたことを教えてください」

ラウンジの窓に視線を流す。紅葉に色づく大鳥山《おおとりやま》の山頂が見えた。話すことはすでに整理できている。私は深く息を吸った。

「昨日、大鳥山に登りました。中腹で昼食がてらレストハウスに入ると、ツアーの団体客で混み合っていました。相席したのがたまたま彼女で、少しだけ会話を」

「樋口朱梨《ひぐちあかり》さん――崖から落ちた女子大生ですね。何を話しました？」

「観光客同士のよくある会話です。どちらから？　と聞かれたので、東京からです、と。彼女は千葉からでした。彼女は樋口朱梨ですと名乗り、私は斉田です、と名乗りました」

淀《よど》みなく答えてから、コーヒーに手を伸ばす。水雲は唇を尖《とが》らせた。

「それだけですか」

「それだけです。名乗り合った直後、彼女のツアーの集合時間が来てしまったので。私のファンかどうか確認する暇もありませんでした」

冗談まじりにつけ加えた。「そのあとは？」と水雲がうながす。

「山頂に着いてぶらぶらしていると、朱梨さんの後ろ姿が見えました。崖のへりに立って写真を撮っているようでした。近づいて挨拶しようと思ったとき、彼女が足を滑らせて……」

私は顔をうつむけ、スカーフの巻かれた首を触った。そして再び、愛用のノートパソコンに指を走らせる。打ち込んだ文字がディスプレイに現れる。

「私に、声帯があれば。危ないですよ、と一声かけられれば彼女は助かったかもしれない。下咽頭癌《かいんとうがん》にかかったことを昨日ほど悔やんだ日はありません」

「なるほど、どうもありがとうございます」

水雲は礼を述べてから、

「あなたが突き落としましたね?」

にこやかに言い放った。禿げ頭と同じくらい眩しい笑顔だった。私は苦悩を装うのも忘れ、ぎょっと目を見開いた。

「あなたは前から彼女を知っていた。援交相手ですか? 奥さんにばれそうになったか何かで邪魔になったので消すことに。現地で会うように計画し、崖から突き落とした。声が出せないあなたならいまみたいな言い訳が通りますからね」

ぱくぱくと口を動かすが、喉から声は出なかった。呆然《ぼうぜん》としたままキーボードに指を這《は》わせる。「なぜ」と、二文字だけ打ち込む。

「名前ですよ」

水雲は手帳を開き、さらさらと字を書いた。明、灯、燈、亜香理、安佳里、有加莉――

「アカリという名前は書き方が何種類もあります。朱に梨と書くのはかなり珍しい。でもあなたのパソコンは『朱梨』を一発で正確に変換した。昨日会ったばかりの女性の名前を、なぜ辞書登録していいたんです?」

飽くまで

黒猫を飼い始めた。

二ヵ月で人にやってしまった。

古レコードを集め始めた。

十五枚目で飽きてしまい、まとめて捨てた。

次は飛行機のプラモを作ろうと思っているが、それとて長続きはしまい。飽きっぽい性格とよく言われるが、私のこれは性格ではなくもはや病気であり、治療は不可能だと自負している。何かを始めたその日から、やめる日のことを考えている。何かを買ったその瞬間から、捨てるときが待ち遠しくてたまらない。どんなに苦労して手に入れたものでも、そうなのだ。いやむしろ苦労して手に入れたからこそ、「飽き」への誘惑が美女の肌のごとく妖しく輝き、私はそれに抗えないのだ。飽きることを楽しむために次から次へ趣味を変えている、そんな気さえしてくる。

飽きること、やめること、手放すことそれ自体が好きなわけでは決してない。友人の手に黒猫を渡しながら、焼却場へ運ばれるレコードを見送りながら、私は喪失感に呆然とし、もう返らない時間を想い、涙すら浮かべる。心にぽっかりと穴をあけたまま一日すごし、ソファーに座って天井を見上げ、「あーあ」とつぶやいてみたりする。しかし別の見方をすれば所有とは一種の束縛である。そこからの解放。心にあいた穴という名のゆとり。「あーあ」の中に潜在する、さあ、これから何をしよう、なんでもできるぞ——というごくごく微妙な、しかし確かな、一握《いちあく》の希望。私はその味が、好きで好きで好きでたまらないのだった。

それは君、ミニマリスト的思想だね。同僚にそう言われたことがある。私は鼻で笑ってしまった。ちゃんちゃらおかしい話だった。ミニマリストと呼ばれる人々は身の周りのものを一度捨てて、それきりだ。快楽を味わう機会は一度しかない。交尾をしてすぐに死ぬ哀れな虫と同じではないか。私は違う。何度も生き返り、何度も死ぬ。次から次へとものを買う。飽きる。捨てる。そしてあの至高の解放感を、緊張と緩和の振れ幅を、文明人だけに許された刹那的ゆとりの快楽を味わう。私は浪費家であり、マゾヒストであり、麻薬中毒者だった。「飽き」への飽くなき探求心に取り憑かれ、人生を捧げていた。

私には妻がいる。

社の懇親会で出会った、ひとつ歳下の女性である。二年の交際を経て去年結婚した。器量がよく、聡明で、料理が得意だ。育ちがよすぎるせいかやや鈍いところがあり、私の浪費癖についても「またそんなもの始めて」と呆れつつも許容してくれる。最高のパートナーじゃないか、と周囲は賞賛する。私も心底そうだと思う。日々二人で寝起きし、語らい、ふとした拍子に笑みを交わし、愛と幸福を確かめ合う。

何かを始めたその日から、やめる日のことを考えている。

苦労して手に入れたからこそ、「飽き」への誘惑に抗えない。

結婚して一年、出会って三年。

もう充分だろう、と私は判断した。

その日はオンラインミーティングがあり、十四時から商品開発部のプレゼンを受ける予定だった。プレゼン担当者は用意周到な男で、私は彼が遅くまで会社に残り、練習に励んでいることを知っていた。ドアの隙間からその様子を盗み見し、大まかなプレゼン内容を把握した。開始一分でつかみのジョーク。核心に入るのは五分以降。

翌日に休みを取り、書斎でパソコンのカメラに向かって十分ほどの動画を撮った。開始一分で軽く笑い、定期的にうなずき、五分以降は聞き惚れた顔をする。出来ばえはなかなかだった。窓の外には青空が映り、壁かけ時計も十四時を指している。ミーティングアプリの設定をいじり、ワンタッチでその動画を流せるようにした。

天気予報が当たり、その日も朝から快晴だった。妻がカルボナーラを作ってくれて、二人で食卓に着き、早めの昼食をとった。庭のアネモネが元気なかったよ。なにげなく口にする。ほんと？　すぐに水をやらなくちゃ。頼んだよ、ぼくはこれからオンラインミーティングだから。パスタは本当においしかった。パセリひとかけらに至るまで残さず食べた。私は三年間の感謝を込め、丁寧に「ごちそうさま」を言った。

十四時ちょうどにプレゼンが始まった。私はカメラの汚れを拭き取るふりをして映像を切り替え、書斎を離れた。コートと手袋を身に着け、庭に出た。

我が家はちょっとした高台の上にある。庭のすぐ外は五メートルほどの擁壁《ようへき》になっており、その下の細い道は、小学校の通学路として使われている。じょうろを持つ妻の背中が見えた。

コンクリートブロックで四度殴り、絶命を確認してから、擁壁の下へ投げ捨てた。コートと手袋を脱ぎ、書斎に戻る。ちょうどプレゼンが終わるところだった。再び映像を切り替え、私は拍手をした。

十四時十五分、下校を始めた小学生が妻を発見し、ミーティングが終わったところで病院から連絡が入った。血のはねたコートと手袋を暖炉で入念に燃やしてから、私はタクシーに乗った。どちらもブランドものだったが惜しくなかった。着飽きていたから。

帰宅したのは深夜だった。私は喪失感に呆然とし、もう返らない時間を想い、涙を浮かべた。コーヒーを飲みながら、心にぽっかりとあいた穴のふちに想像上の指を這わせた。ソファーに座り、天井を見上げながらつぶやいた。

「あーあ」

これまでの人生で最高の「あーあ」だった。

庭に不法侵入した何者かの犯行、という線で捜査が進んだが、もちろん犯人は捕まらなかった。

ミーティング映像と社員たちの証言によって私は疑われることすらなかった。すべてが計画どおりだったが、そうでない部分もあった。妻の喪失は予想外の幸福を私にもたらした。家には妻の私物が数えきれぬほどあり、それを捨てるたび、私はあのどこまでも深い「あーあ」の余韻を味わえるのだった。アイスクリームの蓋を舐める少年のような気持ちで、私は一日一枚ずつ彼女の服をゴミ袋に詰めた。

奥さんは妊娠二ヵ月でした、と警察から伝えられたときは驚いた。私は生まれるまで待つべきだっただろうか？　子どもがいれば妻亡きあとも、新たな「飽き」への道が拓けたかもしれない。しかし無自覚のうちの喪失というのも私にとっては快楽の一種で、異国の珍しい料理のごとく面白い味がするのだった。妻には感謝してもしきれない。

人を殺すのは簡単だ、と学べたことも収穫だった。これなら次の妻も、その次の妻も、問題なく捨てていけるだろう。両親や兄弟や友人を殺してもいいかもしれない。この家を燃やしてタワーマンションに引っ越そうか。アイディアは次から次にあふれ、「喪失」の瞬間を思い描いただけで私は身を震わせた。素晴らしい！

日々は穏やかに過ぎていった。慰めの言葉をかけられるたび私は悲しんだふりをし、内心でほくそ笑んだ。強烈な優越感だった。警察も友人たちもなんて馬鹿なのだろう。この世のすべては、私の快楽のための消耗品にすぎないのに。もちろん、こんなことは誰にも話さない。墓場まで持っていく私だけの秘密だ。

待てよ。

持っていく？

「ったく、最近の若い奴ときたら」

取調室から出てきた警部は、椅子に座るなり眉間《みけん》を揉んだ。部下が寄ってきて、かたわらに缶コーヒーを置く。

「例の、妻を殺したって男ですか」

「話を聞いてみたんだがな。何を考えてるのやら……」

「あいつ、どうして自首してきたんです？」

警部は取調室のドアを見やり、肩をすくめた。

「秘密を持つのに飽きたんだってさ」

クレープまでは終わらせない

「そんで一番人気がこれなんだけど、フェタチーズとオーガニックベリーに飴細工のティアラが載ってて生地はナノフレーバー配合でかじる角度で味が変わるんだって。ソソらない？」

「ソソるかも」

学校の制服の上にエプロンをかぶりながら、シヨが言った。空中で指をスワイプし、悩むように口をすぼめる。

「でもこれ絶対並ぶでしょ。高いし」

「金なんて気にすんなよわたしらコームインだぜ」

「コームインのお二人さん、バイト中はネットあかんよ」

心愛《ここあ》先輩のしわがれ声が飛んできた。はーいと応えて携帯を切ると、視界のＡＲビジョンからシヨとシェアしていたクレープ店のメニューが消える。ったく最近の若者は的なことをぶつぶつ言いつつ、タブレットをいじる心愛先輩。端末とリンクして網膜にホロ映像を映してくれるEye-Tripのほうが絶対便利だと思うんだけど、先輩くらいの世代だと手術をいやがる人が多いっぽい。心愛って名前も古風だし。

「今日は十七番。〈ユキムラ〉が帰還しとるから。右腕《うわん》、修理中だから接合部以外で」

「了解です」シヨはロッカーを閉めた。「よし行こ。イズ、ブラシね」

「えーこないだもわたしがやったじゃん」

「イズのほうがブラシ使いうまいから」

「いらんわそんな才能」

シヨは高圧洗浄機のタンクキャリーを押し、わたしはそれ以外のごちゃごちゃした道具を持ってロッカールームを出る。

ガラスの外の新東京湾はよく晴れていて、対岸に調布の街並みが見えた。スーツのお役人や警備ボットが行き来する廊下を、遠慮するみたいに端に寄って歩く。高校生バイトは基地の中では少数派だ。学校から近いし、時給もけっこういいんだけど。

「〈ユキムラ〉ってこの前どんなのと戦ったっけ」と、シヨ。「ハチ？　チョウ？」

「なんだっけ。忘れた。中継見なかったし」

「私も見なかった。エッジガーデンの配信聴いてて」

「あーあれね。新曲ソソったよねー。早くメジャーデビューすればいいのに」

エレベーターに乗って整備エリアへ。ＩＤ認証をして十七番ドックに入ると、無菌タイルの清潔なにおいが金属と油のにおいに変わった。顔見知りのエンジニアさんたちに挨拶しながら奥まで行き、吹き抜けになった二階から〈ユキムラ〉の姿を眺めた。

十七メートルの鎧武者は今日も静かに休憩中だった。

ごっつい肩に、飛翔エンジンの排気口が突き出た胸部。モデル体型の腰にガゼルみたいな獣っぽい両脚。尖った角や指先は相変わらずかわいくなくて、ネイルファイルで丸くしてあげたくなる。右肩から下は外されていて、片腕状態だった。

機体の色は白。お父さんに言わせるとユキムラなら赤じゃなきゃおかしいそうだけど、わたしはこの色がけっこう好きだ。フォルムも〈シンゲン〉や〈ケンシン〉に比べるとすっきりしていて、クール系って感じ。でもいまの〈ユキムラ〉は全身砂と埃まみれの上、〈外蟲《がいちゅう》〉から飛び散った緑色の体液がボディのあちこちでキモいまだらを描いていた。

「派手にやられましたねー、お客さん」

「綺麗にしますからねー、動かないでくださいねー」

年代もののムーブリフトに乗り込み、ザイルにつながったベルトを巻いて、安全確認をする。クレーンを伸ばして〈ユキムラ〉に接近。シヨは高圧洗浄機を背中にしょい、噴射ガンのロックを外す。わたしは備品の入ったシザーバッグを肩にかけて、電動ブラシの柄を伸ばす。準備を終えると「よっしゃ」って感じでうなずき合った。

今日は、汚れの目立つ左肩から始めた。

シヨが高圧洗浄機で全体を洗い流し、細かい汚れはわたしが洗剤とブラシとその他を駆使してやっつける。仕上げにワイパーで水を切ったら、リフトをずらして次の部位へ。

地球を守るスーパーロボがこんなやり方で掃除されてると知ったらチビッ子たちはがっかりするかもしれない。でも〈ユキムラ〉サイズの洗車機なんてあるわけないし、あったとしても隅々までは洗いきれないので、人力が一番効率的だ。このへんは〈外蟲〉との戦い方にちょっと似てるよなーと思う。〈外蟲〉の外骨格はみんな信じられないくらい硬くて爆弾もミサイルもドリルも酸もぜんぜん効かないので、人間は〈ユキムラ〉たちに乗って関節の境目を狙うしかないらしい。

〈外蟲〉がなんなのか、わたしたちはよくわかってない。

この場合のわたしたちっていうのは、わたしとシヨじゃなくて人類全体って意味。行動原理も目的もどういう理屈でどこからやって来るのかもぜんぶ謎で、わかってるのはめっちゃ凶暴ってことくらい。ネットでは〈外蟲〉の正体について毎日議論が絶えなくて、神様だっていう人も宇宙生物だっていう人も暴走した古代兵器だっていう人もいる。

肩の汚れは意外と簡単に落ちた。背中側は後回しにしてリフトを下げ、二の腕部分へ。わたしたちの何十倍もある金属の腕を、流してこすってピカピカにしていく。それでも間近で見る〈ユキムラ〉にはけっこう肌荒れが目立つ。細かいひび。ひっかき傷。どうしても落ちない黒ずみ。修理の溶接の跡。

「だいぶ傷増えてきたね」

「しょうがないよ。月一で神様と戦ってんだから」

「またそんなー」

シヨは神様説を唱えている。

ちょっと前までは「興味ない」と言ってどの説にも乗ってなかったけど、文学史の授業で昔の文豪の再現映像を見たとき考えが変わったらしい。映像の中のワンシーンがすごく気に入ったのだそうだ。

――神様だったらなんか気持ちがわかるなって思って。

学食でシリアルをつつきながらシヨはそんなことを話した。

――作りかけの世界が行き詰まったら、頭をかきむしって、原稿をくしゃくしゃに丸めて、ゴミ箱に放るの。そういう気持ち。

わたしは「そっかー」とだけ答えた。文学史の授業、寝てたし。

シヨはちょっと不思議な奴だ。わたしは流行りの簡易ピグメントを飲んで目や髪を青く染めてるけど、シヨの目と髪は生まれたままの深い黒で、だけど地味な感じはしなくて、見つめたらそのまま吸い込まれそうな雰囲気をまとっている。わたしとくだらない話で盛り上がるときがあるかと思えば、スイッチが切り替わったみたいに急にぼんやりして、思考が読めなくなるときもある。

今日のシヨはどっちだろう。ブラシを動かす手を止め、隣をうかがった。人形みたいに静かな横顔。〈ユキムラ〉と同じくらい白い肌だけど、〈ユキムラ〉みたいな肌荒れはない。噴射ガンを構える華奢な手が、右から左へとゆっくり動く。飛び散った水滴に濡れた髪がきらきら光沢を放っている。

「味が変わるって、何種類?」

「へ」

「さっきの店の。クレープ」

「十二種類だけど。……え、そんなこと考えてたの?」

「おなかすいたなーと思って」

十二かー、でもなー並ぶよなーと、シヨは独り言を続ける。

わたしはため息をつき、半笑いのまま掃除を再開した。腕からコックピット周りと順調にこなし、リフトを上げて〈ユキムラ〉の頭部へ。髭剃りを手伝うような気分で、突き出た顎を泡立てていく。

そのとき、照明が赤に切り変わった。

『マルガイ出現。ポイントC2中空、現地時間十時三十二分。サイズ4、形状はミツカドコオロギに酷似。繰り返します。マルガイ出現——』

ブザーと、男の人のアナウンス。C2は中東のアデン湾にある出現ポイントだ。ここにいるとしょっちゅう警報が鳴るので覚えてしまった。ドック内が急に慌ただしくなり、職員たちの声が乱れ飛ぶ。

「またC2基地か。先月〈ケプリ〉が破損しただろう、まずいんじゃないか」

「サウジのC4に新機体が配備されてる。食い止められるはずだ」

「出現予測システムが機能してないじゃないか、どうなってるんだ」

「念のため〈マサムネ〉をメンテナンスしておいたほうが……」

全員が早足で出口に向かい、照明が元に戻るころにはわたしたち以外誰もいなくなっていた。気にする様子もなく水の噴射を続けるシヨ。わたしも無言のままブラシを動かした。茶色いくすみや緑のまだらに交じって、目の下に赤い染みがこびりついている。洗剤をスプレーしてブラシを動かすと、その染みはすぐに消えた。

〈外蟲〉がバイト制だとしたら、わたしたちよりたくさんシフトを入れてるみたいだ。出現率はタンザニアから離れるほど低くなる傾向があって、日本の出現ポイントでは月に一度くらいだけど、アフリカや中東のほうでは週一ペースでどんどん現れる。でも偉い人たちは助け合ったりしなくて、〈ユキムラ〉たちは〈外蟲〉が領土に入ってこない限り出動しないし、ほかの国もみんな同じ方針。地球の裏側は本当にひどいことになっているらしいけど、わたしたちには実感がない。

「なんかさ、いいのかね」

「なにが?」

「わたしらだけのんきに生きてて」

「いいんじゃない」シヨはさらりと答えた。「どうせそのうちみんな死ぬし。私らの人生なんて誤差だよ誤差」

わたしは少しの間返事に迷って、結局「そっかー」とだけ答えた。リフトの操作パネルのほうを向き、わざと明るい声を出す。

「どうする? 一回、下りて休憩する?」

「うん。あ、待って。角《つの》の下んとこ蟲汁飛んでる。もうちょっとだけ上げて」

「うぃーす」

パネルを操作し、一メートルほどリフトを上げようとする。

だが、途中でガクンとその動きが止まった。ほかのボタンを押しまくっても反応がない。

「あれ？　うそ？　故障？」

「これもだいぶ古いしねえ」

「どうしよ、誰か呼ばなきゃ。えっと、連絡ってどうすんだっけ」

「あとでいいよ。あそこだけやっちゃおう」

シヨは安全ベルトを外した。噴射ガンの先端を、滑り止めが刻まれた床へ向ける。

「イズ、そこしゃがんで」

「……？」

言われるまま腰を落とすと、肩に何かが乗っかった。頭の上にふわっと布がかかり、後頭部には柔らかい感触。

「え、なに」

「立って」

……かたぐるま？

「す、スカートではしたないですわよ。シヨさん」

「誰もいないから気にいたしませんわ」

「いやいや無理無理危ないって」

「大丈夫だよほら早く」

犬をじゃらすみたいに髪をわしゃわしゃされる。

肩車なんて、お父さんにされたことはあってもするのは初めてだ。ハイソックスに包まれた足首を握り、おそるおそる立ち上がる。シヨの体はトヨタのオートサイクルみたいに軽くて、倒れることもぐらつくこともなかった。

「前出て。ちょい左。もうちょい。オッケー、ストップ」

頭上から水の噴射音と鼻歌が聞こえた。エッジガーデンの新曲。

心愛先輩に見つかったら怒られるだろうなあと思いながら、わたしは姿勢を保ち続けた。ネットやゲームのARビジョンでいつもカラフルなわたしの網膜には、いま、〈ユキムラ〉のおでこと左右から伸びるシヨの脚だけが映っている。脚は鼻歌のリズムに合わせて小さく動いていて、ときどき太ももがわたしの頬に触れる。空調はよく効いているはずなのに、うなじがかっと熱くなる気がした。

「まだ?」

「もうちょっと。イズ、肩車うまいね。超快適」

「そんな才能いらんですってば」

鼻歌のリズムが盛り上がった。サビに入ったっぽい。

「あんた、よく怖くないね」

「いつものリフトと同じ高さだし」

「でもさあ、落ちたら──」

誤差だよ誤差。

さっきの言葉が頭の中にこだまして、わたしは口をつぐんだ。

だから、なのだろうか。

落ちても誤差だから。どうせすぐに死ぬんだから。

唇の端を噛む。別にいいじゃん、と自分に言い聞かす。シヨがいいならそれでいいじゃん。わたしには難しいことわからないし。だからいつもみたいに「そっかー」と応えて、おどけた調子で――

気がつくと、足首を握る両手に力を込めていた。

痛いんですが、とクレームをつけるみたいに太ももが頬を挟んできたけど、それでも緩めなかった。ぐらついたって倒れたって一緒に落ちたって緩めるもんかと、叫ぶような気持ちで思った。

はなさない。

誰にもわたさない。絶対に。

「取れないなあ」マイペースな声が降る。「ブラシも使ったほうがいいかな」

「もういいって。ほら下りな」

わたしは膝を折って、なかば無理やりシヨを下ろした。それからパネルを操作し、管理セクターに救援要請を送る。シヨは柵に寄りかかって、まだ納得いかないみたいに〈ユキムラ〉の頭部を眺めていた。その真面目さがなんだかおかしかった。

「シヨはさ、なんでこのバイトしてんの」

「なんでって?」

「どうせ死ぬならさ。もっとこう、楽しいことしようとか思うんじゃないかなーと」

「楽しいよ私は」

「いまが?」

「いまが」

「……仕事好きだねえ、シヨは」

「仕事は別に好きじゃないけど」

シヨはタオルを手に取り、水滴で濡れた髪と顔を拭いた。タンクの残量が気になりだしたらしく、わたしから目をそらす。よっぽど強く拭いたのか頬が少し赤くなっていた。

やっぱりちょっと不思議な奴だなあと思う。でも、そんなところが安心できた。つかみどころのないシヨでいい。気まぐれなままのシヨがいい。手のひらには熱さが残っていて、細い足首をまだ握っているような気がした。

ドックの天井へ向けて、わたしは大きく伸びをする。

「よし。このあとクレープ食いにいくか」

「えー。並ぶでしょ」

「並んだっていいよ」

世界は順調に滅びかけている。

終わりが来るのは明日かもしれないし、明後日かもしれない。わたしたちの余命もきっとたいして長くない。
それでも。
シヨとクレープを食べる時間くらいは、残されているはずだ。

恋澤姉妹

1

「この競技にダブルスがあるなら恋澤姉妹《こいざわしまい》がチャンピオンだ」

ワラビと名乗った片腕の女は慣れた調子でハンドルをさばく。瓦礫《がれき》やひび割れを避けながら、年代物のジープ・ラングラーは見捨てられた国道を行く。中東の空はもっと埃《ほこり》っぽいかと思っていたけど、ハリボーのスマーフグミみたいに青い。今日は風がないのだという。

「姉妹は誰とも会いたがらないけど、世界中で恨みと興味を買いまくってるから、いろんな奴が会いにくる。腕試し、度胸試し、復讐、捕獲、偵察、取材、巡礼、保護、勧誘、対話、撮影、好奇心、金儲け。いろんな目的で、いろんな奴が。やめとけって言っても聞きゃしないんだもの。ま、そういう連中のおかげで私は飯を食ってるんだけどね」

「あなたは恋澤姉妹と知り合いなの？」

「なわけないじゃん」ワラビはふき出す。「でも住所は知ってる。私はマネージャーじゃなくてツアーガイド。姉妹に会いたいって奴がいれば、家の入口まで案内する。そこから先はご自由に。明日迎えにまいります。ではごゆっくり。次の日私は戻ってきて、客だったものを車に乗せて、適当な場所に埋めにいく。環境保全もガイドの仕事ってわけ。で、あんたの目的は？」

わたしは答えず、窓の外を見る。

丘の向こうでかすむ街には、空爆と暴動による不ぞろいな歯形が刻まれている。十五年以上続く紛争のど真ん中。四万平方キロメートルにわたる地区が事実上封鎖されていて、ワラビのコネがなければ外国人が入ること自体叶《かな》わない。住民はほとんど逃げ出したけど、故郷を捨てきれずに細々と暮らしている人たちもいて、市街地の中にはいくつかのコミューンができているらしい。

恋澤姉妹も、そんなコミューンのひとつに潜んでいるのだろうか。

「音切除夜子《おときりじょやこ》っていう日本人がここに来た？　エプロンをつけた女」

「あー、来たよ。三ヵ月くらい前」

ワラビはドリンクホルダーの缶コーラを取る。ハンドルから手が離れたせいで、ジープが左右に揺れる。

「彼女はいいシングルスプレイヤーだったみたいだね。致命傷以外にも傷が多くてさ、姉妹もちょっと手こずったみたい。片付ける側からすれば損傷が少ないほうが楽なんだけど」

ジープが制御を取り戻しても、わたしの視界は揺れていた。

除夜子、死んだのか。

死んだのか、除夜子。

まあ連絡つかないし。除夜子だって世界一強いってわけじゃないし。死んでるだろうなとは思ってたけど。見ていたテレビを断りなく消されたような気分だった。あるいは追いかけていた背中が急に自宅に駆け込んで、ドアを閉められてしまったような。喉の渇きを覚える。コーラを一口もらいたいと思った。

「除夜子、何か言ってた？　ここに来た目的とか」

「さあ。あんまり話さなかった」

「そう」

「除夜子の知り合い？」

「先生だった。わたしの」

「じゃ、あんたの目的は復讐ってわけだ」

「……そんなんじゃない」

その言葉が本心かどうかは、自分にもわからなかった。

除夜子を殺したのが恋澤姉妹なら、会ってひとこと言ってやりたい。それは確かだ。わたしは義理堅いほうじゃないけど、師匠の無念を晴らすのは弟子の役目って気もする。

でも除夜子のメールボックスを覗《のぞ》いてみても、恋澤姉妹に関連した依頼は見当たらなかった。ゴミ箱やバックアップも漁ったけど、どこにもなかった。だとしたら、しかけたのは除夜子からなんじゃない？　だとしたら、わたしが動く道理はなくなくない？

怒りや恨みを持とうにも、わからないことが多すぎる。

わかっているのは〈恋澤姉妹〉というキーワードだけ。

除夜子にドアを閉められたいま、わたしが追えるのは恋澤姉妹の背中だけだ。でもその姿ははるか先で、まだ手が届きそうにない。道には霧が立ち込めていて、輪郭すらおぼつかない。もっと近づかなければ。

面会に〝戦闘〟が伴うというなら、なおさらだ。

「あと一時間くらいで滞在ポイントだけど。宿に着いたらどうする？」

「除夜子を埋めた場所に連れてって」

「オーケー。姉妹にはいつ接触する？」

「すぐ会うつもりはない」ここへ来たのは除夜子の死亡確認のためだ。「まず、恋澤姉妹のことを詳しく知りたい」

「〈観測者《ウォッチャー》〉志望か」

「ウォッチャー？」

「姉妹のファンをそう呼ぶのさ」

「二人の過去や経歴を知っている人がいたら、会わせてほしい」

「それはできない」ワラビの顔から笑みが消えた。「まず、そんな奴はこの世にほとんどいない。それに、余計な行動は恋澤姉妹に気づかれる可能性がある。〝人生に干渉した〟と判断されれば、私らは消される。あんたは姉妹のことを変人の世捨て人くらいにしか思ってないかもしれないけど、あの二人はそういう次元じゃ……おっと」

ブレーキが踏まれ、土埃が尾を引いた。

道の真ん中に、布で顔を隠し、錆《さ》びついたＡＫ—47を構えた男が立っていた。

男は現地語で何かを叫ぶ。左右から同じ銃で武装した男がひとりずつ現れ、ジープに近づいてくる。ワラビがうめいた。

「まいったな、地元の過激派崩れだ。あんた銃は？」

「ない。でも武器なら持ってる」わたしはシートベルトを外す。「すぐ撃ってこないのはなぜ？」

「誘拐目的か、でなきゃ弾の節約かな。連中は常に物資不足だから……あ、ちょっと」

「わたしがしゃがんだら、なんでもいいから日本語を叫んで」

ドアを開け、ジープを降りる。

助手席側を見張っていた男が目をぱちくりさせた。

眼鏡にショートボブ、ゆったりした紺のカットソー、ベージュのワイドパンツに、タウンシューズ。そんな美大生めいた恰好をした、身長百六十センチ弱の、日本人の女が近づいてくるのだ。まあ驚くだろう。

ツルタ、トラジ、ゴンザ。男たちに名前をつける。名前は必ずつけろ、というのが除夜子の教えだった。適当でいいから何かしらつけること。つけるのとつけないのとじゃ大違いだから。つければほら、いつまでも忘れずに済むでしょ。忘れちゃだめなの？　絶対だめ。忘れるのは、マナー違反。

アサルトライフルを向け、ツルタがわたしを威嚇《いかく》する。リーダー格らしきトラジも車の前部から近づいてくる。ワラビの言うとおり発砲はされない。弾が入ってないのかもしれない。どっちでもいいけど。

充分な距離まで近づき、わたしはしゃがみ込んだ。二つの銃口が突きつけられるのを感じながら、カーキ色の土を見つめた。除夜子が埋まった土地の色。グリーン系が好みだったのに。ワイドパンツの右裾にそっと手を入れ、くるぶしのホルダーに指を這《は》わす。いつもの形と、いつもの冷たさ。

「どこでもドア〜」

車内から声がして、銃口が一瞬、わたしから逸《そ》れた。

逆手に持った武器を振り抜く。

マグネシウム合金製、長さ三十五センチ、赤い飾り紐つきの靴べらが、ツルタの両脛《りょうずね》を破壊する。立ち上がると同時に、屈曲反射によって位置が下がった彼の頭をつかみ、戻しの一撃を喉に突き込む。かん高い悲鳴は途中で途切れた。

ぽかんとしているトラジの前腕に、腕と靴べらを絡ませ、ひねる。てこの力でトラジの手首が折れ、銃が取り落とされた。そのまま首の横に靴べらを滑らせ、引き倒す。喉を踏み砕いてとどめを刺す。

車体の向こうからゴンザの声。意味はたぶん〈どうした?〉

駆け戻り、サイドミラーに足をかけ、ジープの車体に飛び乗る。予想どおり、ゴンザはジープの前部から助手席側に回り込もうとしていた。虚を突き、上から飛びかかる。ぶつかる瞬間、彼の首の裏に靴べらをあて、膝で顎を押し上げた。頸椎《けいつい》の折れる音がした。

ゴンザの服で血を拭《ぬぐ》ってから、ホルダーに靴べらを戻す。

ワラビは信号待ちのような気楽さで、窓から顔を出していた。

「やー、助かったよ。何かお礼を……」

「恋澤姉妹のことを知ってる人たちに会わせて」

ガイドが肩をすくめると、左肘から先で余っていた服の袖がぶらんと揺れた。

「世界中飛び回ることになるぞ」

「お金なら払う」

「わかったよ。でもまずは墓参りだろ。乗りなよ。えーと……」

「芹《せり》。鈴白《すずしろ》芹」

「山菜コンビか、いいね」

現地人のくせに日本文化にやたら詳しい。ワラビもたぶん偽名だろう。

助手席に戻り、缶コーラを勝手に飲む。ふと、聞きたかったことを思い出した。

「恋澤姉妹の下の名前は？」

「姉は吐息《といき》。妹は血潮《ちしお》」

ワラビは空中に漢字を書き、わたしは礼を言った。

恋澤吐息。恋澤血潮。

これでマナー違反を犯さずに済む。

＊

「恋澤姉妹に会ってくる」と言い残して除夜子が姿を消すまで、わたしは彼女たちのことをほとんど知らなかった。名前だけは聞き覚えあるけど、どこにあるかは思い出せない異国の街。そんなふうな存在だった。そして調べ始めても、街は遠いままだった。

恋澤姉妹。

推定二十代。日本人。姉と妹の二人組。

不可視の怪異。生ける都市伝説。観測を試みた者を片っ端から殺してゆく、最強の姉妹。

人生に干渉する者を許さない――それが恋澤姉妹の基本ルールだ。見ようとする者も触ろうとする者も話しかけようとする者も、ある一定のラインを越えた瞬間、問答無用で殺される。男でも女でも老人でも子どもでも善人でも悪人でも、武装していようと何人だろうと、容赦なく、分け隔てなく、地の果てまで追いかけられて。彼女たちに勝てた者はまだ誰もおらず、ゆえに、彼女たちをよく知る者もこの世には存在しないのだという。

ほんとかよ、と思う。

業界の噂には尾ひれがつきがちだ。ワラビだってただの詐欺師なのかも。適当な女で、お墓の正確な場所も忘れていた。「だいたいこのへん」と連れてこられたものすごく広い荒野の前で、わたしは馬鹿みたいな気持ちで手を合わせた。

でも彼女は、除夜子の遺品を持っていた。深緑のエプロンの切れ端。この手の品は〈観測者《ウォッチャー》〉に高く売れるのだという。わたしは倍の値で買い取った。

月明かりが、脱ぎ捨てた服を照らしている。靴べらをカビだらけのマットレスに置き、携帯で階下のワラビに電話をかける。

「シャワーを浴びたい」『じゃあボイラーを動かすよ。息が荒いね。シーツの交換がいる?』

「トレーニングをしてただけ」

壁の向こうから、ごおおん、という音が聞こえ始める。お湯が温まるまでは時間がかかりそうだ。わたしはパイプベッドに腰かけて待つ。

手が、自然とエプロンの切れ端に伸びる。

最初の日に、なんでそんな服なの、と聞いた。汚れないから、と除夜子は答えた。これが一番だと私は思うな。スーツなんか着る人たちの気が知れないよ。それに私、今日からお母さんだし。歳《とし》、そんな離れてないじゃん。まあそうだけど。お姉さんのほうがいい? なんでもいい。彼女は上機嫌で、わたしはうつむきがちだった。

いまそのエプロンは、血と埃で汚れている。

そっと顔を近づけても除夜子の香りはしなかった。布地の数ヵ所に穴が開き、血痕はその周囲にこびりついている。穴はどれも九ミリ程度で、一見弾痕のように見えるが、焦げ跡はついていない。ボールペンだ、と見当をつける。

ごおおん。壁の向こうで湯が温まっていく。わたしは立ち上がった。肩甲骨を回し、靴べらを構え、再び振り始める。まだ顔も背丈もわからない二十代の女二人を想定し、急所に刺突を重ねていく。

体を動かせば思考を散らせる、というタイプではまったくなかった。そういうタイプならそもそも除夜子の目にとまっていない。靴べらを振るたびわたしの中には思念が淀《よど》み、記憶が渦巻き、感情が対流した。それらはやがてまざり合い、幾度となく繰り返してきたひとつの疑問が、胸の奥で形を取った。

除夜子。

なんで恋澤姉妹に会いにいったの。

恋澤姉妹に話を聞けば、その答えを知れるだろうか。

2

「タイトルは妻の担当なんだ。辞書を開いて、最初に目に入った単語をつけさせる」

指先を粘土で汚した老人が杖をつきながら現れ、ソファーに座る。

ブエノスアイレスの海辺に建てられた静謐《せいひつ》なギャラリーには、彼の作品が並んでいた。まともな形をした壺《つぼ》はひとつもなかった。ねじれたり、潰れたり、膨らんだり出っ張ったり。わたしとワラビは二つにちぎれた壺の前で、なぜこれが『公共事業』なのかと議論していたところだった。

「競りではどれも十万ドルの値がつく。金持ちを喜ばせるためのポルノだよ。空虚だが、余生の過ごし方としてはマシなほうだ」

「まだ七十歳でしょ」と、わたし。「現役でも通ると思うけど」

「余生さ。私の人生は十二年前の八月に終わった。完膚《かんぷ》なきまでに」彼はわたしのほうを向き、片眉を上げた。「ワラビ、案外若い子を連れてきたな」

「連れてきたくはなかったんだけどね」

「若かったらだめ？」

「気は進まないな。私はこれから、君の死刑執行を手伝うのだから」

恋澤姉妹に殺される、と言いたいのだろう。

それは事実かもしれないけど、子ども扱いは好きじゃない。わたしはギャラリーを横切り、老人の正面に座った。給仕がやってきてカップを配る間も、彼から目を切らなかった。

「わたしの人生も七年前の五月に終わった。だからいまは、余生。終わらせたのは両親だった。尾縞《おじま》さん、あなたの人生の終わりには、恋澤姉妹が関わってるの？」

尾縞忠則《ただのり》――南米に拠点を置く日本人芸術家は、表情を変えなかった。彼のサングラスの表面にはわたしの顔が映っていて、自分と見つめ合っている気分になる。

カップに指を這わせ、喉を湿らせてから、彼は語り始めた。

「金沢の小さな港町で、潮風がことよく似ていた。野張《のばり》という名の画家の屋敷で、〈人体倶楽部《クラブ》〉というサロンが催されていた。活動目的は、ヌードデッサン。野張は金を払って世界中からモデルを招き、我々の前でポーズを取らせた。骨格。筋肉のつき方。指先、うぶ毛、曲線美。我々は夢中でデッサンし、作品の品評を行い、技法について議論を交わした。全員が美術の探求者で、人体に取り憑《つ》かれていた」

「あなたもメンバーだったの？」

「最初期からのね。昔は油彩画と人物画が専門だった」

「ピカソみたいに作風を変えたわけね」

「あきらめたんだ。ヒトラーのように」

ラグリマは嫌いかね？　尋ねられてから、飲み物の名前だと気づく。カプチーノに似た真っ白な飲み物はほぼスチームミルクの味がして、コーヒーの風味は少しだけだった。ワラビは暇そうに海を眺めている。尾縞の話を聞くのは初めてではないのだろう。

「最も取り憑かれていたのは、主催者の野張だった。彼は招き入れるモデルたちの水準に満足していなかった。絵の技量を深めるにつれ、描く者たちの立ち方や、肉のたるみや、ポーズのブレに不満を覚えるようになった。倶楽部のメンバーが二十人に達したころ、野張は自ら〝完璧なデッサンモデル〟の育成に取りかかった。あちこちの施設から孤児を引き取ってきて、五歳から十二歳までの八人の子どもを養い始めた。その中に、恋澤姉妹もいた」

疎遠になった家族をなつかしむように、彼はその名を口にした。

「みんな〝姉妹〟と当然のように呼ぶがね、実際のところ本当の姉妹かどうかはわからないんだ。彼女たちはそう自称していたし、姉妹のように常に一緒だったけれど」

顔もあまり似てなかったしね——蛇足のようにつけ加え、尾縞は話を続ける。

「野張は子どもたちに人体の構造を叩き込み、雑技団と同等のストレッチをさせ、徹底的な筋力トレーニングを施した。長時間のポージングは全身の筋肉を酷使するからね。やがて、八人の子どもたちが倶楽部の主役になった。彼らの技量は卓越していて、中でも恋澤姉妹はツートップだった。彼女たちは毎日服を脱ぎ、台に上がり、何時間もポーズを取った。見られることが彼女たちの仕事だった。当時、吐息は十歳。血潮は八歳」

鼻白むわたしを予想していたように、彼は手をかざした。

「邪《よこしま》な思いを持っていた者はひとりもいないと断言できる。より正確に、より克明に描くことだけが我々の目的だった。……だが、それがまずかったのかもしれない。我々は特別な倶楽部の一員であることに酔い、その特権を最大限活かすべきだという義務のようなものに駆られていた。会員たちからのリクエストは徐々にきわどくなっていった。普通のモデルでは取りえない奇怪なポーズが見たい。全力疾走したあとの汗のかき方が見たい。痛みや快楽に歪む表情筋の動きが見たい。もっと近くで眼球を。耳孔《じこう》を。へそを。性器を——」

尾縞は言葉を切り、またラグリマを飲んだ。静脈の浮いた手が絹のハンカチを取り出し、口元のミルクを拭うのをわたしは待った。

「それで？」と、うながす。

「それで、とは？」尾縞は聞き返した。「私が語ることはもうほとんどない。ある日、恋澤姉妹は全員を殺した。屋敷に火を放ち、姿を消した。以上だ」

「十歳と八歳の女の子が、二十人の大人を殺した？」

「鉛筆やパレットナイフを使ってね。誰も逃げなかったし、悲鳴も上がらなかった」

「早業だったのね」

「一分少々かな。我々は呆然《ぼうぜん》としたまま、死の順番待ちをしていた。見蕩《みと》れていたんだ、ひとり残らず。すばらしい動きだった。彼女たちは本当に美しかった」

「……そう」

芸術の素養がないわたしに彼の話は理解しかねた。除夜子がやられたのも恋澤姉妹に見蕩れたから？　馬鹿げてる。除夜子はそんな死に方しない。そんな想像は除夜子に対する侮辱だ。

息を吐き、胃に溜まっていた熱を逃がす。

「恋澤姉妹は、あなたたちに復讐をしたわけ？」

「わからない。注目すべきは、モデル仲間の子どもたちも全員殺されたという点だ。あの時点で彼女たちの中には厳格な〈ルール〉ができていて、それにしたがっただけ——なのかもしれない」

「でも、あんたは生き残った」

ワラビが初めて口を挟んだ。尾縞はゆっくりとうなずいた。

「私は許されたんだ。とっさに取ったある行為によって」

「ある行為？」

老人はサングラスを外す。

わたしを覗き返してくる者はそこには誰もいなかった。南米の日差しと高価な照明に包まれた部屋の中で、彼の二つの眼窩《がんか》だけが闇をたたえていた。肌の色でも瞳の色でもない、それは虚空の色だった。

「自然と指が動いたんだ。許されることを計算したわけじゃない。かといって、恐怖や狂気に駆られたわけでもない」

「じゃあ、どうして」

「言っただろう。私は美術の探求者だった」

血しぶきと踊る恋澤姉妹を幻視するように。尾縞はうっとりと口を開け、何もない方向へ顔を向けた。

「もういらないと思ったんだよ。一番美しいものを見たからね」

＊

「除夜子のことを考えてたでしょ」

ホテルのエレベーターの中でワラビに図星を突かれた。

わたしはガラス張りのシャフトから夜景を眺めるふりをする。でも、ガラスに映ったワラビと視線が合ってしまう。勝ち負けがどうでもいいサッカーの試合を見るときみたいに、彼女は薄く笑っている。

「ジープのときと同じ顔してたから。ねえ、OKしちゃったから案内はするけどさ。あんたが本当に知りたいのは恋澤姉妹のこと？　それとも音切除夜子のこと？」

「……除夜子のことならよく知ってる」

へえ、そう。自信のなさを見透かしたような相槌《あいづち》。わたしは振り向く。

「あなただって除夜子のことは知らないでしょ」

「そりゃそうさ」

「なら首をつっこまないで」

「気をつけるよ」

「本当に除夜子と何も話してない？」

「もちろん」

エレベーターの到着音が鳴った。

並んで廊下を歩き、ワラビが自室のドアにキーを差す。わたしの部屋はひとつ隣。

「じゃ、用事があれば呼んでくれ」

「用事って何」

「何って……用事だよ。おやすみ」

苦笑いを残して彼女はドアを閉めた。ワラビ。褐色の肌に艶《つや》のある黒髪をなびかせた隻腕の女。美人だけど、変な奴だ。やっぱり何か隠されている気がする。

わたしはその気になればドアを壊して、彼女の残っているほうの腕をへし折って、秘密を吐かせられる。本当にそうしてやろうかとちょっとだけ考えたけど、やめた。いまガイドに消えられたら困るし、それに――不義理なやり方は除夜子に怒られそうだと思ったから。

自分の部屋に戻り、ベッドに倒れ込んで、ダマスク模様の天井を見上げる。

除夜子のことならよく知ってる。

わたしより四歳年上で、仕事も四年先輩だった。背が高かった。風呂が長かった。久世福商《くぜふく》店の梨ジャムが好きで切らすと少し不機嫌になった。指導はめちゃくちゃ厳しかったけどわたしが吐くたび背中をさすってくれた。どこにでも頰杖をついて心ここにあらずな喋《しゃべ》り方をした。テレビゲーム中に人から話しかけられたときみたいな、そんな喋り方。難読漢字に詳しかった。カメムシで悲鳴を上げた。先の先まで見通す謎めいた才覚があり、部署の中ではエース級だった。そして仕事を、心底嫌っていた。

誇りとか持っちゃいかんよ。わたしが初めて仕事をした日、除夜子はそのにじんだ絵の具みたいな喋り方で指針を示した。上はほめるだろうけどさ、得意がっちゃだめ。こんなのド底辺のクソ仕事なんだから。それはマナー？　そう、マナー。人としての？　んー、ていうよりは私としての。許されちゃいけないことしてるってのを忘れないようにしなきゃね。背負ったまま生きて、不幸せになって、いつかひとりぼっちで死ぬの。まあそんなのがふさわしいよ、私らには。

寝返りを打つ。

眠るときに除夜子のことを考えるのはいやだった。いまのわたしはひびの入ったジャムの瓶で、少しでも気を抜くと溶けた中身がこぼれ落ちそうだった。効きの悪い空調がわたしの形を緩ませていく。肌が汗ばみ、眠気が散る。やがて瓶が、静かに割れた。指先がシーツを這うように動き、わたしは蜜の中に沈んでいった。

除夜子のことならよく知ってる。

でも除夜子は、わたしのことをどれだけ知っていただろうか。

3

「おすすめは海蠣煎《ハイリージエン》、牡蠣《かき》のオムレツね。あと薄餅《ブオビン》、揚げない春巻き」

ワラビはすすめられた二品と白酒《パイチュウ》を注文し、わたしは沙茶麺《サテ》とプーアル茶を頼んだ。わずか二分ですべての料理がテーブルに並んだ。

福建省の港湾都市、厦門《アモイ》の裏町にたたずむ食堂。昼どきをだいぶ過ぎたため、わたしたち以外客はいない。油のにおいが染みついた店にはこの地区のすべてが凝縮されていた。狭さと貧しさと小汚さ、熱気と年季と、気をつけてないと見過ごしてしまいそうなほど小さな、ほんの小さな幸福。沙茶麵の赤いスープをすすると、魚介のコクとピーナッツの風味が口いっぱいに広がった。

「あの子たちも、よくその席に座ってた」

友鳳《ヨウフォン》という名の店主はカウンターに寄りかかり、食事するわたしたちを眺めた。五十代の小太りな女性で、英語が達者だった。

「向かいの集合住宅の八階に住んでたの。『住みついてた』のほうが正しいかな、たぶんちゃんと契約してたわけじゃないから。ここにはそういう住人のほうが多い」

「二人がここで暮らしてたのって……」

「金沢のあとから二年間」牡蠣を頬張りながらワラビが答える。「吐息が十二歳、血潮が十歳になるまで」

「まだ小さい女の子が、二人きりで食べにくるわけでしょ。気にならなかった？」

「気にしてたら、あたしはいま生きてない。でしょ？」友鳳は肩をすくめた。「正直、最初は気になったわよ。でもお金はちゃんと払ってくれたし、理由《わけ》ありの子は町にたくさんいたし……ちょっと噂も流れたの。善意で声をかけた何人かが姿を消したって。それでなんとなく、あの子たちは放っておいたほうがいいって空気が根付いた」

「じゃ、覚えてることはあんまりない？」

「あたし記憶力はいいのよ」

ほうれい線がカーブを描いた。彼女は〈利群《リーチュン》〉のシガレットを一本出し、火をつける。

「いつでも二人一緒だった。服は三、四着を着回してたみたい。こっちの言葉が上手で、日本人だなんて最初は思わなかった。お姉さんは礼儀正しくて大人っぽい子だった。天気とかについてあたしと二、三言話すこともあったわね。妹さんは人見知りな感じだったけど、表情豊かだった。店で飼ってた金魚を楽しそうに見てたっけ。トドロフって名前をつけて」

「思想家のトドロフ?」

「十歳にしては独特よね」友鳳《ヨウフオン》は煙を吐き出し、「あと覚えてるのは、蠅《はえ》」

「蠅?」

「夏場はたくさん出るんだけど。あの子たちが食べ終えたあと、いつもテーブルの隅に死んだ蠅が並べられてたの。五匹とか六匹くらい。叩く音は聞こえないのに、どうやって捕まえてるのか不思議だった」

「あはは」と、ワラビ。「〈観測者《ウオツチヤー》〉好みのエピソードだね」

「箸で蠅をつかまえるくらい、わたしにもできる」

「十歳のころにもできた?」

ノーコメント。プーアル茶を飲んでから、わたしは友鳳に尋ねる。

「二人の仲はよさそうだった?」

「ええ、すごく。でも、はしゃぎ合ったりふざけ合ったりする年相応の感じじゃなかった。デートする学生みたいな感じだったかしら。テーブルの上で手を触れ合ったりして、楽しそうに話してた」

実演するように、ワラビがわたしの指に触れてきた。これもノーコメント。

「どんな話題を?」

「あらゆる話題を」実際にはEverythingと、流暢《りゅうちょう》な発音で友鳳は言った。「街のこと、本のこと、服のこと、季節のこと、近所に住んでる野良猫のこと。要するに、みんなが話すようなことよ。いまでこそ怪物みたいな扱いだけど、あたしには普通の子たちに見えたな。ちょっと大人びただけの普通の姉妹。この町でひっそり暮らして平和に生きるって道もあったんだと思う。……でも、そうはならなかった」

彼女は灰皿に煙草を押しつけた。笑みが消え、油でべたつく床に視線が落とされる。

「悪循環のきっかけを作ったのは、あたしなの」告解するように彼女は言った。「蒸し暑い夜だった。いつもみたいに二人が食べにきたんだけど、店は満席だった。席を詰めさせることもできたんだけど、これ以上店を混雑させたくなかった。あたしは炒海鮮《チャオハイシエン》と薄餅をプラ容器に入れて、二人に渡してあげた。あの子たちは手をつないで帰っていった」

わたしは店の入口を見やる。喧騒《けんそう》の中に消えていく二人の少女を想像する。

「次の日、近くの公園で、斌《ヒン》っていう名前のマフィアと取り巻き五人の死体が見つかった。斌の片方の耳には割り箸が根元まで突き刺さってた。公園のベンチには、食べかけの炒海鮮と薄餅が」

「やったのは恋澤姉妹?」

「あの子たちはベンチでごはんを食べていて、酔った斌たちが通りかかって、何か〈ルール〉

に抵触するようなことを言うか、するかしたんでしょうね。斌は〈虎舟《フーヂョウ》〉っていう地元の組の若頭だった。〈虎舟〉は〈八削会《ハーシュエフウィ》〉っていう広域マフィアの下部組織で、町でクスリをさばくのが仕事で……要するに、彼の死はけっこうな騒ぎになった。マフィアたちは犯人探しを始めて、路地裏に死体が増え始めた。大規模な抗争の噂がすぐに広まったけど、何が起きているかはまだ誰にもわかってなかった」

友鳳《ヨウフォン》も店の表へ目をやった。通りの向こうにはダクトの入り組んだ古いマンションがそびえている。

「一週間後、向かいの集合住宅から銃声が何発も聞こえたの。八階からね。警察が来たときには、あの子たちの部屋はもぬけの殻だった。廊下には〈虎舟〉が雇った殺し屋たちの死体が並べられてた。蝿みたいに」

恋澤姉妹にとっては、実際に蝿と同じだったのだろう。寄ってくるから叩いただけで、そこにはなんの感情もなかったのだろう。

そのときも、そのあと起きたすべてのことに対しても。

「ハリケーンが北上するみたいにあの子たちは北へ向かった。なんで知ってるかっていうと、噂が次から次に入ってきたから。福州では〈武条《ウーティアオ》〉が。温州では〈黒雀《ヘイチュエ》〉が。〈八削会〉の下部組織が常に二人を追いかけて、ひとり残らず返り討ちにあった。上海《シャンハイ》では〈八削会〉と敵対してた〈狗頭会《コウトウフウィ》〉が二人に接触を図って、同じように殺されて、事態はさらにややこしくなった。火種が火種を生んで、それがさらに火種を……」

友鳳は両手でボールを弄《もてあそ》ぶようなジェスチャーをし、中国語をつぶやいた。「転がり始めた玉は止まらない」的な意味の故事成語なのだろう、きっと。

「結局あの子たちは、三つの広域マフィアと十七の下部組織を破壊しつくして、それ以降噂は途絶えた。この国に見切りをつけたんでしょうね」

「よそでも嵐を起こしまくりだよ、彼女らは」

白酒で頬を染めたワラビが言う。友鳳は「そう」と応じてから、

「でも、全部正当防衛でしょ?」

「話しかけてきた男に割り箸をぶっ刺すことを〝正当防衛〟と呼ぶなら、そうかもね」

笑えぬジョークに困惑するように、友鳳は眉をひそめた。やさしい人なのだ、といまさらになって気づく。わたしは箸を置き、馬鹿な質問をする。

「友鳳さん、恋澤姉妹は悪人だと思う? それとも善人?」

「……わからない。あの子たちがマフィアをつぶしても、かわりの組織が台頭するだけで意味はなかったし。あの子たちの犠牲者の中にはいい人もたくさんいたはずだし」

だけど——と彼女は戸惑いがちに、

「だけど、やっぱり普通の子たちなんだと思う。だって、誰でも一度は思うじゃない? 大切な人と一緒にいるとき、誰にも邪魔されたくないって。そりゃもちろん実際はそんなこと無理で、どこかで他人とつながるしかないんだけど。人間は二人きりじゃ生きられないんだから——」

傾いた日が店内に差す。夜が近づき、繁華街から人々の営みの音が聞こえ始める。

「でもあの子たちは、強すぎた。心も、体も」

たぶんそれだけなんだわ、とこぼして、彼女は話を締めくくった。

ワラビが白酒のおかわりを注文した。

＊

酒に弱いなら最初からそう言ってほしい。

いやもしかして宗教で禁じられてたりしてそれでなのかな。いやこいつはそういうの気にしてないだろうな絶対。

眠りこけたワラビとわたしを乗せて、タクシーは宿へ向かっている。ワラビの頭は大きく傾き、わたしの右肩に着地している。左腕がない分くっつく体の面積が多い。酒くささにまじって香油めいた異国の女の香りがした。

バックミラー越しに運転手の視線を感じ、わたしは目をそらす。外は天気が崩れ、雨が降り始めていた。電飾の色が溶け込んだ青やオレンジの水滴がリアドアガラスを流れてゆく。人の体温を感じながらその光を眺めていると、昔の記憶がよみがえった。

——やっぱり普通の子たちなんだと思う。

恋澤姉妹は理解の及ばない怪物なのだと思っていた。思考回路をなぞることなんてやるだけ無駄で、彼女たちを縛る〈ルール〉も何か独自の哲学に基づいたものなのだと思っていた。

でも、そうじゃないのかもしれない。

十五歳の春に両親を殺すまで、わたしは普通に暮らしていた。学校に通い、部活をし、休日は友達と服屋にいったり映画を見たりした。気になるバンドの動画チャンネルを毎日チェックしていた。好きな人もいた。部活の後輩。

初めてのデートは始終むずがゆかった。電車に乗って少し遠くへ遊びにいった。買い物をして、クリームパスタを食べて、こっそりキスをして、歩いて、もう一度キスをした。十二月だったのでイルミネーションが綺麗《きれい》だった。わたしたちは噴水の前に座り、手をつないで、身を寄せ合って光を眺めた。掃いて捨てるほど多くのカップルがいたけれど、行き交う通行人の視線はみんなわたしたちに注がれていた。穏やかな、冷ややかな、励ますような、野次るような、見守るような、咎《とが》めるような、あらゆる視線がわたしたちを突き刺した。握り合う手に力がこめられるのを感じた。それが愛情の表れなのか不安の発露なのか、わたしにはわからなかった。

そのときわたしが抱いた感情。

恋澤姉妹の原動力であるかもしれない感情。

それはどこまでもシンプルで何よりも純粋で、誰でも持ちうる根源的な気持ち。回りくどい比喩なんて必要ない、たった一言で言い表せる、それゆえとても強い気持ち。

見るな、という気持ち。

4

「このまま話すんでもいいか？　いま収穫期でよ、クソ忙しいんだ」

男はだみ声を張り上げた。農機を運転しているせいだ。

地平線まで続く畑は白い花に覆われている。ブルドーザーと塵芥車《じんかいしゃ》が合体したような幅広で緑色のばかでかい車が、時速五キロで進みながら、その花を体内に取り込んでゆく。ミシシッピ州、ノクサビー郡。あるのは畑と、空と、太陽だけ。ときどき頭上を横切る鳥の姿は、どれも痩せこけて見えた。

「あんたみたいなのときどき来るけどさ、正直アドバイスとかねーんだよな。そりゃ確かに、おれは連中とやり合って生き残ったよ。でも、おれが何かしたってわけじゃねえ。たまたまさ。もうカタギに戻ってるしな」

オーバーオール姿で両手を広げた彼に、「そうなの？」と皮肉を返す。

「大麻《たいま》を育ててるのかと思った」

「綿花《めんか》だよ。嬢ちゃんのパンツを作るのさ。それにマフィアだったことは一度もねえ。で、用件は？」

「あなたがたまたま生き残った日の話を聞かせて」

ゲイリー・タリスという名の綿農家は面倒くさそうにうめき、二メートル上から手招きした。わたしははしごを使わず跳んで、助手席に着地した。ワラビに手を貸し、ひっぱりあげる。くっつき合って、狭いシートに二人分のお尻を収める。

ゲイリーは赤ら顔の四十代の白人だった。つば広の帽子をかぶり、チェック柄のシャツの袖をまくり、濃い腕毛の中には控えめなタトゥーが彫られている。恋澤姉妹と戦って生還した、ただひとりの人間――だとワラビは言っていたけど、そんなふうにはちょっと見えない。

わたしたちが乗り込んだあともゲイリーは運転に集中していた。汚れた液晶に表示されるGPSを確認し、ハンドルを微調整しながら、彼は口を開いた。

「五年前、おれはダフネ&キール社の広報四課にいた」

「D&K……銃器メーカーね。広報四課の噂は聞いたことある」

「なにそれ」

「洗剤でもポップソングでも銃でも、宣伝メソッドは変わらない」わたしはワラビに説明する。「一番効果的なのは、コマーシャルを作ること。紛争や内戦に紛れ込んで、自社製品の表には出せないCMを撮るのが広報四課の仕事」

「あー、なるほど。ブラックマーケット用に実戦の映像を撮るわけね」

「ただ撮るだけじゃなく、演技や演出もする」ゲイリーが補足した。「おれは四十人ほど雇われてたアクターのひとりだった。ハイテク時代だからな、戦場でも銃撃戦は稀《まれ》だ。そういうときはおれらがかき回して、画面が映えるようにする。撮れ高が溜まったら編集して『アベンジヤーズ』の予告編みたいにする」

「当時は、世界一実戦慣れした部隊って呼ばれてた」

「ロケはそこらじゅうでやったからな」

なんの感慨もなさそうに彼は喋る。銃のグリップを握り続けた男の手はいま、農機のクラッチに添えられている。

「ある日、恋澤姉妹がシカゴ近郊に住んでるって情報をうちの上層部が仕入れた。姉妹はすでに伝説級の厄介者《アウトロー》で、いくつかの組織が結託して、連中の首に懸賞金をかけてた。二千万ドル」

「大金ね」

「ひとり二千万ドルだ」ゲイリーはさらりと訂正した。「当時のD&Kは南米進出にしくじって、資金繰りに悩んでた。で、四千万ドル補塡《ほてん》にあてようって考えたわけだ。広報四課はそのへんの特殊部隊よりずっと強かったし、武器と装備も自社製品がたんまりある。楽勝だろ、ってな」

「事務方はいつも無茶を言う」と、わたし。

「まあ埋め合わせも現場の仕事だ。おれらは恋澤とやり合う準備を始めた。まず、連中の行動を極秘に調べた。いくら人嫌いでも自給自足ってわけにゃいかねえ。月に二度、最寄りの町の食料雑貨店《グロサリー》に買い出しにくることを突き止めた。高校の体育館くらいの広さの店だ。おれらはそこを買い取った」

「経理部が怒ったでしょうね」

「四千万ドルのための投資さ。作戦はオーソドックスなネズミ捕りに決まった。連中のホームになだれ込むより、こっちの陣地に誘い込んだほうがいい」

尾縞は〝彼女たち〟と呼んでいた。友鳳《ヨウフォン》は〝あの子たち〟と呼んでいた。ゲイリーは恋澤姉妹のことを〝連中〟と呼ぶ。

「概要はこうだ。フェーズ1、撮影に使うって言って近所の奴らを遠ざける。実際おれらは撮影班だしな、映画の『アルゴ』みたいだろ？　フェーズ2、隊を二つに分け、A班は客のふりして店内で張り込む。バックヤードにはB班を配備。フェーズ3、連中が現れたら空調からオピオイド系の麻酔ガスを流す。即効性があるやつを。倒れるのを待って、殺す。こっちの主なスペックは兵士四十、突撃銃二十、短機関銃十五、ライフル五、拳銃とダガーナイフ人数分、ガスマスクその他装備一式、麻酔ガス四トン、特殊閃光手榴弾《フラッシュバン》いっぱい、催涙弾たくさん、銃弾山ほど」

「勝てそうじゃん」

上司から娘の運動会の話を聞かされたときみたいな、興味を取りつくろった口調でワラビが言う。日差しを浴びたわけでもないのに、ゲイリーは帽子をかぶり直す。

「当日の話をしよう。おれはA班に振り分けられて、野菜売り場で作戦開始を待ってた。私服の下に防弾ベストを着て、バッグにはサブマシンガンとガスマスクが入ってた。隣には海兵隊《ネイビー》のころから一緒のイアンって同僚がいてさ、ピリついてたから肩を叩いてやったよ。リハは入念にやったし、全員この作戦に自信があった。午後二時四分、駐車場の監視班から『ターゲット現着』って無線が入った。二十秒後に追加の報告が。『妹がナンバープレートを指さしてる』」

「ナンバープレート？」

「いつもどおりに見えるよう、おれらは駐車場に車を並べてた。地元の奴らと同じ中古車を何台も用意してな。だが、ナンバーにまでは気をつかってなかった」

「妹は……血潮は、町の人たちの車のナンバーを覚えてたの？　月に二度しか来ない雑貨店で見るナンバーを？　一目見ただけで差異に気づいたってこと？」

「まあ聞けよ、続きがある。次の報告はこうだ。『姉がこっちを見た』。なんでかって？　知るかよ。とにかく自動ドアが開いた時点で、連中には気づかれてた。こっちが仕掛けるより早く、近くにいたアクター二人がやられた。マスクを奪われたから麻酔作戦はおじゃんだ。隊長が『突入』を指示して、完全武装のB班が店になだれ込んだ。おれらも武器を抜いた。店内で戦闘が始まった。おれらはまだ勝つ気でいたが、すぐに場所の選定ミスに気づいた。店には姉貴の武器になるものが腐るほどあったし、妹の足場もそこら中にあった」

にわかせぶりにゲイリーは言葉を切る。わたしからの反応を待つみたいに。最初の言動とは裏腹に、会話を楽しんでいることが見て取れた。恋澤姉妹はこれを望んでいないのだろうな、と考える。こういうのが嫌いで、だから全員を殺すのだろう。

それでもわたしは、質問をせずにいられない。

「恋澤姉妹の戦い方を教えて」

「吐息は暗殺術だ。なんでも武器にする。副隊長のウィルは割った電球で頸動脈を裂かれた。最年長のクリスはトマトの缶詰で脳天をつぶされた。ジェフはベルギーの特殊部隊群《SFG》出身で、一番やり手だったが、セール品のベルトで銃を叩き落とされたあとプロテクターの継ぎ目十二ヵ所をボールペンで刺されて死んだ。こんなふうに交互に刺すのさ」

両手を回すように突き出すゲイリー。ボールペン――わたしは除夜子のエプロンを思い出す。

「血潮はタツマキガールだ。信じられないようなアクロバットをする。『ダイ・ハード4』に出てきたニンジャ野郎みたいな感じ。でも動きのすべてが理にかなってる。ニンジャ野郎は間抜けな死に方したけど、血潮ならジョン・マクレーンにも圧勝だな」

「映画が好きなの？」

「なんでだい？」

「たとえが多いから」

「最近はネトフリしか観《み》ねえな、最寄りのシアターは百五十マイル先だ」投げやりに言い、ゲイリーは話題を戻す。「妹が敵の態勢を崩して、姉貴がとどめを刺すってパターンが多かったな。陳列棚の間を移動しながら連中はおれらを殺していった。何千発も撃ったが弾は一発も当たらなかった。二人の動きといったらもう、コンビネーションとかのレベルじゃねえな。なんていうか、あれは――そう、撮影みたいだった。最初から殺陣《たて》が決まってるみたいな。変だよな、それはおれらの専門だったのに」

ゲイリーは遠い目をして、畑と空の境目を見つめた。農機の速度は相変わらずで、まだまだそこに辿《たど》り着きそうにはない。

「で、あなたはどうして生き残ったの」

「半分くらいやられたころかな、おれの前に連中が現れた。まばたきを一度したら、銃を血潮に蹴り上げられて、吐息が目の前に迫ってた。ああ死んだな、って思ったよ。そしたら、吐息の後ろにイアンが見えた」

「一緒にスタンバってた同僚？」

「覚えててくれてありがとよ。そんときのイアンの顔は傑作だったたな。真っ青でいまにも泣きそうでさ。間抜け顔のまま奴は銃を一発撃った。弾は吐息をそれて、おれの左胸にジャストミートした。至近距離だから防弾ベストは意味なかったな。弾は貫通して、おれは吹き飛んで、レジ台の裏に転がり込んだ。で、そのまま気絶した。――気がついたら全部終わってて、恋澤姉妹はいなくなってた。おれ以外の奴は全員死んでた。イアンもな」

「心臓を撃たれたのに生きてたの？　奇跡的にそれたとか？」

わたしが尋ねると、ゲイリーははにかむ子どもみたいな顔をして、右胸を指さした。

「おれ、右心臓なんだよ。イアンだけがそれを知ってた」

「……わざと撃ったのね」

〝恋澤姉妹〟か〝肺への流れ弾〟か。ゲイリーが助かる可能性を天秤《てんびん》にかけ、判断し、とっさに動いた。

「さあな。あいつは射撃がクソ下手だったから、ほんとに狙いがそれたのかも。ま、どっちにしろイアンのアホのおかげさ。だいたい恋澤がやり損じを見過ごすってのもおかしな話だ。連中は気づいてたんじゃねえかな。でも俺とイアンに共感して、ほっとくことにした。そんな気がする」

「共感?」

「連中もたぶん、そういうのでつながってんだろ。その……絆《きずな》? みたいなやつでさ」

ゲイリーは鼻の頭をかき、農機のエンジンを止めた。シートの下の揺れがやんだ。

「参考になったか?」

「かなりね」

人体への造詣。記憶能力。身体操作。連携。観察眼。〈ルール〉に基づいた躊躇《ちゅうちょ》のなさ。少しずつだけどわかってきた。

礼を言い、ワラビと一緒に農機を降りた。乗ってきたレンタカーは豆粒ほどの大きさになってしまっている。歩きだそうとしたとき、ゲイリーが声をかけてきた。

「嬢ちゃんも連中とやり合う気か?」

「わたしは話がしたいだけ」

「やめといたほうがいいと思うな。あんたけっこう強そうだけど、恋澤姉妹には勝てないね。実家に戻ってソイソースでも作んなよ」

「あいにく実家は跡形もないの」

「いいことないって、殺し殺されなんてさ。生き残ったから言ってるわけじゃないぜ？　その前、連中にやられかけたとき思ったんだ。ああすげえ、こんな奴らがこの世にいるなら、おれがやってきたことなんて――」

『インディ・ジョーンズ』のテーマが会話に割り込んだ。世界一実戦慣れした部隊で唯一生き残った歴戦の男は、携帯を取り出し、不機嫌そうに耳にあてた。

「もしもし？　え？　灯油？　納屋ん中だ、いちいちかけてくんなよ。……はいはい、夕方には戻るよ、わかってるって、母ちゃん！」

＊

国道沿いのモーテルは去年のハリケーン被害にあったらしく、建物の半分が改築中で、わたしたちは同じ部屋に押し込まれた。

ドライヤーの音がやみ、バスルームからワラビが出てくる。先に浴びたわたしはキャミソール姿でソファーに座り、仕事先からのしつこいメールに返信していた。薄い壁の向こうからはシンディ・ローパーの歌が聞こえている。かれこれ二時間。ラジオか何かで専門チャンネルがあるのかもしれない。そこにアラビア風のメロディーが混じる。鼻歌はわたしの横を通り過ぎ、部屋のあちこちへ移動する。

スプリングがきしむ音とともに、鼻歌が止まった。

「あのさ、芹」

「なに」

「やめれば？」

わたしは顔を上げる。

ワラビは髪をタオルで拭きながら、セミダブルのベッドに座っていた。下はショーツ。上は何も着てない。左腕の肘から先は褐色の皮膚に包まれて、舐《な》め溶かしたアイスキャンディーみたいになっている。

「やめるって何を」

「恋澤姉妹に会いにいくこと。ゲイリーが言ったとおりだよ。芹じゃ勝てない」

わたしは携帯を置き、体ごとワラビのほうを向いた。

「除夜子が会いにいった理由を知るまで、やめるつもりはない」

「理由は芹だよ」

「え？」

「除夜子を殺せって言われてたんだろ」

時間が止まった気がした。

気がしただけだ。ワラビの手はわしわしとタオルを動かし続けている。だけどわたしは、まばたきすることも忘れていた。

「ガイドの最中に直接聞いたんだ。除夜子はとっくに知ってたよ。芹はわかりやすいから、だってさ」

「……隠してたのね」

「除夜子に口止めされたんだよ。こう見えて私は義理堅いからね」

椅子の背にタオルを放り、ワラビはベッドに寝転がる。白いシーツの上で、艶のある黒髪が渦を巻く。

「『事務方はいつも無茶を言う』、か。あんたたちの事務方も無茶を言ったみたいだね。個人プレーが目立つ除夜子に見切りをつけて、芹に処理させようとした。それでちょっと困ったことになった。芹は除夜子を殺したくない。でも殺さないと、雇用主に自分が殺される。除夜子も芹を殺したくない。自分が死ぬのが一番いいけど、単純な自殺じゃ自演がバレる。で、恋澤姉妹に会うことにした」

恋澤姉妹は観測者を殺す。

恋澤姉妹には誰も勝てない。

会いにいけば、確実に殺されることができる。

「姉妹は賞金首だから、挑戦して負けたっていう口実は一応成り立つ。ユニークとまではいえないかな。実をいうと、うちには自殺志願者もけっこう来るんだ」

「違うの」

漏れ出たわたしの声はかすれていた。

「もう隠さなくていいって」

「違う。そうじゃないの」

由々しさを察したようにワラビは黙る。わたしはソファーから立ち上がった。吐露するのは怖かった。言葉にすれば、それまで曖昧だったものに形を与えてしまう。

除夜子のことならよく知ってる。

でも除夜子は、わたしのことをどれだけ知っていただろうか。

「除夜子と戦うつもりだった」

悩み抜いた末に選んだ、それがわたしの答えだった。

「殺し合うつもりだったの。だけど、直前で逃げられた」

身を隠そうとしたとか、わたしとの戦いを恐れたとか、せめてそんな理由であってほしかった。

でも、自殺しにいったなんて。

こぶしを握る。すべてが気に入らなかった。馬鹿な選択をした自分も、わたしを振り向くことなく退場した除夜子も、すべてが。ドアを閉める刹那、除夜子はどんな顔をしていたのだろう。取り残されたわたしは、どんな顔をすればいいのだろう。

「ふーん、そう」

ワラビの反応は軽かった。枕もとのスイッチに手が伸ばされ、照明が常夜灯に切り替わる。

「とにかく、これで目的は果たしたろ。日本に帰りなよ」

わたしは床に落ちる自分の影を見つめていた。オレンジの光に引き伸ばされたわたしは家具の影と重なり合って、頭部をなくしたみたいだった。ワラビの言うことは正しい。旅する理由は消えた。わたしは前髪をかき上げ――

「待って」あることに気づいた。「さっき、口止めされたって言った？」

「言ったけど」

「変じゃない？　だってその時点じゃ、わたしとワラビに接点はない」

ユーラシア大陸の反対側にいる女に秘密を話したところで、わざわざ口止めする意味があるだろうか？　普通はない。あるとすれば――

除夜子は予想していたのだ。

わたしが行方を追いかけて、ワラビに接触することを知っていた。

手のひらで転がされるような感覚に、舌打ちをこらえる。除夜子。先の先まで見通す謎めいた才覚を持った女。

ムカつく。

だけど、確信が持てた。わたしが除夜子の敷いたレールの上を走っているなら、ここはまだゴールじゃない。除夜子の行動の目的もきっとこれで全部じゃない。まだ続きがある。除夜子の残像を追いかけて、足跡が途絶えた最後の場所へ、わたしも辿り着く必要がある。

「恋澤姉妹に会う」

わたしは独り言のように宣言した。

恋澤姉妹に会う。会って、戦う。戦って、勝つ。勝って、除夜子のことを聞く。

そうすればきっと、除夜子の真の目的もわかる。

「ま、そうしたいなら止めないけど」

ワラビはあくびを漏らした。つられたわけじゃないけど、わたしも眠気を覚えた。ぶれかけた決意が固まってほっとしたせいでもあった。ベッドに近づく。セミダブルなら二人でもそれほど狭くないだろう。

「詰めて」

ワラビは体をずらした。五センチだけ。

毛布を半分はがしたまま、彼女は涅槃像《ねはんぞう》みたいに横向きに寝ている。体を隠すのに唯一使える右腕は、頭の下に折りたたまれている。褐色の肌が常夜灯の色と溶け合い、なのに不思議と稜線は濃くて、琥珀色《こはくいろ》の世界になだらかな湾曲が浮き上がっていた。幻惑めいた光景だったけど、重力にしたがって形を変えるふくらみとわずかに沈んだシーツの歪《ゆが》みが、やわらかな質量の存在をどうしようもなく物語っていて、つまり神秘なんてどこにもなかった。女の口元には最初に会ったときよりも少しだけ親身な笑みが浮かんでいて、仔兎《こうさぎ》か何か愛《め》でるように、歳下のわたしを眺めているのだった。

「除夜子は知ってたよ」

「それはもう聞いた」

「そうじゃなくてさ」

目元がひくつくのが自分でもわかった。

除夜子は何を告げ口したのだろう。ワラビに何を頼んだのだろう。これで何かを遺したつもりなのだろうか。このモーテルにハリケーンをぶつけたのも除夜子？　なんなのあいつ。本当にムカつく。さっきのは流れでフフッて感じでちょっと思っただけだったけど今度はマジでムカつく。

殺してやりたい。

もう死んでるけど。

わたしは振り返り、ソファーを五秒ほどにらみつけ、またベッドに向き直った。息を吸って、吐く。眼鏡をはずす。視界がぼやける。ベッドに横になると、不明瞭な靄《もや》の中に異国の香りが形をとった。隣室の客はラジオをつけたまま寝入ったらしく、ずっとシンディ・ローパーのくぐもった歌声が聞こえていた。翌朝わたしたちはシーツの交換を頼んだ。

5

「トイチ派？　チトイ派？」

オープンカフェの三人がけテーブルに知らない女が割り込んで、わたしの飲みかけのコフォラに口をつける。

コフォラはコーラによく似たこの国の名物で、わたしにはあまりおいしいと思えず、ワラビに半分あげようかと考えていたところでは、あったのだけど。さすがにちょっと驚いた。

「えっと、なに?」

「感情ベクトル。恋をしてるのは吐息のほう? それとも血潮?」

「……わからない」

「合格」彼女は唇を拭い、その手で握手を求めてきた。「うちのことはCQって呼んで。よろしく。歩きながら話してもいい? ここは人が多くて、ちょっとよくない」

ワラビがテーブルに紙幣を置いた。わたしたちはカフェをあとにし、プラハの市街を歩き始める。

おとぎ話みたいな街並みに、女はあまりマッチしてない。ピアスにTシャツにダメージジーンズ。青白く痩せていて、髪にはトイピンクのメッシュが入っている。まだ十代に見える顔にはぽつぽつとほくろが散っている。

「凡百な受け攻め論争は恋澤姉妹に不要、うちも同意見。吐息と血潮は完全に補い合ってるもんね。ロッシュ限界を超えて混ざり合って真球と化した二つの惑星、それが恋澤姉妹だし、そういうとこが魅力なわけ。でもあえてどっちかって言われたらうちは吐息のほうが好きかな。お姉さんだけどけっこう可愛いところあるんだよね。ガラスの子熊のエピソード、知ってる?」

「……知らない」

「最高だよ! あとで話したげる。エピソードは意外とたくさん見つかるの、〝ライン〟をわきまえながら掘ってけば。うちはこれでも古参の〈観測者《ウォッチャー》〉で、厦門《アモイ》時代から二人を追ってる。コツもテクニックも知り尽くしてるから安心して。新人《ニュービー》には優しくってのが恋澤クラスタのルールだし」

「わたしのことなんて説明したの？」

「いーからいーから」

ワラビと囁《ささや》きを交わす間もCQはくっちゃべり続ける。同志が増えるのは嬉《うれ》しいとか、去年はパリで大規模オフ会があったとか。CQってなんの略だろう？　名前を隠されるのは好きじゃない。彼女を殺す予定はないけど、五分後には殺したくなってるかもしれない。

連れ歩かれるうちに辺鄙《へんぴ》な路地に入った。CQは建ち並ぶアパートメントの通用口のひとつを開け、地下へと続く階段を下りる。

鍵束を取り出して金属製のドアにつけられた三つの錠を開け、横のテンキーに何かを打ち込む。カシュン、と独特な音が鳴った。わたしはその機構を知っていた。ドアロックが外れた音ではなく、地雷の安全装置がかかった音だ。

「気休めだけどね」ドアを開けながらCQが言う。「吐息と血潮が本気になったらこんなのマジで意味ないから。散らかってるけど入って。適当なとこ座って。トドロフにはさわんないでね」

「トドロフ？」

CQは壁際を指さす。金魚のステッカーが貼られた冷蔵庫みたいなハードディスクが冷蔵庫みたいにうなっていた。それを抜かせば、部屋はまるで戦時中のスパイの隠れ家だった。大きな無線機があり、大量のメモが貼られている。壁には書き込みだらけの世界地図がピン留めされ、そのすぐ下までファイルの山が積み上がっている。

　わたしたちはすり切れたソファーに座る。そばの棚には汚れた軍用靴、血のついたネクタイ、壊れたトカレフ、穴のあいた頭蓋骨などが並んでいて、すべてのものに白と赤のシールが片方、もしくは両方貼られていた。眺めているうちに意味がわかった。吐息関連が白、血潮関連が赤。除夜子のエプロンと同じ、恋澤姉妹の〝記念品〟だ。

　棚の横には真新しい軽機関銃《LMG》が立てかけられていて、これだけは実用のようだった。

「CQ、あなた恋澤姉妹に狙われてるの？」

「ううん、まだ。でもいつ狙われてもおかしくない」

「そんなに心配いらないんじゃない？　彼女たち、ずっと遠くに住んでるし」

「そこからね。ＯＫ」

　問題児を任された家庭教師みたいにCQは目玉を回す。冷蔵庫（トドロフじゃなくて本物の）から飲み物が出され、わたしたちに渡された。……コフォラだ。

「まず、恋澤姉妹をただの逸脱者だと思ってるならその考えは捨てて。あの二人はそういう次元じゃないから。ヴォルデモート卿《きょう》だって思ったほうがいいよ。姉妹について知ろうとすれば遅かれ早かれ気づかれるし、場合によっては殺される」

　あの二人はそういう次元じゃない――ワラビもそんなことを言っていたけど。

「たとえば、ニキタっていうチェチェン人の〈観測者《ウォッチャー》〉がいた。ニキタの本業はハッカーで、恋澤姉妹が目撃された土地の防犯カメラに片っ端から潜り込んで、姉妹の映像を収集しようって考えた。でも、一ヵ月後に殺された」

「姉妹に気づかれたってこと？　どうやって」

「って思うよね。恋澤姉妹の感知システムについてはうちらもずっと議論してて、仮説はいくつかある。たとえば、『世界各地にスパイがいて姉妹へ情報を流してる』。これはナンセンス。協力者は二人の〈ルール〉にそぐわない。もしくは、『二人は凄腕《すごうで》のハッカーで世界中のネットを監視してる』。これはある程度ほんとかも。でもアナログで活動してた〈観測者〉がやられたり、説明がつかない事例もいっぱいある。ネットに張りつく二人はちょっとイメージ崩れるしね。戦闘に関しては『超人的な視力や聴覚を持ってる』って説が有力。説得力はあるけど、どうかな。吐息は二キロ先の狙撃手に気づいたこともあるんだ。五感だけでそんなことってできる？」

ＣＱはコフォラを呷《あお》り、声をひそめる。

「どうやって感知してるのか、結局まだ答えは出てない。二人には魔力とか超能力があるって本気で信じてる〈観測者〉もいる。有名どころだと魔女のエピソードがあるしね」

「魔女？」

「〈観測者〉の間じゃ定番だよ。二人の強さの秘密」

……強さなら少し興味がある。ソファーに腰を据え直す。

「野張邸の事件は知ってる？　その事件の少し前、屋敷に〝本物の魔女〟が訪ねてきたんだって。魔女は庭にいた吐息と血潮に目をとめて、二人に呪いをかけた」

「どんな呪い？」

「〈何年後の何時何分何秒に、君らは二人一緒に死ぬ〉。命日が決まってるから、その日が来るまで誰も二人を殺せないってわけ」

「………………」

「あ、あ、信じてないね？　マジなんだって、赤い髪の魔女。魔女にまつわる噂はたくさんあるんだ。失踪した建築家の話とか、自販機と話せるようになった女の子の話とか」

こんな与太が聞きたくてここに来たわけじゃないんだけど。ワラビに咎めるような目を向ける。ガイドは知らん顔で枝毛をいじくっていた。

「あと注意点としては、恋澤姉妹に会おうとするのは絶対ＮＧね」

ＣＱはそう言って、探るようにわたしを見た。今度はわたしが髪をいじる番だった。

「百パー殺されるから。深入りは禁物。でも、二人と刹那的に関わった一般人《モブ》は世界中にたくさんいる。駅員とか、花屋とか、携帯ショップの店員とか。そういう人を巡ってコツコツエピソードを集めるってのが〈観測者〉の本道。正直、ガチ恋勢には困ってるんだよね。姉妹に迷惑かけるし」自分は迷惑じゃないとでも言いたげだった。「一番やばいのは、ダグラス・セルゲートっていうイギリス人」

「セルゲート……〈フォトン・ファンド〉のボス？」

「そう、原発シンジケートの大物。末期ガン宣告されてからネジが飛んじゃってさ、いまは恋澤姉妹に心酔してる。何度も面会に挑戦して何百人も部下を殺したって噂だよ。アイルランドにでっかい地下シェルターを作ってるらしい。なんのための施設だと思う？　恋澤姉妹の新居だってさ」

関わらないよう気をつけてね。わたしは素直にうなずいた。頼まれたってそんな奴とは関わりたくない。

それから一時間ほど、CQは〈観測者《ウォッチャー》〉としての心得やとっておきの恋澤情報を教えてくれた。四年前イビサ島で二人が目撃されたんだけど、そのときの話が超クールでさ。血潮はハニーナッツ・チェリオスのシリアルが好きらしくてね、うちらで郵送しようって計画もあったの。頓挫したけど。〈観測者〉の一部でいま流行ってるのは、吐息と血潮は実はライバルって説。毎晩二人で殺し合ってるから最強になったってわけ。ウケるでしょ？　相槌が「へえ」と「そう」しか返らなくても彼女は気にしないようだった。わたしがコフォラの瓶を空にしてげっぷを漏らしたとき、CQが指を鳴らした。

「そうそう、いいもの見せたげる」

彼女は寝室と思しき部屋へ入っていき、一枚のキャンバスを持ってきた。大きさはモナ・リザくらい。

「恋澤姉妹のまともな写真は世界のどこにも出回ってない。でも、セルジュっていうフランスの〈観測者〉が面白いこと考えたんだ。『恋澤姉妹が接した一般人たちの中に、瞬間記憶能力者で、かつ絵の達者な奴がいるかもしれない』って。セルジュは世界中探し回って、イスタンブールの市場でそいつを見つけた。で、大金を払って絵を描かせた」

「つまり、それって……」

「世界でたった一枚の、恋澤姉妹の肖像画」

CQはキャンバスの向きを変え、その絵をわたしたちに見せた。

油彩画だった。市場の大通りを歩く二人の若い女が、真正面から描かれていた。「右が吐息で左が血潮ね」とCQに説明される。

背の高いほう――吐息はストレートヘアで、暗い色のジャケットとスキニーパンツを着ている。血潮は栗色のショートヘア。キャラもののTシャツにショートパンツ姿で、服も雰囲気もラフな印象だ。二人とも顔立ちにも体格にも特徴はなく、禍々《まがまが》しいオーラもない。

二人の顔は左右の商店に向いていて、パンや果物の袋を抱えていて――そして、手をつなぎ合っていた。指を絡ませる握り方で。

正直、とりわけ感動はなかった。恋澤姉妹の容姿を気にしたことはなかったし、見たところで「ふーん」という程度だった。普通すぎて逆に驚いたくらいだ。でもCQは宗教画でも見るように、恍惚《こうこつ》と絵を観賞している。頰が薄く染まり、瞳はうるんでいる。

「なんでこれ持ってんの」ワラビが尋ねた。「セルジュも姉妹にやられたの？」

「ううん、セルジュはうちがやった」無邪気な笑顔でCQは答えた。「だってさあ、こんなの、どうしてもほしいじゃん？」

＊

寄り添って、夕焼けのカレル橋を渡る。

ワラビは欄干《らんかん》側を歩き、わたしは足りない腕のかわりを務めるように、彼女の左側を歩く。観光客が行き交っていて、あちこちからシャッター音と、似顔絵屋の呼び込む声が聞こえる。

「いろいろ案内してくれてありがとう」石畳を見ながらわたしは言った。「会おうと思う」

恋澤姉妹の、ルーツを知った。人格を知った。戦力を知った。魔力を知った。もう充分だと感じていた。期は熟した。

「死ぬよ」

「かもね」

「二人は除夜子のことなんてきっと覚えてない」

「それでも会いたい」

「まあいいけどさ」

カレル橋は全長五百十六メートル、写真で見たよりずっと長い。わたしたちの足音は石畳に響くことなく、最初から存在しないみたいに、喧騒の中に吸い込まれてゆく。

「だったら、やり残しがないようにすべきだね」

「どういう意味」

「うまいものを食べたり本を読んだり綺麗な街を見たり、そういうことさ」

「わたしはそういうの楽しんでいい人間じゃないから」

「最近は毎晩楽しそうに見えるけど」

「今度言ったら川に落とす」

「芹はお堅いね。ほかの連中はもっとカジュアルだよ」

「除夜子はカジュアルじゃなかった」

「除夜子はね」

ワラビは立ち止まり、欄干に寄りかかった。夕陽に背を向ける形になり、彼女の表情が見づらくなる。無言の時間の中でわたしは何かを問いかけられた気がしたけど、それに答えたくはなかった。名前も知らない聖人の像がわたしたちを見下ろしていた。

「ワラビ。あなたはガイドでしょ」

「そしてあんたは客だ」自分に言い聞かせるようにワラビは言った。「オーケー、恋澤姉妹に会わせるよ。明日、私の国に戻……」

バイブレーションの音が鳴る。

ワラビはポケットを探り、電話に出た。それを待つ間、わたしは眼下のモルダウ川を眺めた。夕陽を映した水面は紅葉《もみじ》色に輝いている。綺麗だね、とバックパッカーの会話が聞こえる。そうだろうか。残酷で不吉な色だ。わたしと、恋澤姉妹の人生の色だ。

電話を切ったワラビは、少し困ったような、ほっとしたような顔をしていた。

「ごめん、ツアーの新しい予約が入った。早急に恋澤姉妹に会わせてくれって言ってる。大口の客だから断れない。……わるいけど、芹は一個あと回しでもいいかな」

「いいけど」応えてから、ふと思いつく。「その人たちと一緒に行くのはだめ？」

こっちがシングルス、向こうがダブルスではそもそも不利だ。多人数のほうが勝率が上がるかもしれない。プライドもへったくれもない提案だけど、わたしの目的は試合じゃない。

ワラビは耳の裏をかく。

「私はいいけど、先方がなんて言うかだな。確認してみるよ」

「大口の客って、誰？」

「ダグラス・セルゲート」

6

恋澤姉妹の住んでいる家は、わたしの想像とまったく違った。

それは見捨てられた街の郊外にあって、わたしが知るどの住居よりも大きかった。あちこち破壊されているし薄汚れているけど、施設としての原型は充分残っている。子どもが積み木で遊んだような、色も形もちぐはぐな屋根。アーチ形の入場口の向こうには、涸《か》れた噴水や、止まったエスカレーターや、空っぽのショーケースが見えた。

巨大ショッピングモールの廃墟だ。

ジープは少しずつ速度を落としていき、広い駐車場の中央に停まった。ワラビはエンジンを止めたけど、キーを抜くことはしなかった。

「着いたよ」

わたしは時間をかけてシートベルトを外す。名残惜しむような沈黙が車内を満たす。

「まあ無理だろうけど、戻ってきてくれれば嬉しいよ」

「恋澤姉妹の命日が決まってるとしたら、きっと今日よ」わたしは微笑《ほほえ》んだ。「戻ってくる。ワラビのリピーター第一号になる」

「そりゃ光栄だね」

ワラビも笑い、そっと右手を持ち上げる。

わたしはその手が助手席に伸ばされるのではないかと予想していて、少しならそれもいいかなと思っていて、眼鏡をはずしたときの置き場所までこっそり決めていた。ワラビにもためらう素振りが見えたけど、結局彼女はその手を自分の顔の横に据えた。そしてひらひらと振った。

「じゃ、また」

「……うん」

わたしは車を降りた。

ジープはすぐにUターンし、走り去っていった。

入場口へ近づいていく。アーチのそばには高級そうなバンが一台だけ停まっていた。その車の前で、四人の男女がわたしを待っていた。

「はじめまして」電動車椅子に乗ったアングロサクソンの老人が、歓迎するように両手を広げた。「ダグラス・セルゲートだ」

「鈴白芹です」

「〈辻褄《つじつま》商会〉の殺し屋だそうだね？　君の組織の創作物にはとても世話になっているよ。パナマ文書のときもおかげで乗りきれた」

「どうも」

素性調べてんのかよ。

「今日は同行してくれるんだって？　光栄だよ。私は恋澤姉妹にもっと素敵な場所で暮らしてほしくてね、〈箱庭〉に招待するつもりなんだ。できれば生きたままがいいが、そうでない状態でもかまわない。エンバーミングの専門家も用意しているからね」

セルゲートは高揚している。遊園地に来た子どもみたいに。

「過去に二度物量戦を仕掛けたが、あれは失敗だった。戦塵に紛れて隙を突かれるだけだ。狙撃も神経ガスもドローン爆撃も彼女たちには通じなかった。そこで今回は、少数精鋭だ。私のとっておきを投入する」セルゲートは背後の三人を振り返る。「紹介しよう。彼はディグ。私の右腕だ」

でしょうね、と内心でつぶやく。売れない路上シンガーめいた野暮ったい目の男は、三人の中では一番普通で、一番覇気がなく、ゆえに一番やり手だとわかる。彼は無言で会釈した。

「カリーナ。銃器のエキスパートだ」

　スポーツバッグを背負った黒人の美女がわたしをにらんだ。服はバーバリーのスーツ。除夜子が見たら舌を出すだろう。

「ウジン先生。私設部隊の格技教官を二十年務めてもらってる。今回どうしても参加したいとせがまれてね」

「妹はわしがやる」

　ジャージ姿でストレッチしていた中年の韓国人が、ぶっきらぼうに言った。「楽しいツアーになりそう」とわたしは返した。皮肉のつもりだったけど、セルゲートは本当にそう思っているようだった。待ちきれない顔で、わたしに腕時計型の端末を渡してくる。

「これをつけてくれ。互いの位置が確認できる。脈拍とも同期していて、死ねば反応が消える。君はディグと組むといい。彼の戦術《スタイル》は君と似ているから、合わせやすいと思う。さあ、準備はいいかな？　それでは行ってきてくれ！　いい知らせを待っ……」

　わたしの頰を何かがかすめた。

　気づいたときには、白く細長い矢のようなものが老人の胸に突き刺さっている。モールのほうを振り返ると、積み木の屋根のひとつに長髪の女が立っていて、揺らめくようにすぐに消えるのが見えた。車椅子ごと地面に倒れたセルゲートは口をぱくぱくさせながら、驚愕《きようがく》に顔を染めていた。

「見たか？　見たか、ディグ。吐息だ。屋上にいた」

「ですね」

「すごいぞ！　なんて幸運だ！　彼女をこの目で見たぞ！　彼女が私のために動いた！〈観測者《ウオッチャー》〉たちに自慢、できる――」

歓喜に涙をにじませたままセルゲートは動かなくなった。彼の〝とっておき〟たちは誰も騒がなかった。ウジンが彼の胸から矢を引き抜き、材質を確認する。

「ガラス片じゃな。投げたと思うか？」

「さすがに無理では」と、カリーナ。「射出したのかと。パチンコのようなもので。どうしますディグ」

「血潮は確認できなかった。二人がバラけてるならチャンスだ」

カリーナはバッグからフィンランドの軍用銃、ＲＫ―95を出す。ウジンは首の骨を鳴らし、わたしは靴べらをホルダーから抜いた。ディグも足元に置いていた武器を手に取った。

長い柄のついたシャベルと、園芸用のスコップ。

自然体で左右に大小を構えたその姿は、古《いにしえ》の剣豪を思わせた。

「わたしはこのまま行くけど、あなたたちは？　行く理由はなくなったんじゃないの」

「この馬鹿のせいで組織はガタガタだ」ディグはセルゲートの頭を蹴った。「立て直すには信用がいる。恋澤の首を持ち帰れば、みんな俺らの言うことを聞く。――それに、理由がなくたって行くくさ」

わたしたちはゆっくりと歩きだし、

「なんたって、恋澤だぜ」

境界線を踏み越えた。

彼女たちを〝観測〟するために。


誰もが彼女たちに惹《ひ》かれる。

その絆に。その強さに。その過去に。その美しさに。その気高さに。その尊さに。その生き様に。その関係性に惹かれる。わたしたちは彼女たちの人生をそっと覗き込み、物語を切り取り、語り合い、感じ入り、味わい、思いを馳《は》せ、夢想に耽《ふけ》る。

彼女たちはきっと、それを望んでいないのに。

美しいものや優れたものを前にしたとき、魅了されるのは当然かもしれない。しかし彼女たちは物言わぬ花ではない。わたしたちがやっていることは愚かで醜くて矛盾に満ちていて、だからわたしは、いまのこの状況が理不尽だとは思っていない。わたしたちの抱く興味が正当なように、彼女たちの抱く殺意も正当なものだ。観測には代償と、覚悟がいる。彼女たちと殺し合う覚悟が。

靴べらを握る手は汗ばんでいない。

カリーナが先頭を行き、ディグとウジンは横に並び、わたしは末尾に位置取る。

きっちりした陣形はあえて組まず、適度に距離をあけている。互いの間合いを意識しながら、下校する中学生みたいにモール内を進む。

砕けたショーウィンドー。傾いたディスプレイ。剝がれた壁。裸のマネキン。シリアルの空箱。割れたベンチ。倒れたアイスクリーム自販機。赤茶けた何かの染み。無数の弾痕。無数の瓦礫。当たり前だけど、荒れ果てている。彼女たちが住み着く前からこうだったのか、彼女たちが住み着いたからこうなったのか。屋根はなく、頭上に空が見える。砂混じりの黄色っぽい空。いくつかの区画を過ぎる。景色は変わらない。物音ひとつしない。

除夜子もここを歩いたのだろうか。

気を抜けば死ぬかもしれない状況で、それでも考えるのは除夜子のことだった。新たな区画に入るたび、店舗の前を通るたび、除夜子の姿を求めてしまう。この場所でなら幽霊にだって会える気がした。あの後ろ姿と緑色のエプロンに、もう一度――

視界に緑が開けた。

吹き抜けの大きなホールの中央に、庭園が作られていた。砂漠に突如現れた人工のオアシスだった。ちょろちょろと流れる水の音が聞こえる。刈り込んだ植木と多様な花が居心地のいい喫茶店のように配置され、白テーブルと椅子が置かれている。椅子の数は、二つ。庭園の横には一台の電車の車両があった。レプリカじゃなく本物だった。オレンジ色のラインが入った古い車両。線路は通ってないから、ディスプレイ用にもともと飾られていたものなのかもしれない。

住人の姿はない。でも、テリトリーに入ったという確信があった。ゆるい陣形を維持したまま庭園へ近づいてゆく。ディグが左手でスコップを回し、ウジンがジャージの袖をまくる。

なんの音も気配もなく。

ショートヘアの小柄な女が、ウジンの横に現れていた。

「――――ッ」

いくつかのことが同時に起きた。

カリーナは素早く振り向き、ウジンはテコンドーの後ろ回し蹴り《ティットラチャギ》を放った。血潮はウジンの回転に合わせるように舞い、いとも簡単にそれをかわした。膝裏でウジンの首を挟み込み、空中で身をひねる。

わたしが取った行動は〝横に飛びのく〟だった。カリーナの射線に入らないためだ。RK―95の銃声が鳴る。薬莢《やっきょう》が銃の斜め上へ排出される。弾は外れた。血潮は旋回の最中で、近距離でも正確に狙えなかった。ごぎゅ、という音とともにウジンの首がねじれ、彼の体が宙に浮く。

わたしはカリーナの横にもうひとりの女が現れていることに気づく。

――吐息。

薬莢が落下を始める。

ディグはすでに動いていた。吐息の喉めがけシャベルを振り抜こうとする。だが真横から、上下逆さになった男がぶつかってきて、シャベルの軌道を阻害する。血潮に投げられたウジンの死体だ。ディグと死体に遮られ、わたしの目に映るカリーナの姿が一瞬だけ隠れる。

どっ、どどどどど。

鈍い音が連なった。

次にカリーナが見えたとき、彼女はまどろむ幼児のような目をし、首や胸に穴をあけている。吐息の両手にはどこにでも売っていそうな、銀色のボールペンが握られている。

薬莢がタイル床の上で跳ね、コーン——という音が反響する。

カリーナは銃を構えたまま崩れ落ちた。ウジンの死体も床に転がった。血潮が着地するザッという音が耳に届いた。

最後に薬莢の反響が消え、ホールに静寂が戻った。

「マジか」抑揚のない声でディグがつぶやいた。「靴べら、生きてるか」

「……うん」

「妹をやれ」

「わかった」

同時に駆けだす。ディグは吐息へ。わたしは血潮へ。

血潮は予備動作なしでふわりと跳び、縦に回転する。

格闘者がわたしと戦う場合、最初に狙う場所は決まっていた。わたしがかけているこれは実用だけど、後の先を取るための撒き餌でもあった。

読めてるぞ、馬鹿。

眼鏡を狙ってくる足を捕らえようと、左手を構えて——

後頭部で衝撃が爆《は》ぜた。

どうやって蹴られたのかまるでわからなかった。マジか。ディグと同じことを思いながら床に倒れ込む。火花が散ったわたしの視界に、ディグと吐息が映った。

ディグの動きはすさまじかった。武器を操る指先は精緻な楽器の奏者に似ていた。スコップとシャベルは剣になり、ナイフになり、トンファになり、バールになり、絶え間なく用途を変え続け、全方位から獲物を狙う。その戦闘の練度は、わたしがいままで見てきた人間の中で二番目に高い。

一番は？

恋澤吐息だ。

吐息はディグの猛攻をすべて受け流していた。武器も盾も使わず、素手のまま。寝る前のスキンケアめいた、やり飽きたテンションで。わたしの位置から彼女の顔は見えないけれど、眉ひとつ動かしてないことを直感できる、そんな動きで。

ディグが左手のスコップで突き込んだとき、吐息はその初動を抑え、彼の肘にトン、と手を当てた。スコップの切っ先は軌道を変えられ、ディグ自身の喉にぶつかった。一瞬。幾手もの攻防の中の、ほんの一瞬の出来事。

最初から段取っていたかのように、血潮は回転を始めている。

ナイキのスニーカーがディグの後頭部を蹴り抜いた。男の喉にスコップが根元までめりこんだ。金属製の柄を赤い雫《しずく》が伝った。かくかくと二、三度震えてから、彼は崩れ落ちた。

目眩《めまい》がおさまるのを待ってから、わたしはセルゲートにもらった端末を捨てた。もう持っている意味はない。

静かに身を起こし、眼鏡をかけ直す。

そして恋澤姉妹と向き合った。

セルジュが見つけた画家の記憶は本物だったようだ。彼女たちの姿はあの絵画そのままで、今日の服装もそんなに変わっていない。吐息と血潮はじっとわたしを見つめている。その目は怒りに燃えるようでも冷たく刺すようでもなく、ただ、戸惑いと警戒をまとっていた。突然話しかけてきた知らない人に向ける目。イルミネーションの下でわたしたちを見てきた通行人たちに、わたしたちが投げ返した目。

〝やっぱり普通の子たちなんだと思う〟。

そうだ。

全部、普通のことなのだ。

わたしはおもむろに口を開けた。最初に言うべき言葉を探す。血潮に指を向け——

「いいTシャツね」

自分でもなぜかわからないけど、そんなことを言った。血潮はちょっと意外そうな顔で、「ありがと」と返した。彼女のTシャツには極彩色の抽象模様がプリントされて、英語とは異なるアルファベットが書かれていた。

「それ何語？　なんて意味？」

「なんか用？」

吐息が質問をかぶせた。喧嘩《けんか》腰ではない。声にはなんの感情もない。

「あのさ、音切除夜子っていう女がここに来たよね?」

「来た?」「さあ」

「エプロンつけた人。五ヵ月くらい前」

「来た?」「来たかも」

「何しにきたか言ってなかった?」

二人の反応が消える。見ず知らずの人と交わしていい会話の上限を超えた、とでもいうように。わたしはそれを受け入れる。最初からただで教えてもらえるとは思っていない。

吐息が歩きだし、血潮もそれに続いた。二人が向かったのは、あの古い電車の車両だった。庭をこれ以上汚すのはいやなのかもしれない。わたしもついていった。狭い場所のほうがこっちもやりやすいし、その舞台は彼女たちにもわたしにもふさわしい気がした。時が止まり、レールを外れ、見世物と化した、鉄の塊。

近づいて初めてわかったけど、車両は日本のものだった。〈北陸《ほくりく》鉄道〉と書かれている。ドアが一ヵ所だけ開いていた。中はローカルな雰囲気で、ドア横には〈整理券〉と書かれたアルミ製の小箱があった。天井には丸いエアコンの送風口。吊り革が並んでいて、ロングシートの色は深紅。恋澤姉妹は少し間隔をあけて、シートに並んで座っていた。わたしは二人の前に立った。

指の中で靴べらをずらし、握りの位置を微調整する。吐息は髪を耳にかけ、内ポケットから新しいペンを取り出す。血潮は靴紐を結び直してから、自分のTシャツをつまんだ。

「〈Pengawanan siput〉。マレー語で〈ナメクジの交尾〉」

なにそれ。

わたしは笑う。血潮も笑う。つられたように吐息も表情を崩す。

姉妹の身体がシートを離れた。

血潮はシートに片手をつき、両足でわたしを蹴ってくる。靴べらでそれをはたき落とし、そのまま身を屈《かが》めるようにして吐息のボールペンをかわす。ガードが開いた吐息の腋下《えきか》へ靴べらを滑り込ませ、脚をひっかけ、引き倒した。吐息は体勢を崩したが、床に手をついて側転し、向かい側のシートに着地する。

顔のすぐ横に風圧が迫る。血潮の蹴り。またはたき落としたが、血潮は着地せずに網棚をつかみ、別角度から二撃目を放ってくる。胸を蹴られ、体勢が崩れた。合わせたように吐息が襲ってくる。わたしはシートの下に靴べらを差し込み、てこの力で持ち上げた。浮き上がったシートをつかみ、盾のかわりに噛《か》ませる。どどっ。シート越しにあの刺突音が連なった。シートの背を蹴り、吐息の身体を押し戻す。血潮が来る。読めている。すぐに体の向きを戻す。

直後、顔面を蹴り抜かれる。

血潮は床を這うように身を低め、後ろ蹴りを繰り出していた。躰道《たいどう》の海老蹴りに似た技。上からじゃなく、下段から。裏をかかれた。一歩よろける。視界に黒いパンプスが飛び込んだ。

吐息の蹴り――

車窓に激突する。

砕けたガラスが車外に舞い、背中が裂けるのがわかった。〝この競技にダブルスがあるなら恋澤姉妹がチャンピオンだ〟。クソ強い。大丈夫、わかってる。想定内。体はまだ動く。痛みや熱さは感じない。血は最初から煮えている。

血潮の追撃を間一髪でかわし、座席から床へと転がる。脛狙いで振った一撃はかわされたが、二人を退《さ》がらせることに成功する。けど立ち上がるころには、吐息が間合いに飛び込んでいる。靴べらで応戦するが、ディグと同じようにさばかれる。速すぎる。対応が間に合わない。ガードの裂け目をペンがすり抜ける。

どっ。腹部を刺された。うめき声は出せなかった。血潮が舞い、わたしの首に脚を絡めたから。――折られる。ウジンの死に方が脳裏をよぎり、とっさに壁を駆け上った。力に逆らわず、自分から投げられにいく。受け身。でもここは狭い車内で、その準備を整えるよりも早く。

ドアに叩きつけられた。

首は無事だった。けれど右膝が、アルミ製の整理券箱に直撃した。骨が砕けた感覚があった。腹部と背中がどくどくと脈打つ。血が煮える温度を超えて痛覚が燃え始める。

恋澤姉妹は汗ひとつかかず、無言でわたしを見下ろしている。

「……なんか、言えよ」

言うことないのかよ。

心のどこかで期待していた。あなた強いね。この前戦ったあいつに似てる。思い出した、音切除夜子。もしかして、芹？　除夜子さんから伝言を預かってるよ――なんかそういう、そういう話を、聞けるんじゃないかって。

甘かった。除夜子もわたしも蠅と同じ。こいつらは本物だ。本当に世界に二人きりなのだ。

ああ。

うらやましい。

わたしたちも、こんなふうになれていたら。

靴べらを床に突き立てる。右脚を殴りつけ、震えながら立つ。

除夜子。

わたし、除夜子と戦うつもりだった。

戦って——除夜子に殺されるつもりだった。

だって、除夜子を殺すなんて、できないよ。できなきゃ誰かに殺されるなら、その相手は除夜子がよかった。除夜子は殺した相手を忘れないよね。だからわたしは、除夜子の中で生き続けることができる。それに本気で戦えば、わたしをちゃんと見てもらえるかもって。後輩でも生徒でもなく、対等に扱ってもらえるかもって。わたしは除夜子とそうなりたくて——悩み抜いて選んだ、それがわたしなりの、答えだったんだ。

なのに、どうして。

どうして、いなくなっちゃったの。

「……あああぁ！」

獣みたいに吠《ほ》えた。思考が消えた。それは初めてのことだった。恋澤姉妹に突進して、無我夢中で靴べらを振るう。突き刺し、薙《な》ぎ払い、打ち込み、切り裂く。動きは体が覚えている。除夜子に教わった動き。

そのすべてを、防がれる。

吐息の両手が躍る。どっ。どっ。どっ。肩に、腿《もも》に、肋骨《ろっこつ》の隙間に、体中に穴があく。血潮が回る。蹴り抜かれる。わたしは床を滑り、刷毛《はけ》で塗ったように血液が尾を引く。まだ動ける。血反吐《ちへど》を吐く。立つ。吠える。吐息に襲いかかる。刺される。関係ない。動く。動く。血まみれになって暴れ続ける。復讐のため？　生還のため？　何もわからなかった。ただ死ぬまで戦うのが礼儀だと思った。

攻防のさなか、吐息の構えに隙が生じた。

――捉えた。

体全体で靴べらを振り抜く。わたしのクソみたいな人生の集大成だった。技術を過去を感情を、すべてを乗せた渾身《こんしん》の一撃を、彼女の頭蓋《ずがい》へ振り下ろした。

がくん、とその手が止まる。

何が起きたかわからなくて、視線を上げてやっと理解し、わたしの頬が力なく緩んだ。最初から決まっていたかのように、靴べらはそこにはまり込んでいた。

吊り革の輪に。

血潮の蹴りがわたしの右手首を射抜いた。

小枝のように手首が折れ、靴べらが指からこぼれ落ちる。――まだだ。落下する靴べらを左手でつかんだ。でも、吐息のほうが何倍も早い。

どっ。

どどどどど。

機械のように正確に、冷淡に、喉と心臓と肺と肝臓を貫かれる。痛みがふっとやわらぎ、体重と疲労が薄れていく。

赤い花片を眺めながら、すごい、と思った。

もはや未練は消えていた。こんな死に方なら悪くないと、ゲイリーや尾縞と同じ境地に達していた。除夜子だって、最後は幸せだったのかも——

〝除夜子は知ってたよ〟。

止まりかけの脳に電流が走る。

除夜子が死ぬと何が起こるか。わたしは除夜子の足取りを追う。追って恋澤姉妹に会う。そして——恋澤姉妹に殺される。

どうして気づかなかったのだろう。

除夜子の真の目的は、自殺じゃなかった。

心中だ。

わたしの想いに気づいていたのだ。わたしが除夜子に殺されたがっているのを知っていた。

だけど師匠が弟子を殺すなんて道義に反する。除夜子はマナー違反を嫌う。

だから恋澤姉妹を利用した。

ごめんね、芹。髪を撫《な》でてくれる手のひらを感じた。除夜子の声が聞こえた。もっと向き合ってやればよかったね。二人で生きようって言ってあげればよかった。でもさ、私もけっこう考えたんだよ。どんな終わらせ方が一番かなって。すごかったでしょ、恋澤。私もびっくりした。いつかまた会えたら、私らももっと自由にさ。こんなふうな、最強の二人に――

いつしかわたしは床に倒れている。

かすむ視界、赤い湖の向こうには、吐息と血潮が立っている。傷ひとつなく、汚れひとつなく、息すら上がってない二人が。「ごはんどうする」「んー、照り焼き」「なんの」「鶏の」「昨日食べたし」「いや一昨日じゃん?」あまりにも普通の会話。その普通が、どうしようもなく嬉しくなる。穴のあいたわたしの胸に、言いようのない共感が満ちる。

恋澤姉妹。

不可視の怪異。生ける都市伝説。

わたしたちを置き去りにしてはるか先へ駆けてゆく、最強の姉妹。

「逃げろ」最後の力を振り絞り、喉を血でゴボゴボ鳴らしながら、わたしはエールを送った。

「逃げ続けろ。追いつかれるな。邪魔する奴はみんな殺せ。誰にも見せるな。神様にだってマリア様にだって見せてやるな。あんたたちの関係性は、あんたたちだけのものなんだから」

吐息がボールペンを持ったまま、近づいてくる。

終わる直前、彼女はわたしに一言だけ返事をしてくれた。それはわたしが聞きたかったとおりの、最高の一言だった。

「見てんじゃねーよ」

11文字の檻

DAY 1

メモ欄の余白であることに、緒田《すがた》はまだ気づいていない。

ただ、白い天井だ、と思っただけだった。職業柄、落胆すら感じた。目を覚ましたら知らない天井を見上げていて、その色が白だなんて、ありきたりもいいところだ。のちに彼自身が認めることになるが、この評価はまったく間違っていた。施設において余白のある場所がいかにありきたりでないか、彼が知るのは少し先のことである。

天井以外はまだ見えない。棺桶じみた狭い箱の中に寝かされているため、視界が制限されている。眠る直前、職員に箱のふたを閉じられたはずだが、いまは開いている。もう自由に動いてもいいのだろうか。睡眠剤の影響で、まだ頭と体がつながっていないような心地だった。のろのろと上半身を起こす。

「あんたの夕飯は食べちまったよ。起きるのが遅いから」

声をかけられた。

反対側の壁際にベッドのようなものがあり、そこにひとりの男が座っていた。縋田が支給されたのと同じ、オレンジ色の上下を着ている。頭は丸刈りで、素朴な顔立ちをし、黒縁眼鏡をかけている。一重まぶたの細長い目が、品定めするように縋田を見ていた。

誰だ——と尋ねるより早く、男が続ける。

「飛井《とびい》だ。あんたは？」

「縋田」

「入所検査を受けたな？」

「受けた。それで、この自走寝台とかいうのに寝かされて……」

「ここがあんたの最初の部屋だ。普段の眠りは浅いほうか？」

「いや」

「よかった。おれ、いびきがうるさくてさ。前のやつには文句ばかり言われてたんだ」

縋田はろくに聞いていない。

ようやく部屋の異常性に気づいたところだった。脳髄に炭酸でも注ぎ込まれたように、眠気が吹き飛んだ。彼は〈棺〉から出ると、室内をしげしげと眺めた。

八×八メートルの、正方形の部屋である。

起きたとき足が向いていた側の壁は、全面がガラスのような素材でできていて、その向こうに廊下が見えた。ガラスの一部はスライド式ドアになっていたが、ノブや取っ手があるはずの場所には、機械の錠がついている。

ドアを背に立ったとき左側にあたる壁に絹田の〈棺〉が位置し、飛井のベッドは右側にある。右の壁沿いにはガラス張りのブースも二つあった。ひとつはシャワールームで、もうひとつは洋式トイレだ。トイレの脇には小さな洗面台と、スチール製のロッカーがひとつ。

天井は四メートル近くあるだろうか。左右の壁の上部には、ガラスカバーがはまった赤と緑のランプがワンセットずつ並んでいる。

ドアの真向かいにあたる壁には、〈341〉と大きな数字が刻まれていた。その下にはアナログ時計が埋め込まれ、九時四十分を指している。時計の下には電子パネルもあり、表示は〈202X　10／1　21：40〉だった。入所検査を受けたのは昼ごろだったので、八時間ほど眠っていたことになる。部屋の角には、脚立《きゃたつ》がひとつ立てかけられている。

だが、それらは異常性とは関係がない。

問題は、壁の状態だった。

「……なんだ、これは」

文字だ。

ガラス以外の三方向の壁面――清潔感のある白い壁を、数えきれないほどの文字が埋め尽くしている。

どの文字も黒に近い濃紺のインクで、壁に直接書き込まれている。規則性はまるでなく、横書きのものも、縦書きのものも、斜めに傾いたものも、短文も、長文も、箇条書きの塊も、音符や計算式のようなものまであった。字の癖や大小のばらけ方からうかがうに、ひとりで書いたものではなかった。何百人もの人間が何年もの間に書き溜めた累積の成果を、絽田は目の当たりにしていた。

下を向き、片足を上げてしまう。床にもまた、文字がはいずり回っていた。蜘蛛《くも》の大群に出くわしたような生理的嫌悪が背筋を走った。天井の照明は明るく、室内をフラットに照らしていたが、壁と床に書き込まれたその大量の文字が、部屋全体を薄暗く、陰気な雰囲気に仕立てていた。

「落書きだらけだな」

「《メモ欄》だよ」飛井が言った。「メモしなきゃ解けない」

「解くって、何を」

飛井は答えず、ズボンの右ポケットを叩いた。絽田は自分のポケットを探り、そこに入っている物品を取り出した。

紺色のキャップがついた、サインペン風のペンが一本。

そして、ホチキスで綴《と》じられた紙が二枚。

入所のてびき

管理番号　L162号さま

●あなたは、東土《とうど》政府が定めた国民生活推進法第十七条四項にもとづき、第二種敵性思想の保持者と認定されたため、本更生施設に収容されました。
●本日より、同室の受刑者と二人で生活していただきます（ルームメイトとは仲よくしましょう）。
●《解答欄》に正しいパスワードを記入できた場合のみ、出所が認められます。
●パスワードは、東土政府に恒久的な利益をもたらす十一文字の日本語です。
●句読点、〈！〉や〈？〉等の記号、アルファベットは含みません。
●漢字、長音符号、拗音や促音の小書き文字も一文字として扱います。
●ペンはあなた専用です。人に貸したりせず、大切に扱いましょう（インクが切れたら職員に伝え、補充してもらいましょう）。
●時計のある壁面が《解答欄》、それ以外の白い壁面は《メモ欄》です。
●解答できるのは一日一度です。午前〇時を過ぎると翌日扱いになります。
●正解した場合は緑のランプが、不正解した場合は赤のランプが点灯します。

「冗談だろ？」

笑いとばしてもらえるのを期待して、飛井のほうを見る。自分のルームメイトになるらしき眼鏡の男は、無言で先をうながしている。

縋田は二枚目の紙に移る。

- 解答ははっきりと、丁寧に、次に書き込む人たちの邪魔にならないよう書きましょう。
- 《解答欄》に解答以外のものを書き込むのはやめましょう。目にあまる場合、罰則が科されます。
- 《メモ欄》にも、パスワードあてと関係のない落書きや、暴言等を書き込むのはやめましょう。目にあまる場合、罰則が科されます。
- 長期間にわたり解答を書く意欲が認められない場合、罰則が科されます。
- ドアのある強化ガラスの壁面、ならびにシャワー、トイレの壁は書き込み禁止です。書き込んだ場合、罰則が科されます。
- たとえ不正解でも、優れた文を作った場合、政府広報紙の見出し等に採用されることがあります。採用された受刑者には、見本紙と報奨が与えられます。
- みなさんの行動は常に監視されています。模範的生活をこころがけましょう。

縋田は視線を上げる。天井の四隅に監視カメラがあり、無機質なレンズがじっとこちらを見下ろしていた。

「読み終わったなら、その紙くれないか。おれのにはもう余白がなくてさ」

飛井がポケットから紙を取り出す。縋田がいま読んだ手引書と同じものらしいが、黄ばんで染みがつき、折り目の端はちぎれ始めていて、飛井の手書きと思われる字が紙全体を覆っていた。

縋田は呆然と部屋を見回すことしかできない。

「十一文字のパスワードあてを、ずっとやらされてるのか」

「悪趣味なこと考えるよな」飛井は自嘲的に言う。「おれたちはみんな政権批判で捕まって、ここにぶちこまれた。そのおれたちに、プロパガンダ用のスローガンを作らせようってんだから」

「十一文字……音じゃなく、文字で？　漢字も含めて？」

「そうだ」

「完全に合ってないとだめなのか？」

「そうだ」

「組み合わせはどのくらいだろう」

「ひらがなが、濁音や拗音まで含めると八十字。カタカナも同じだけ。漢字は常用漢字だけで二一三六字。プラス、長音符号の伸ばし棒が一字。シンプルに考えるなら、組み合わせは二二九七の十一乗だ。おれは三乗までなら計算したことがあるが、その時点で百億になった。十一乗だと、もっと途方もない桁になるな」

「できるわけない」

「でも、やるしかないのさ」

緋田は自分の〈棺〉が置かれた側の壁を見る。

手引書によれば、この壁面は《メモ欄》。解答を作る際の推敲《すいこう》や、思考の書き留めのために用意されたスペースのようだ。緋田の目線の高さから下は、ほぼ文字で埋まってしまっている。天井近くに書かれたものや、天井そのものに書かれた文字もあった。脚立を使って書くのだろう。

本来の用途に沿った真っ当な書き込みも中にはあった。が、大部分はパスワードあてとは無関係な、叫び、ぼやき、嘆き、つぶやき、叶うことのない願望、あるいはまったく意味のない奇声のような文字列だった。〈家族に会いたい〉〈幽霊が見える〉〈分厚いステーキとカリカリのポテトフライ〉〈限界　無理　ムリむりむり無理〉。〈これを見つけた同志へ〉から始まる通信文のようなものもあった。

卑猥なイラストや四コマ漫画、何かを書いたあとでぐしゃぐしゃと塗りつぶされた箇所もあったが、飛井によると「文字以外は職員に消されることが多い」という。

「そこの四コマも近いうちに消されるから、いまのうちに楽しんどけ」

「罰則って、具体的には」

「基本は飯抜きだ。一日とか一週間とかな。ダイエットしたけりゃ違反しな」

殴り書き、走り書き、覚え書き、落書き。それらひとつひとつが、かつてこの部屋で渦巻いた感情の名残だった。目を血走らせた受刑者たちが、背を丸めながら字を書き込む姿を想像し、緖田は唾を飲んだ。

時計のある壁面――《解答欄》へ近づく。

無秩序だった《メモ欄》に比べると、こちらはまだ見栄えがいい。大小や筆跡の違いはあれど、ひとつひとつの文が整っており、文字が重なった場所もない。だが、ある意味では《メモ欄》よりも醜悪だった。〈東土政府に恒久的な利益をもたらす十一文字の日本語〉。解答はどれもその条件に沿い、政府や軍を賞賛するフレーズばかりだった。日々新聞を飾っている見出しや、町で見かけるポスターの標語と同種のもの。そのすべてが、十一文字だった。

永遠《とわ》なる繁栄我らが東土
アジア飲み込み繁栄せよ
偉大なり不屈軍隊東土軍
戦死者たちは繁栄の根石

「〈繁栄〉を使った文が多いな」

「無駄と重複を避けるため、解答に含めるキーワードを部屋ごとに決めてる。誰が始めたわけでもないが、囚人の間で自然にそういうルールができた。ここは〈繁栄〉の間ってわけ」

「飛井は、前からここにいるのか」

「施設にいるって意味ならイエス。この341号室にいるって意味なら、ノーだ。入所して三年経つが、この部屋はおれも初めてだ」

「部屋の移動があるのか？」

「一ヵ月ごとにランダムに変わる。ルームメイトは固定だけどな。おれのいびきがうるさくてもあんたは逃げられないってことさ。ちょっといいか？　《通話》の時間だ」

飛井は会話を中断し、立てかけられていた脚立をつかんで、自分のベッドの横に移動させた。時間は二十一時五十八分だった。

その位置の天井間際には、四十センチ四方のシャッターがついている。飛井は脚立を伸ばし、上り始める。

「あんたも祈ってくれ。今日は月初めだから、どんなやつとおしゃべりできるかおれにもわからない」

二十二時ちょうどに、自動制御になっているらしきシャッターが開いた。

縋田はシャッターの向こうに窓があり、開けば外が見えるのだと予想していたが、そうではなかった。シャッターの向こうにあったのはのっぺりした金属製の板で、ブラインドや排気口を思わせる、十本ほどのスリットが刻まれていた。

飛井はそのスリットに向かい、呼びかけるように声を張った。

「よう、聞こえるか？　こっちは〈341〉。四年目の飛井と、新入りの縋田。単語は〈繁栄〉だ」

「隣室と話せるのか」

「一日十分だけ。黙ってろ」

時間が惜しいからだろう。縋田は口をつぐむ。通話口の向こうから、か細い男の声が返ってきた。

『こっちは〈342〉。二年目の上町《うえまち》と、四年目の馬場崎《ばばさき》だ。単語は〈進め〉……そっちの片方、新入りかあ。ツイてないな』

「っていうと？」

『一ヵ月くらい前から、馬場崎が、ちょっと……折れかけてる。使える頭は、実質ぼくとあんたの二人分ってこと』

飛井は顔をしかめ、縋田のほうを一瞥《いちべつ》した。あんたが祈ってくれないからだぞ、と咎《とが》めるように。

「OK、わかった。二人でがんばろうぜ。ニュースはあるか？」

『特にはないね』

「じゃ、伝言だ。司書の江古田《えこだ》と会ったら、弟も収容されてるって伝えてほしいそうだ」

『二つ前の部屋でも聞いた。ほかには？』

「報奨時に将棋盤の申請が通ったやつがいる。未確だが」

『へえ、すごいな。確済みはある？』

符丁のようなものを交えつつ、情報交換が行われる。緦田は脚立の下で、ぼんやりとそれを聞いていた。十時十分になると、自動でシャッターが閉まった。

下りてきた飛井に尋ねる。

「〝折れかけてる〟って、どういう意味だ」

「十一文字のパスワードをあてない限りここからは出られない。でも施設にはしょっちゅう欠員が出て、あんたみたいな新入りがやってくる。なぜかはわかるだろ」

「………」

「何年も考え続けて、無駄なあがきを繰り返してると、大抵のやつは、こうなってくる」飛井はこめかみの横で、人差し指をくるくると回した。「そして……」

彼は自分の衣服をつまみ、頭上のランプを指さし、最後に、首をきゅっと握るような動作をした。

引き裂きやすく、即席の紐を作れそうな衣服。輪っかをひっかけやすそうなカバーガラスのでっぱり。ご丁寧に脚立まで用意されている。〝前のやつには文句ばかり言われてた〟。飛井のなにげない一言を思い出した。前の同居人。欠員。なら、その人物も――

指を鳴らされ、我に返る。

「呆けてる暇があったら、考えろ」

飛井が向けた親指の先には、《解答欄》が待ち受けている。

絁田は両腰に手をあて、大きく息を吐き、砂漠に踏み込んだ。文字でできた広大な砂漠に。

まずは傾向をつかもうと思い、以前の者たちの解答を片っ端から読んでいく。一時間ほど見続けただけで、絁田は精神の摩耗を感じた。〈後退の先に繁栄の道なし〉〈明日は今日より更に繁栄〉〈繁栄のために団結しよう〉——どこへ視線を振っても、誰かが書いた十一文字が飛び込んでくる。繁栄。繁栄。繁栄。同じ字が頭の中でぐるぐる回り、意味が曖昧《あいまい》になってくる。

絁田は首を振り、しっかりと根本から考え直す。

繁栄——名詞。二字熟語。栄えて発展すること。「岩石」や「寒冷」と同じ、意味が似ている字の組み合わせ。繁と、栄。

二十三時四十分を過ぎる。解答のタイムリミットは零時だ。絁田はペンのキャップを外した。新品のキャップは固く、抜いた瞬間、きゅぽん、と心地よい音が鳴った。ペンの先端は綺麗にとがっていて、インクの成分は不明だが、こうした製品に特有のシンナーの匂いは感じなかった。

壁面の左側に、まだ余白がある。絁田は中腰になり、書く位置を定め、壁にペン先をつけた。きゅ、きゅ、と音を立てながら、ゆっくりと手を動かしていった。新品のペンで書く字は頼りないほど細く、紺のインクはほかの文字よりも鮮やかに色づいた。

繁よ栄えよ東土に満ちよ

旧約聖書の一文、〈生めよ増えよ地に満ちよ〉のパロディである。

最後の〈よ〉を書き終えてから二秒ほど経ったとき、緡田の〈棺〉がある側の赤ランプが点灯し、同時に「ブー」と短いブザー音が鳴った。

不正解ということだろう。

「参考になりゃしない」

愚痴りながら、飛井も緡田の隣にやってくる。もう自分が書くものは決めていたらしく、さっとペンを動かす。緡田の書き方に比べてずっと素早く、粗雑だった。〈**天が望みしこの国の繁栄**〉。

今度は飛井側の赤ランプがつき、「ブー」とブザーが鳴った。何ごともなかったように飛井は話しかけてくる。

「で、その手引書、くれないか?」

「……ぼくが持つ権利があるなら、自分で持っていたい」

壁にメモをしても、一ヵ月ごとに部屋が変わるならあまり役には立たない。一方、二枚綴じの手引書は裏面などに余白も多く、どうやら部屋が変わっても持ち続けられるらしい。貴重品になるであろうことは緡田にも予測がついた。彼は徐々にこの施設のルールを理解し始めていた。彼が気づいていないことは、まだ山ほどあるとはいえ。

あ、そう。好きにしな。飛井は肩をすくめ、洗面台に向かう。

洗面台にはプラスチック製のコップがひとつあり、そこには縋田用の新品の歯ブラシも用意されていた。縋田は飛井に続いて歯を磨いた。口をゆすいでいるとき、廊下に銃を提げたヘルメットの人物が二人現れ、縋田は盛大にむせたが、彼らはただ通り過ぎただけだった。

ああ、自分は捕まったのだ――いまさらながら実感する。

常に監視され、逃げようとすれば射殺されるのだ。

飛井はさっさと床についてしまう。よく見ると彼のベッドは、縋田が寝かされていたのと同じ〈棺〉だった。内部に敷かれていたマットレスと毛布を、閉じたふたの上に載せているのだ。縋田もそれにならい、簡易的なベッドを作った。飛井の〈棺〉の側面はびっしりと書き込みで埋まっていた。ベッドも手引書と同じく、持ち運び可能なメモ欄として扱われているのだろう。

零時十五分に照明が落ちた。

暗闇の中、縋田は手探りでベッドに入った。寝心地はよくなかったし、薬で何時間も眠ったばかりだが、目と精神は疲れ果てていた。いつまでも眠れる気がした。

十一文字のパスワードあて。

組み合わせは百億通り以上。解答は一日一度。百年間毎日挑戦したとしても、ためせる文は三万六千五百個にすぎない。

「これを死ぬまで続けろってこと?」

「外に出たけりゃな」

飛井の声がし、やがて、大きないびきが聞こえ始めた。

DAY 2

果実戦争。

著名なロックシンガーがノーベル文学賞を受賞した年、極東で勃発した国家間の諍《いさか》いは、果物の種子の密輸問題を発端としたため、そう呼ばれることになった。近隣諸国が干渉し事態が中規模戦争へと発展する中、先制攻撃によって九十年前と同じように大陸の一部をかすめとったこの国は、〈東土帝国〉と名を変えた。

条約に縛られた西側諸国が二の足を踏み、静観に回る中、東土は暴走と進軍を続けた。民族解放のため。極東平定のため。国家威信のため。脅威排除と防衛のため。大義は毎月のように変わっていき、やがて「いまさらやめられないから」が主な理由となった。戦線は拡大し、国境は大国と直接接するようになった。敵は脅威だった。戦争には金も物資も人手もかかった。この国にはどれも乏しかった。徴収には規律が必要だった。規律とはつまり法律だった。

国民生活推進法はそうした流れで生まれたらしいが、詳しく知る者は誰もいない。

緒田は朝八時に目を覚ました。

歯を磨きながら、飛井に一日の流れをレクチャーされる。食事は一日二回、九時と十九時。職員二名といっしょに自動カートが回ってきて、ドアが開錠し、トレーを渡される。二十分以内に食べて、職員とカートが戻ってきたらトレーを返却する。食器はＩＣチップで管理されており、隠し持つことはできない。

運がいい日は、申請した嗜好品をもらえることもある。ジュースやキャンディ程度のものなら二、三ヵ月に一度は通るが、銘柄や商品名までは指定できないという。

食事どきを除くと、職員の巡回は日に二度。正午と、深夜零時ごろ。点呼等はなし。そのかわり、常にカメラで監視されている。

トイレにはいつでも入れるが、シャワーブースの鍵は制御されている。二十時から三十分間だけロックが開くので、順番に入る（おれが先な、と飛井は当然のように言った）。衣服の交換は週に一度、寝具は二ヵ月に一度。それまでは自分たちで手洗いし、室内の適当な場所で乾かす。ロッカーの中には洗面器・洗剤・掃除用具などが入っている。そして二十二時から十分だけ、シャッターが開き隣室と会話できる。

それ以外の時間は自由時間だ。寝ていてもいいし、走り回ってもいい。でも、部屋からは出られない。刑務作業のようなものがないかわりに、運動や、読書や、大勢と話せる時間もない。やることはただひとつ、十一文字のパスワードを考え続けることだけ。

とはいえ、二日目の縋田はほかのことに時間を取られた。飛井の質問攻めに答えることだ。三年間閉じ込められていれば、情報に飢えるのは当たり前だ。縋田は面倒くさがることなく、ひとつひとつ律義に答えた。

「釈暉橋《しゃつききょう》の戦線はどうだ。まだにらみあってるのか」

「勝ったという話だ。占領後の写真がたくさん出回ったから、事実だと思う」

「抽選動員法はどうなった」

「上院を通っていま下院の審議中だよ。テレビではバンバンCMを流してる」

「帝洋《ていよう》大の難波《なんば》教授の消息はわかるか？　亡命したって噂を聞いたが」

「さあ……そのへんのニュースは詳しくないから」

飛井はいぶかしげに緒田を見た。

「思想犯じゃないのか？　何をして捕まったんだ」

緒田は答えず、肩をすくめた。飛井はさらに質問する。

「ここに入る前の職業は？」

「小説を書いてた。官能小説を」

「はは、そいつはいいな。《メモ欄》に短編を書いてくれよ。落書きに該当するが、文字だけなら連中のチェックもかなり甘い」

「まあ、気が向いたらね」

「じゃあ逮捕の理由は、作品が公序良俗に反したってとこか」

「そんなとこかな」

飛井からも話を聞いた。ここに入る前は高校教師だったという。教科は国語。授業でカリキュラムと異なる反戦小説を扱ったため、逮捕されたのだそうだ。

「教師の目から見て、このクイズはどう思う？」

壁を眺めながら、縋田は尋ねた。

「教師の目って?」

「出題者目線ってことさ。たとえば、どうして十一文字なんだろう」

「それがわかってりゃとっくに出所してる」

「三年もこもりきりなら、いろいろ考えたことだってあるだろ」

図星だった。並んだ抽斗の中からどれを開けるか迷うように、飛井は腕組みした。

「ちょっといびつだな、とは思うかな」

「いびつ?」

「ここには本も電卓もないから、感覚でしか話せないが……日本語の簡潔な文章を、文節ごとに分けるとするだろ。そうすると、大抵の文節は三パターンのどれかに収まる。二文字、三文字、四文字だ。〈僕は、友達と、朝まで、走った〉とか、〈昨日、君の、家を、完全に、破壊した〉とかな」

例文のセンスはともかく、縋田はうなずく。

「で、だ。2、3、4の組み合わせで11を作ろうとしてみろよ。十文字や十二文字に比べると、ちょっと作りにくいと思わないか」

再びうなずく。偶数なら2と4の組み合わせだけでも作れるが、奇数を作るには必ず3を入れなければならない。

「だから、あんまり綺麗な文にならないんだよ。いい解答を思いついても、数えてみたら一文字オーバーだったなんてことがしょっちゅう起きる。十一文字の文は直感的には作りづらいってわけだ。そういうところも悪趣味だよ、連中は」

「逆にいえば、十文字や十二文字に比べて、選択肢が絞りやすいってことでもある」

「ポジティブなやつだな。まあ小説家なら、文字数の調整もお手のものか」

「お手のものってわけじゃないけど……ぼくはそういうとき、漢字をひらいたりするかな」

縋田はペンを持ち、床に漢字とひらがなを書き込む。

「〈繁る〉を〈しげる〉にしたり、〈栄える〉を〈さかえる〉にしたり。ひらがなでも意味は通るだろ。表記ゆれになるから、編集者にはいやがられてたけど」

「推敲の苦労ならおれにもわかるぜ、ここにいると毎日のようにぶつかる。たとえば昨日書いた文だ。〈天が〉は〈神が〉のほうがよかったんじゃないか？〈望みし〉を〈望んだ〉にしておいたら、もしかして正解してたんじゃないか？それで、翌日に微調整バージョンをためしたりする。結果はいつも不正解だがな」

「そのくらいの誤差は許してもらえるんじゃない？」

「どうだかな。判定の基準は誰にもわからない」

くそったれ、と悪態をつく飛井。音声はモニタリングされていないので、どれだけ言ってもばれないそうだ。

「ぼくが出題者なら、何か解き方を用意しておくけど」

「甘い考えだな。いいか、連中はおれらを外に出す気なんてないんだ。一生この檻の中で、虎がバターに変わるような奇跡を祈り続けろってことだよ。余計なこと考えずにスローガンを作るのがいいぜ。見出しに採用されりゃ新聞がもらえて外のことがわかるし、私物の申請も通りやすくなるしな」

飛井はポケットから小さなものを取り出す。

それは青く透き通った、くるみ大のスーパーボールだった。

飛井は緒田に背を向けると、スーパーボールを使って壁あてを始めた。壁から床へ、床から手へ。リズムよくボールが弾み、その音は何十分も途切れなかった。こればかりずっとやり続けて達人になっているのだろう。

時刻は十六時を過ぎていた。緒田は二日目の残りを、《メモ欄》を眺めることに費やした。昨日よりも、時間をかけて読み込む。食事のメニューの記録、解答の傾向をまとめた考察、自作の詩や歌。卑猥な書き込みも多かったが、どれもお粗末だった。ここでなら自分はベストセラー作家になれるかもしれない。

夕食とシャワーが終わり、《通話》の時間がくる。上町も緒田から外の話を聞きたがったが、すべて答えるには十分間は短すぎた。

零時が近づく。

おそらく先は長い。永遠に長い。気楽にやろう、と緒田は思い直した。帯に載せる推薦文の仕事と同じだ。依頼内容・〈繁栄〉を含む十一文字のスローガン。〈繁栄は留まること知らず〉。〈繁栄をこの手に取り戻せ〉。いくつか考えたが、どれもすでに書き込まれていた。

飛井は二十三時半に〈繁栄は神が下した天命だ〉と書き、権利と義務を消費した。絓田はギリギリまで粘り、二十三時五十五分に、ようやくペンのキャップを外した。

日々流す汗は繁栄の香り

ブザーが不正解を知らせた。

DAY 3

絓田は《解答欄》を眺めている。

縦七本、横四本。目視で架空の線を引き、解答が密集している部分を四十のブロックに分けた。一ブロック内に収まった解答の数を数え、大雑把《おおざっぱ》に計算した。

「全部で七千個くらい書かれてるな。この施設はできてから十年弱?」

二人の受刑者が一日ひとつずつ解答を書く。つまり一日二個ずつ、《解答欄》に文が増える。いま解答が七千個あるなら、クイズが始まってから三千五百日経っている計算になる。

「そうだよ。国推法の施行に合わせて作られたみたいだ」

「部屋の数は?　何人くらい捕まってるんだ」

「あのさ。気づいてないかもしれないが、ここには全校集会も運動会もないんだぜ」

「月一で部屋が変わるんだろ。君は三年いるから、三十六回移動してる。いままでで一番大きかった部屋番号は？」

「〈467〉だ」飛井はうんざり顔で答えた。「《通話》で情報交換した限りだと、〈500〉より上の部屋にいたってやつはいない。部屋数が五百で二人ずつなら、常時千人捕まってることになるな」

「国推法では何万人も逮捕されてるって聞くけど」

「この施設は特別なんだよ。《通話》で話すと、人文学畑の仕事をしてたやつにゴロゴロ出くわす。しょっぴかれた思想犯のうち作文に秀でたやつが集められてるってことさ。学者とか、ジャーナリストとか、小説家とか」

「国語教師とか？」

「歌でも教えてりゃよかったよ」

ここに連れてこられるとき、縋田は護送車の小窓から、一度だけ施設の外観を見ていた。小高い森の中にあり、管理棟らしき二階建ての向こうに、真っ白なコンクリートの箱がそびえていた。二十階ほどの高さがあり、ずいぶんたくさん収容されているのだなと思ったものだが……一部屋がこれだけ広いなら、千人程度が妥当かもしれない。

「おれも最初はそうだったよ」長時間考え込んでいると、飛井が言った。「施設の構造は？巡回の隙は？　外の警備は？　鍵を破る方法は？　逃げ出すためにいろんなことを探ろうとした。でも無理だ。こんな檻の中じゃ得られる情報が少なすぎる。正攻法以外じゃ出られない」

「その正攻法を考えてるんだ。部屋数が五百で、一部屋につき七千個解答が書かれてるなら、いままでつぶされた解答の数は三百五十万個だ」

「百億にすらほど遠いな」

人文学徒ばかり収容されているなら、飛井の言うとおり、ここは更生施設の名を借りたスローガン工場という見方が適しているように思われた。テレビやネットや街頭ディスプレイで幾度となく見かけた、戦意高揚のためのフレーズ。あの中にも、ここで作られた十一文字が紛れていたのだろうか。

縋田は手引書を読み返す。〈東土政府に恒久的な利益をもたらす十一文字の日本語〉。あまりにも抽象的で、曖昧なヒント。

「本当に正解なんてあるのかな……。実は存在しなくて、誰にもあてられないのかも」

縋田が弱音を吐いたとき、

「いや」ぼそりと、飛井が言った。「あてたやつは、ひとりだけいるらしい」

縋田は振り向いたが、飛井は毛布をかぶってしまっていた。会話はそこで途絶えた。

時計が回り、午前零時が迫る。縋田は《解答欄》に近づき、昼のうちに思いついていた文を書いた。

次なる演目繁栄でござい

三度目の挑戦。結果、不正解。

DAY 4～15

五日目の午後、縋田と飛井は部屋の清掃を行った。壁の文字はブラシでこすっても決して消えなかった。ペンには特殊なインクが使われていて、専用の洗剤でしか落とせないようだ。

十二日目には、職員とともに理容師がやってきた。床にマットが敷かれ、二人は順番に散髪を受けた。五分ほどの散髪だったが、その間も職員の構えた銃が縋田を狙い続けていた。

警備は厳重である。個人を特定されぬよう、職員はみなフルフェイスのヘルメットをかぶっている。カービン銃を提げ、無線機が付属したアーミーベストを着用し、鋲《びょう》つきのブーツを履いている。毎日正午と零時ごろ、必ず二人一組で341号室の前を通り過ぎる。横切る方向は右から左。ガラスに顔をへばりつけると、廊下の右側に曲がり角のようなものがわずかに見える。巡回のときも配給のときも、職員たちはその角を曲がって現れる。

食事は貧相だ。朝食はパンと牛乳。夕飯は白米と煮物、もしくはシチュー。テーブルがないので、飛井と二人で部屋の真ん中にあぐらをかいて食べる。食事中はお互いしゃべらず、金属製の食器がカチャカチャと鳴る音だけが響く。

最初の一週間は、プライバシーの確保が悩みのタネとなった。トイレもシャワーも壁は透けており、そもそもカメラで監視されている。唯一の逃げ道はベッドとしても使っている〈棺〉だった。どうしてもひとりになりたいときは、その中に納まってふたを閉じた。孤独を得られる代償として、暗闇と閉所が緒田を苛んだ。

飛井との関係は良好だった。同居人は気分屋で、ムッツリと何時間も黙ることもあれば、気さくに話しかけてくることもあった。「もともと話すのは好きじゃない」と彼は言う。だがこんな場所に閉じ込められていると、どこかでプツリと糸が切れ、会話を渇望するときがくる。飢えが満たされれば、また孤独に戻る。そういう周期を持つ男だった。その性質は緒田ともおおむね一致していた。

周期がＯＮに入っているとき、二人は活発に話した。食べたいもののこと、行きたい場所のこと、好きな映画や音楽のこと。ウンチクの披露、社会情勢の予想、哲学的テーマにまつわる堂々巡りの議論。楽しい思い出は？　友人は？　ふるさとは？　どちらかが答えたくない素振りを見せると、片方は察して話題を変えた。飛井は家族への質問を嫌い、緒田は逮捕された理由に関する質問を嫌った。

十日ほど経つと、緒田の肌に施設の空気がなじんでいった。囚人たちの間に蔓延する倦怠感、無力感、やるせなさのようなものを強く感じるようになった。

寝て、起きて、食って、排泄をする。一日の終わりに、十一文字の文を書く。

そして、ブザーで不正解を知らされる。

ひたすらにその繰り返しである。

二週間ほど経つと、退屈が最大の敵となった。一日は長く、部屋の中でできることは数えるほどしかなかった。ストレッチ、筋トレ、歌唱、《メモ欄》の落書きの熟読、飛井との即興のごっこ遊び。思いつくことはなんでもやった。

二人の間で最高の娯楽といえば、スーパーボールキャッチだった。飛井がスーパーボールをふりかぶり、でたらめに投擲する。壁から壁へと弾みまくるそれをどちらが先につかめるか、というだけの他愛のないゲームだったが、いい運動になるし、どんな遊びよりも刺激的だった。二人ははしゃぎ声をあげ、童心に返り、夢中で青い小惑星を追った。一戦終えるごとにあおり合い、笑い合った。

緕田は運がよかった。飛井は本当にいい同居人だった。

それがわかったのは、十五日目のことである。

『馬場崎が、やばいんだ……。ブツブツつぶやいてるだけで、もう反応も返してくれない。どうしたらいいんだろう』

通話口越しの上町の声は震えていた。以前からその愚痴ばかりだったが、今夜はとりわけ深刻そうだった。

「覚悟しといたほうがいいかもな」

「刺激しすぎるのもよくないと思う。リラックスさせて様子を見なよ」

飛井に続き、緕田も脚立の下から助言する。

『ちょっと前まではこんなじゃなかったんだ。明るくて話しやすいやつだった。戦隊ヒーローのオタクでさ、何曲も歌を聞かせてくれて……でも先月くらいから、急に』

「限界ってのは急にくるもんだ。おれの前の同居人もそうだったよ」

『飛井の前の同居人は、どうやって死んだの?』

「朝起きたら首を吊ってた。前日までは元気そのものだったのにさ。おれのいびきがうるさすぎたのかも」

風船から空気が抜けるような、力ない笑い声が聞こえた。

『うらやましいな』

DAY 16

朝八時十五分。

縋田が歯を磨いていると、廊下の右側から誰かが歩いてきた。

最初は、職員の巡回だと思った。だが視線を振ったとたん、縋田は歯ブラシを落とした。口を泡まみれにしたまま、ガラスに駆け寄った。

スーツだ。

初めて見るその男は、ペンのインクの色と同じ濃紺のスーツに身を包んでいた。若々しくしゆっとした男で、背筋を伸ばして歩きながら、ほのかな笑みを浮かべていた。ここが公園の遊歩道で、空から雀の鳴き声が聞こえている、とでもいうように。男のあとには、いつもと同じフルフェイスヘルメットの職員が三人続いていた。

男は緖田のほうを見向きもせず、３４１号室の前を横切る。目の前を通ったとき、スーツの胸についたバッジの文字が読み取れた。

統括管理責任者

手のひらと頰を、限界までガラスにつける。

彼らはどうやら、ひとつ隣の部屋——３４２号室に入っていったようだ。

十分ほどあと、スーツの男が再び現れ、来た方向へと戻っていった。三人の職員もそれに続いた。後ろには仲間が増えていた。

それはふたを閉じた〈棺〉だった。下からタイヤがつき出ており、職員たちの歩行と同じ速度で、ゆっくり廊下を滑っていった。〈棺〉は年季が入っていて、あちこち書き込みがされている。その一部が、緖田の目にとまった。

戦隊ヒーローのテーマ曲の歌詞だった。

緖田は飛井のベッドを振り向く。ルームメイトは壁にもたれ、服の裾で眼鏡を拭いていた。

いまのはなんだ、と尋ねると、飯はまだかな、と彼は返した。

『馬場崎が、死んだんだ』

《通話》の時間に、上町のほうから切り出してきた。

飛井は「残念だ」と、お悔やみのようなことを言った。緒田も口を開きかけたが、うまく言葉が出なかった。

沈黙が流れる。十分しかないタイムリミットがじわじわと消費されていく。

やがて、緒田は尋ねた。

「馬場崎は、どうやって死んだんだ？」

飛井が素早く振り向き、脚立の上から緒田をにらみつけた。緒田は臆さずにらみ返した。

うらやましい、という上町の言葉が気になっていた。

覚悟しといたほうがいい、という飛井の言葉が気になっていた。

何年も閉じ込められている者の身になって、考えてみる。精神が壊れかけた同居人と時間をともにするのはリスクでしかない。会話ができない。パスワードあての議論もできない。毒気にあてられ、自分までおかしくなる危険もある。そして何より、手引書に記されていたルールの問題がある。

〈長期間にわたり解答を書く意欲が認められない場合、罰則が科されます〉

罰則は食事抜きだという。だが片方の食事が抜かれても、同居人のほうには配給されるはず。そんな不均衡が続けば、大きなトラブルのもとになることは容易に想像がつく。飢えた人間はただでさえ何をしでかすかわからない。

もし、馬場崎を死なせることができれば。

数日中に緒田のような新入りがやってきて、状況はリセットされる。

繰り返したスーパーボールキャッチ。どれだけ壁にあてても、隣室から苦情は出なかった。

部屋の防音は完璧で、何が起きても緒田たちには感知できない。管理者たちも、囚人同士で壊れかけの〝処理〟をし合ってくれるなら、黙っているのではないか。共食いするゴキブリを見るように、むしろ歓迎するのではないか。

この施設には、もともとそういった暗黙の了解があるのではないか。

秒針が進む。二十二時十分が近づく。

シャッターが閉じる寸前、上町は一言だけつぶやいた。

『どうしてこんなことになっちゃったのかな』

DAY 17

翌朝も、統括管理責任者はやってきた。

三人の職員と342号室に入り、十分後、〈棺〉とともに戻っていった。

隣室の住人はもう上町しかいない。その箱の中に誰が入っていて、隣室で何が起きたかは、数学的な要因から明らかだった。

「しょっちゅうだよ」諭《さと》すように、飛井が言った。「こんなことはしょっちゅうだ」

「飛井、正直に答えてくれ。前の同居人は本当に自殺か？」

「おれは誰も殺したことはない。殺しすぎたやつには罰則がつくしな。信じてくれなくても、別にいいけどさ」

「……信じるよ。君のいびきは実際うるさいし」

飛井は口の端だけで笑った。彼は本当にいい同居人だった。

この施設では、人を殺さないだけでそういう評価がつく。

DAY 20

数日間、縋田は落ち着かなかった。

馬場崎と上町の死がダメージになったから、ではなかった。彼らが本当に死んだのかどうか、それすらわからないことが縋田をいらだたせた。食事を運んできた職員に尋ねてみたが、黙って銃口を向けられ、引き下がるしかなかった。

飛井が言っていたとおり、檻の中から得られる情報はあまりにも少ない。そんな状況で十一文字のパスワードあてを——二二九七×一一乗分の一の博奕《ばくち》をやらされている。

理不尽にもほどがある。

壁を埋める文字と対峙することが、急に苦痛になった。飛井の顔すら見たくなくて、絺田は毛布をかぶった。上町の最後の一言が頭の中にこだましていた。

どうしてこんなことになっちゃったのかな。

自分はなぜ、こんなことをしているのだろう。どこで間違ったのだろう。訪ねてきた警官を家に上げてしまったときか。あの作品を世に出したときか。デビュー作の出版が決まったときか。官能作家を志したときか――

「書かなくていいのか？」

二十三時半を過ぎたとき、飛井に声をかけられた。絺田はペンのキャップをはずし、のそのそと《解答欄》に向き合った。数日前に考えた解答の候補で、まだためしていないものが残っていた。〈**永功吹きすさぶ繁栄の嵐**〉

最後まで書き終えたところで、あっと声を出す。

誤字があった。永劫の〈劫〉を〈功〉と書いてしまっている。

「なあ、こういうときはどうすれば……」

飛井に尋ねようとした声を、不正解のブザーがかき消す。

「ち、違う」絺田は頭上のカメラに向かって叫んだ。「漢字を間違えたんだ。もう一度やらせてくれ」

「明日、正しい字で書き直すしかない」飛井が無慈悲《むじひ》に告げる。「一日無駄にしたな」

「……くそ！」

二十日間押しとどめていた感情が、噴出した。緒田はこぶしを握り、《解答欄》の壁面を何度も殴りつけた。

壁は硬く、びくともしない。

DAY 31

「この部屋も今日で最後だな」

脚立を下りてきた飛井が言う。

ちょうど《通話》の時間が終わったところだ。上町が消えて三日後、342号室には二人の新入りが入所していた。一般の刑務所から移動してきたのだという。二人とも環境の変化に戸惑っていて、飛井が指南役になり、いろいろと世話をしてやっていた。

電子パネルの日付は〈10／31〉になっていた。月ごとに部屋がランダムに変わるならば、明日は別の部屋に移動させられることになる。

「同じ部屋が二度回ってくることもあるの？」

「あるにはあるが、次もここになる確率は五百分の一だ。見収めだと思っといたほうがいいぜ」

「もうどこも見飽きたよ」

「ならメッセージでも書いとけ。ほら、《メモ欄》にいくつか書いてあるだろ。ベテラン勢は壁を伝言板がわりに使ってるのさ。読んだやつは、《通話》のときそれを隣に伝える。隣の部屋のやつは内容を覚えておいて、部屋を移動したときまた隣に伝える。二部屋ずつ倍々ゲームで伝わってけば、八～十ヵ月くらいで受刑者全員に情報が行きわたる」

手紙が届くまで、十ヵ月。正確な情報という保証もない。まるで大航海時代だ、と緒田は思った。

《解答欄》の壁面を眺める。一ヵ月前にあった余白のひとかたまりを、いまは自分の字が埋めていた。三十日分の無駄なあがきの記録だった。

「次の部屋の《メモ欄》に空きスペースがあったら、新作を書いてやるよ」

「新作？」

「官能小説」

飛井は眼鏡を押し上げた。

「そういやそんな約束だったな。ぜひ頼むよ」

「リクエストがあれば聞いておく」

「金髪でグラマーな美女が出るといいな。相手は眼鏡をかけた坊主頭の男にしてくれ」

「奥さんも金髪の美女なのかい？」

「こんな場所に長くいると、たまには浮気をしたくなるのさ」

飛井はいつもの、口の端を曲げるやり方で笑った。それからふいに、風に吹かれた蠟燭《ろうそく》みたいにその笑みが消えた。

「あのさ。もし次の部屋に、すごく……すごくスペースが余ってたらでいいんだが、もう一本書いてほしい話がある」

「どんな話？」

「三人家族の話だ。濡れ場はなし。父親と、母親と、娘。娘は四歳で、そばかすがあって、日に焼けてる。晴れた日に三人で公園にいくんだ。娘はネズミ花火みたいに走り回る。父親は写真を撮りながら追い回して、ジャングルジムに頭をぶつける。こぶをこしらえて、みんなで笑う。シートを敷いて、からあげだらけの弁当を食べる。帰りの車では娘が寝ちまって、夫婦はラジオで懐メロを聴く。……そんな話だよ」

しゃべる間、飛井は一度も緒田のほうを見なかった。うつむいて、膝にのせた自分の左手の指を見つめていた。三年間施設にいる男の指先には、以前の生活の痕跡は何も残っていなかった。緒田は「わかった」と言った。

饒舌《じょうぜつ》の周期が終わり、二人はそれきり黙り込んだ。

午前零時が近づく。キーワード〈繁栄〉を含んだ最後の解答は、二人とも当然のように不正解だった。眠る準備を始めたとき、合成音声らしき女性の声が部屋に響いた。

『自走寝台を、あけて、中に、入ってください。消灯時間を、過ぎると、自動で、ふたが、ロックされます』

アナウンスが入るのは初めてのことだった。緒田はぼんやりと天井を見てから、一ヵ月ぶりに耳にした異性の声に驚くほど高ぶっている自分に気づいた。本物の声ですらないのに。気恥ずかしくなると同時に、長年閉じ込められている男たちの苦悩を察する。壁に書く新作は思いきり淫靡にしてやろうと思う。

〈棺〉から出られなくなることを見越して、最後に用を足した。トイレから出ると、巡回中の職員が廊下を横切るところだった。片方の突き出た腹に見覚えがある。馬場崎が死んだ日、スーツの男といっしょに来た職員のひとりだ。肩にはいつものようにカービン銃を提げ、アーミーベストを着ていて——

ふと、気づいた。

ベストの裾に、シールが貼られている。

職員の服を注視したのはそれが初めてだった。彼らは恐怖の象徴である銃を持っており、縋田は無意識に目をそらし続けていたからだ。縋田はガラスに近づき、通り過ぎる職員を間近で眺めた。それはオフィスの事務用品に貼るような、小さい長方形のシールだった。

〈7－D〉と記してあった。

自走寝台を、あけて、中に、入ってください。アナウンスが繰り返される。縋田は〈棺〉に入り、ふたを閉めた。持ち込んだ私物は寝具と歯ブラシと手引書、そしてペンが一本だけだった。カシャンと音が聞こえ、ふたがロックされたのがわかった。

暗闇の中で縋田は何度も寝返りを打った。〈棺〉の下からタイヤが出て、次の部屋へと連れていかれるのだろうか。馬場崎と上町の死体も、こんなふうに火葬場へ運ばれたのだろうか。

7－D。シールの文字が頭に浮かぶ。同業者の作品を読んでいると、ちょっとした比喩やなんでもないような表現が脳にこびりついてしまうことがある。その感覚に近かった。7－D。7－D。

絈田は眠りに落ちていく。

DAY 32

「起きろ。おい起きろ」

肩を揺すられ、目を覚ます。

絈田は飛井の手を押しのけ、〈棺〉から這い出た。寝台の配置も文字で埋め尽くされた壁も変わっていないが、時計の上に記された番号は以前と違っていた。〈076〉。

飛井の顔は興奮している。

「やったぞ。幸運の部屋だ」

「〈077〉にはひとつ足りないみたいだけど」

「いや、ここが幸運の部屋なんだ。噂には聞いてたが本当だった。ほら、見ろ。これだ」

飛井は《解答欄》を指さす。この部屋のキーワードは、どうやら〈侵攻〉だった。**〈東土軍よ侵攻を止めるな〉〈侵攻の靴音のみで敵挫く〉〈敵の侵攻は決して許すな〉**。戦意を鼓舞するような十一文字が壁を埋めつくしている。言霊が記入者たちの血をたぎらせたのか、書き込まれた字の数々は、341号室よりも全体的にがさつで乱暴な印象だった。壁の右下側に、特に文字が密集している。

その密集地の、中心に。

ぽっかりと空白ができていた。

一見、たまたまできた余白に思える。それくらい小さく、目立たないスペースだったからだ。だが近づいてみると、上から壁面と同じ色の塗料が塗られていることがわかった。

誰かが記した解答が、塗りつぶされている。

「ほかの部屋でこんな塗りつぶしは見たことがない。誰かが馬鹿なことを書いても、普通に職員に消されるだけだ。ここにはずっと前〝正解〟が書かれたんだよ。そいつはパスワードをあてて、ここから出ていった」

「前に君が話してたのは、その人のこと?」

「そうだ。だからこの部屋は縁起がいいのさ。あとから入ったやつも、この余白の上には書き込まない」

「なんて書いたんだろう。〈侵攻〉を含む言葉かな?」

「いや。正解者が出たのは、キーワードとかのルールが決まるより前の出来事だそうだ。塗りつぶしの周りをよく見ろよ、〈侵攻〉を含む解答はひとつもないだろ」

「じゃあ推理しようがない」

「だがちょっといい気分になるし、運をもらえる気がするじゃないか。神に愛されし男がいた部屋さ。そいつ、施設に二週間しかいなかったらしいぜ」

「二週間？」

「《通話》を介した伝言ゲームで聞いた話だけどな。実際に見たやつはいない。同居人は自殺か何かして、部屋にはそいつひとりだけだったそうだ」

「隣の部屋には正解を伝えなかったのかな。《通話》で教えられるだろ」

「無愛想なやつだったのかもな。それか、あてずっぽうが的中しちまって伝える暇がなかったか……」

聞くにつれ、緒田の眉根が寄っていく。飛井も同じ顔になった。

「信じてないだろ？」

「正直リアリティがないよ。創作に尾ひれがついた都市伝説、って感じ」

「ならこの塗装はどう説明する」

「穴でもあいたんじゃない？」

飛井は盛大に肩をすくめ、そっぽを向いてしまう。緒田は洗面台に向かった。以前の住人のしわざだろうか、鏡の周りに額縁風の精密な落書きが書かれている。

「その正解者、職業は？」

「いいよ、もう。言ったって信じないだろ」

「一応聞かせてよ」

「中学生だったそうだ」
とうとう縋田は笑い声をあげた。

とはいえ、やはり塗装跡は気になってしまう。

形は縦に細長い楕円で、文字の痕跡はまったくない。爪でひっかいてみても塗料は剝がれなかった。

その中学生が本当に二週間しかいなかったとしても、《解答欄》には正解のほかに十三個の解答が書き込まれているはずである。縋田はそれを探してみたが、見つけることはできなかった。正解者は一ヵ所に解答を書き溜めるような丁寧さを持ちあわせていなかったのか。あるいは二週間を思考に費やし、一度しか書き込まなかったのか。何にせよ、眉唾だ。

「よく考えると、変なシステムだと思わないか」

縋田はスーパーボールで遊んでいる飛井に話しかけた。

「『一部屋につき二人』。『隣室とだけ会話が可能』。ひとりが正解をあてたとする。その受刑者は出所するけど、残った同居人にも正解がわかるわけだよな。同居人は翌日の《通話》で隣に正解を伝えてから、自分も出所する。隣室の受刑者は次に部屋を移動したとき、同じように隣室に伝えて……昨日君が言ったのと同じ方法で伝えていけば、いずれ全員が外に出られる」

「理想論だな。そのやり方で逃げられるのは最初の何人かだけだ。途中で連中に気づかれたら、パスワードが変更される」

「変更なんて、あり?」

ありなのだろう。

相手は国家。自分たちは囚人。土台フェアな勝負ではない。

緒田は076号室での初日を、セオリーどおりに消化した。つまり飛井と肩を並べ、一日中《解答欄》を眺めてすごした。

〈光州の街を侵攻し尽くせ〉〈遼河をあまねく侵攻せよ〉〈侵攻はハルビンの先まで〉。インクの色褪せ方で、どのくらい前に書かれたかは推察できる。それはここ十年の東土の領土拡大を示してもいた。パスワードが十年前から変わっていないのだとすれば、その時点で戦略にすら上がっていなかった地名を正解に含むとは思えない。だが、受刑者の中にはパスワードあてを早々にあきらめ、報奨めあてでスローガン作りに注力する者もいる。

二十二時になると、《通話》用のシャッターが開いた。

どうやらシャッターは、1と2、3と4……というふうに奇数番号の部屋と偶数番号の部屋の間をつなげているらしく、076号室では緒田のベッド側にシャッターがあった。そのせいもあってか、飛井は脚立を上る役を緒田にゆずってくれた。

075号室にはベテランの二人組がいた。

八津《やづ》という名の言語学者と、菊尾《きくお》という名の古書店主だった。菊尾は無口とのことで、緒田は八津と会話を交わした。

八津は大学で漢字の成り立ちを研究していた。彼はある日、自身のSNSに典拠をあげながら、東土政府が日本古来のものと主張し推奨する伝統のいくつかは、大陸由来のものであると指摘した。三日後に彼は連行された。それ以来、菊尾とともに八年間も閉じ込められているのだという。

『わしらはね、もういいと思っているんだよ』言語学者の声はしわがれていた。『考えてもみたまえ、ここにいれば食事の心配もないし、徴兵される心配もない。本土に戦火が届いたとしてもわしらは安全だ。文が採用されればときどき新聞も読めるしね。少しの不自由に目をつぶれば、ここは楽園のようなものだ』

「かわりに、プロパガンダの手伝いをさせられますけど」

『絽田くんといったかな。君は、言葉には力があると思うかね』

「信仰には力があると思います。人の行動を規定しますから」

『言葉は信仰か、面白い視点だね。わしはもう、すっかり無神論者になってしまったよ』

二十三時五十二分。絽田は手が届く高さにあった余白をキャンバスに定め、背伸びして、解答を記した。

青以外点灯知らぬ侵攻鬼

下手な駄洒落をいさめるようにブザーが鳴った。部屋が変わっても生活に大きな違いはない。寝る支度をしていると、廊下を職員たちが横切った。服装はやはりヘルメットと、銃と、アーミーベスト。ふと、昨日のシールのことを思い出す。

緕田はガラスに近づき、職員のベストを凝視した。

シールには〈2-E〉と書かれていた。

DAY 39

「毎日何をやってんだ?」

生乾きのズボンに足を通しながら、飛井が聞く。

時刻は正午、二人は日課の洗濯を終えたところである。緕田は上着を腰に巻いたまま、ガラスに鼻をへばりつけ、通り過ぎる職員たちを観察していた。今日のシールは〈2-E〉と〈2-C〉。

服を着直してから、緕田はアーミーベストの件を飛井に話した。あれから一週間、職員が廊下を通るたび壁にメモをし、記録を取り続けていた。

「初日も昨日も〈2-E〉のベストを着た職員が通ったけど、着ていたのは別人だった。昨日のやつはもっと背が高かっただろ。つまりベストは、職員ひとりずつに支給されてるわけじゃなくて、シフトの入った人間が着回してるってことになる。きっと防弾素材の高級品だからだ」

戦時下であるから、装備品のほとんどは戦場へ優先的に回されてしまう。

「前の341号室から見えた数字は〈7〉、この部屋から確認できたシールの数字は全部〈2〉だ。飛井は、部屋の総数が五百って言ってたよな。外から見た限りだと、建物は二十階建てくらいに見えたけど、ここの部屋の天井は普通の二倍近くある。つまり、内部は十階建てだ」

縋田は床に略図を描く。

「フロア数が十、部屋数が五百。一フロアに、均等に五十部屋ずつ割り振られてるとする。001号室から050号室までは一階。051号室から100号室までは二階だ。この法則にのっとるなら、076号室があるのは二階。341号室があるのは、七階だ。ベストの数字と一致する」

飛井は唇をとがらせたまま、うなずく。

「それで?」

「問題はアルファベットのほうだ。二十回以上記録して、確認できたのはA〜Eまでの五種類。〈E〉以降は一度もなかった。てことは、ぼくらを監視してる職員の数は、一フロアにつき常時五人なんじゃないか?」

「監視と巡回の部署が同じって保証はないだろ」

「絶対に同じさ。巡回は食事を入れても一日四回だけなんだから。巡回専門の部署があるなら、サボりすぎだ」

「んー、でも、巡回のときだけベストを着るのかも」

「銃やヘルメットはそうかもしれないけど、ベストは無線と一体化してる。常に着てなきゃ業務にならないはずだ」

「………」

「フロアごとにモニタールームみたいな場所があって、五人はそこに常駐してるんだと思う。配給や巡回のときだけ二、三人が離脱して、また戻る。監視の割りあてはひとりあたり十部屋。一部屋につき四つカメラがあるから、画面は四十。それくらいなら負担なく監視できると思わないか」

「一クラスの人数と同じか」元高校教師はあごをなでた。「妄想にしちゃ、まあ現実味はあるな。で？ おれらを監視してるのが五人だとして、それがどうした。脱獄でもしようってのか」

うまく答えられず、縊田は手の中でサインペンを回した。

「取材だ」

「あ？」

「官能小説はシチュエーションが命だから、いろんな業界のことを書くんだよ。バレエ教室を舞台にしたこともあるし、陶芸家の不倫を書いたこともあるし、プロボウラーを題材にしたこともある。知らない業界のことを書くとき、ぼくはまず、徹底的に調べるんだ。ストーリーは知識が集まってから考える。いま、ぼくは取材をしてる段階だ」

「そりゃご立派ですね。うちの原稿も進めてもらえますか、先生」

飛井は《メモ欄》の余白をあごでしゃくる。文章を練っている最中だ、と官能作家は言い訳した。ペンで壁に書く以上、書き損じると修正できない。スペースの節約のためにも、なるべく完璧な状態で出力したかった。

そちらに時間をとられていると、肝心のパスワードあてのほうはおろそかになる。午前零時直前、緒田は既出の確認もせず、思いついた十一文字を書いた。

侵攻をもって平和と成す

ブザーが鳴る。寝床に潜る。

DAY 41

朝食がいつもと違った。

バターを塗った分厚いトーストに、湯気を立てるオムレツとボイルドソーセージ。サラダボウルに盛られた野菜は瑞々《みずみず》しく輝き、ピッチャーに満ちた液体からは濃厚なオレンジの香りがした。

いつもより二回り以上大きい銀のトレーが、緒田の前に置かれる。隣から、同居人が涎《よだれ》をすする音が聞こえた。緒田は顔を上げた。

職員たちの後ろに、あの濃紺のスーツの男――統括管理責任者が立っていた。

彼は手に持った新聞を、緖田に渡してくる。政府公認の機関紙〈東土日報〉だった。広げてみると、緖田が二日前に作った文〈侵攻をもって平和と成す〉が、敬礼する兵士らの写真の上で、見出しとなって躍っていた。

「君の作る十一文字はユニークだな。選考会議まで上がることが多い。今後も期待しているよ」

「……会話して、くれるんですね」

「気が向いたときだけね」男の声は、砂浜で磨かれたガラス片を思わせた。「ヒントを聞き出そうとしても無駄だよ」

「パスワードを知っているんですか」

「知っているも何も、私が設定したからね」

緖田はスーツの男をまじまじと見た。どう見ても三十代なかばだ。十年前にこの施設ができたときは二十代だったはず。そのころから、ずっとここを支配しているのだろうか。

おい、トースト半分くれないか。飛井が言ってくる。緖田は統括管理責任者と向き合ったまま、曖昧にうなずく。

「ひとつだけ、お聞きしたいことが。正解は存在するんですか?」

「するさ。実際にあてた者もいる」

絹の手袋に包まれた指が、《解答欄》の塗りつぶし跡へ向けられた。

「パスワードが変更される可能性は?」

「必要に迫られれば」

「なぜぼくらにこんなことをさせるんです？」

「ひとつという約束だ」釘を刺しつつも、統括管理責任者は続けた。「これはゲームだ。君たちと我々との間にはイデオロギー上の大きな隔たりがある。君たちの知性が真に正しいなら、この程度の謎解きは苦にならないはずだ」

何かを読み上げているようにも聞こえ、彼の本心かどうかは判断しかねた。切れ長の視線が飛井へとずれる。絹田の気が変わることを恐れてか、両手でしっかりとトーストを確保し、一心にかぶりついている。

「獣のようだね」

穏やかにほほえみ、統括管理責任者は去っていった。

DAY 46

絹田は《メモ欄》の右端を眺める。

錯乱した者がいたのだろう。粗暴かつ大きな字で〈くたばれ東土〉と書かれていた。その周囲には、あとの者が書き込んだと思わしき〈無駄なスペースを使うな〉〈賛成〉といった文字。便所の落書きみたいだと彼は思った。

あれから五日。統括管理責任者は計二回、部屋の前を往復した。一度は新聞を持っていて、一度は〈棺〉の搬出につきそっていた。緖田はガラス越しになんとか彼の注意をひこうとしたが、二度とも徒労に終わった。この施設の支配者と──悪趣味極まりないシステムの考案者と、もう一度話がしたかった。

これはゲームだ。

彼はそう言っていた。勝ち方が存在する、という意味にもとれる。しかし、この世にはフェアでないゲームのほうが多い。自分たちはカジノの胴元に搾取《さくしゅ》されるだけのカモなのだろうか。それともユニフォームを着せられた選手で、正しいルールや戦略に気づいていないだけなのだろうか。

ルール。

「正解・不正解は、どうやって判定されてるんだろう」

緖田がつぶやくと、飛井がベッドに寝転んだまま爪先を伸ばした。

「あのカメラだろ」

天井の四隅に設置された四台のカメラ。たしかに、緖田もそう思っていた。だが、よく考えると奇妙だった。受刑者たちはゴルフボールほどのサイズの字で解答を記す。文字だらけの壁面に書き足される新たな十一字。いくら高性能なカメラでも、それを正確に捉えられるものだろうか。それに、そもそも記述者の背中に隠れて解答が見えないのでは?

「ためしてみよう」

縋田は《解答欄》の角にうずくまり、どの角度からも見えない完全な死角を作った。さらに念を入れ、左手でペンの動きを隠しながら、今日の分の解答を書いた。

侵攻はやがて地球を回る

二秒後に、不正解のブザーが鳴った。

「ほらね。カメラじゃない」

「じゃ、ペンと《解答欄》に仕掛けがあるんだな。タッチパネルみたいな仕組みになってて、おれらが壁に何か書くと、同じものが監視室のモニターに出る」

あくびのついでのような考察だったが、縋田も同意見だった。この仮説をたしかめる方法はあるだろうか。

少し考えてから、飛井に近づく。

「今日の解答はもう決まってる?」

「〈大地の果てまで侵攻せよ〉にするつもりだ。昨日書いたやつの手直しだが」

「君のペンを貸してくれないか」

「え?　やだよ」

「あのトースト、うまかったよな?」

飛井はしぶしぶペンを差し出した。縋田はそれを受け取り、《解答欄》へ踵《きびす》を返す。

おい、と飛井が止めるのもかまわず、借りたペンを使って〈大地の果てまで侵攻せよ〉と記した。

二秒後、部屋の右側――飛井のベッドがある側の赤ランプが点灯し、ブザーが鳴った。

「見たか。ぼくが書いたのに、君の側のランプがついた。君のペンを使ったからだ。記入者は人間じゃなく、ペンで判別されてる」

「……つまり？」

「このペンは見かけよりハイテクってこと。飛井の説はきっと正しいよ。ペンと壁とモニタールームが連動してるんだ」

「ペンを返してくれよ」施設の暮らしに慣れきった男は、ばつが悪そうに言った。「パンツを脱がされたような気分だ」

DAY 47～52

縋田は六日間かけて、いくつかの実験をした。

四十七日目。まず〈侵攻は続くよどこまでも〉という文を書くつもりで、〈侵攻は続くよ〉とだけ書き、そのまま零時を過ぎるまで待った。

ブザーは鳴らなかった。

零時を過ぎ、日付が翌日に変わる。それを待ってから、緺田は〈侵攻は続くよ〉の下に〈**どこまでも**〉と書き足した。そのまま何もせず、一日待ち続けた。

やはりブザーは鳴らなかった。

四十九日目。今度は十一文字よりも長い文を書いてみた。〈**山を越え谷を越え海を越え侵攻は続くよどこまでも**〉。

すべて書き終えた二秒後、不正解のブザーが鳴った。

五十日目。朝一で、壁の右端に一文字目を記した。一時間待ってから、二文字目を左端に。さらに一時間後、三文字目を真ん中に……というふうに、一文字ずつバラバラに解答を記してみる。

十一文字目を書いたところで、いつものようにブザーが鳴った。

五十一日目。すでに書き込みが密集している場所に、上から字を重ねるようにして解答を書いてみた。その十一文字は、緺田の目にはとても読めない代物になった。

だが、二秒後にブザーが鳴った。

五十二日目。〈**あ**〉とだけ書き、上から十回その字をなぞった。ブザーは鳴らなかった。その横に〈**あああああああああ**〉と書き足すと、二秒後にブザーが鳴った。

ひとつ結果が出るたび、緺田は〈棺〉のふたの裏側にルールを記していった。

①十一文字目を書かない限り、解答とは認識されない。

②日付が変われば、書き途中でも解答はリセットされる。
③十一文字を超えても、書き終えるまで判定はされない。
④同日内であれば、文字を書く位置や時間は判定に関係がない。
⑤文字の重なりは判定に関係がない（＝インクと判定は関係がない？）。
⑥同日内に同じペンで字を重ねた場合、⑤の限りではない。

結果を俯瞰《ふかん》して読み取れるものは何もなかったが、ひとつだけ気になったのは、どんな書き方をしても判定までの時間が変わらない、という点だった。

「書き終えると、二秒ですぐにブザーが鳴るよな。飛井はどう？　判定が出るまで、五秒とか十秒とかかかったことはある？」

「一度もない。たまにタイムラグが出ることもあるが、長くて三、四秒ってとこだな」

「早すぎると思わない？」

「そんなもんだろ。おれがテストの採点するときもそうだったぞ。小問ならひと目で正誤がわかる。マルかバツをつけて、次に進む。一秒もかからない」

元教師がそう言うなら、首肯せざるをえない。アプローチのしかたが間違っているだろうか。

縋田はペンの尻でこめかみを揉む。統括管理責任者になったつもりで、施設の全体像を思い描く。

彼ははっとして、飛井に尋ねた。

「同時に十人の採点をしたことは？」

「……？」

DAY 53

その日の《通話》の時間、緒田は八津にある質問をした。

「教授はたくさんの受刑者と《通話》してきましたよね。みんな、何時ごろ解答を壁に書いてると思いますか？」

『朝一で書き込むルーティンだったり、思いついた瞬間すぐ書き込む者もいるが……大多数の受刑者は、日付が変わる間際に書いていると思う。考案した十一文字が既出でないかどうか、《解答欄》と照らし合わせるのに時間を食われるためだ』

「大多数というと？」

『わし個人の感覚では、七割くらいだね。わしも菊尾も毎日零時前に書くし。まあ、わしらの場合は既出つぶしというより、ただ習慣づいてしまっているだけだが……。なぜそんなことを聞くのかね』

「二十三時五十分から零時までの十分間で、七百人分の解答が集中するとします。でも、どんなタイミングで書いても必ず二秒で判定が出る。人間がモニターなどを見て判定してるとしたら、正確すぎると思いませんか」

『で、君の考えは？』

「人間は判定していない」

一呼吸の間を置いてから、教授は応えた。

『この施設は可能な限り自動化されているし、そう考えたほうが自然ではある。しかし、たしかめる方法はない』

「ひとつ思いついたことがあって、今夜ためしてみるつもりです」

『いいかね、縋田くん』老教授は穏やかに助言した。『探求心があるのは君だけではない。十年の間に何百人もの囚人が判定の裏をかこうとした。そして、全員があきらめてきた。我々のおかれた状況はエドモン・ダンテスよりも、ヴァン・ドゥーゼン教授よりも深刻だ。最善策は、環境に適応することだけだ』

過度な希望は禁物だよ。八津がそう結ぶと同時にシャッターが閉じた。

無駄かもしれないことは縋田にもよくわかっていた。しかしいまはこれしか打つ手がなかったし、試行錯誤がいい暇つぶしになっている面もあった。やらないよりは、ましだ。

「飛井。今日の解答は、ぼくの言うとおりに書いてくれないか」

「しょーがねーな」

《メモ欄》の官能短編は完成に近づきつつあり、飛井は上機嫌だった。

二十三時五十五分。
二人は同時に壁に向かい、今日の解答を記した。
縋田の十一文字は〈変な臭いがする　救援求む〉
飛井の十一文字は〈部屋臭い　ガス漏れ可能性〉
二秒後にブザーが鳴り、両者の不正解を知らせる。当然それはわかっている。縋田はベッドに座り、待ち続ける。
消灯時間になった。飛井のいびきが聞こえだしたが、縋田は眠らず、廊下を見つめ続けた。闇に目が慣れるにつれ、視界にドアの輪郭がぼんやりと浮かび上がる。その輪郭から目を離さなかった。
二時間待っても景色は変わらなかった。

DAY 54

昼過ぎに職員二名がやってきて、076号室のドアを開けた。

ひとりの職員が銃を縋田たちに向け、もうひとりが室内を見回った。手に持った計器で何かを測っているようだ。

チェックを終えると、職員は囚人たちに近づいた。ヘルメットのシールドに縋田の顔が映り込んだ。

「昨日、妙な書き込みをしたな」

「ガスのにおいがしたので、パニックになってしまい……どなたかに来てもらおうと」

「いまもにおうか」

「いえ、特には」

「解答以外の書き込みは罰則だ。二人とも明日は食事抜き」

「ですが、十一文字に留めました」

「十一文字なら解答になりますよね？」

緦田は淡々と言い、飛井も機嫌をうかがうようにつけ足す。職員たちは無反応だった。

「明日は食事抜きだ。以上」

ブーツの足音が去っていき、ドアの施錠音が響く。

続けて飛井の舌打ちが鳴ったが、その音はどこか軽快だった。

「明後日の食事はおれに分けろよな」

「いいとも」緦田も緊張を解いた。「仮説がたしかめられたぞ」

ガス漏れ。

千人が収容されている施設においては死活的な事故だ。人間がそのSOSを見たなら、たとえ虚偽の可能性が高いとしても、なんらかのアクションを起こすはずだ。

だが、職員が来たのは十二時間後だった。

あの統括管理責任者のもとで働く職員たちは、それほどまでにズボラなのだろうか。囚人が不手際で大量死しても、彼らは責任を負わぬのだろうか。

あるいは――

「人間じゃない」緒田は確信とともにつぶやいた。「AIがやってるんだ」

機械が、書き込まれた文字を識別している。

記入者のペン。記載の順番。そして、識別した文字列がパスワードに合致するかどうか。それだけを基準に判定し、自動でブザーを鳴らしている。だからすぐに判定が出るし、古い書き込みと重なった字も読み取れる。

「たしかめたところでなんの意味があるのか、おれにはわからんな。これも取材の一環か？」

飛井がぼやく。緒田は控えめにうなずいたが、目には光が宿っていた。

ストーリーの形はまだ見えない。

だが、取材は順調に進んでいる。

DAY 57

短編が完成した。

《メモ欄》の少し高い位置を埋めたそれは、無人駅で夜を明かすことになった男が、寝ている間に謎の美女に襲われる——という怪異譚めいた内容だった。結局飛井をモデルにはせず、誰でも感情移入できるようなサラリーマンを主人公にした。小さく書いたためにあちこちで字がつぶれていたが、なんとか読めるはずだ。スペースの都合上、簡素であけすけな表現が多く、行為もさらっと終わってしまい、そこは反省点である。本来の緒田の作品はもっとねっとりした描写が持ち味だ。とはいえ、こんな場所で文学を気取ってもしかたがない。

読者第一号の反応は、官能作家冥利《みょうり》に尽きた。飛井は息を荒らげ、鼻先まで壁にくっつけ、文字に食いつくようにして読んだ。

ひととおり興奮が収まったあと、二人はそれぞれのベッドに寝転び、感想や次作のアイデアをだらだらと語り合った。

「わるいけど、もうひとつのリクエストを書く余裕はなさそうだ」

「いいよ、べつに。書いてもらったところで夢物語だ、虚しいだけさ」

「そんな言い方……。もしここから出られれば、また家族で……」

「死んだんだよ」

緒田は思わず身を起こす。

飛井は両手を枕にしたまま、天井を見ていた。

「おれがしょっぴかれるとき、妻が抵抗したんだ。で、撃ち殺された。おれが最後に見たシャバの景色は、アスファルトに横たわるあいつと泣き叫ぶ娘だった。……ときどき思うんだ、なんでおれだけ生きてるんだろうって。おれもド派手に暴れ回ればよかったんだ。撃ち殺されて、あいつといっしょに逝けばよかった。とんだ臆病者だよな」

まあ、だからべつに短編はいいのさ。飛井は寝返りを打ち、縋田に背を向ける。

縋田は静かにベッドから下りた。足は飛井のもとへ向かいかけたが、途中で進路を変え、部屋の隅に立った。

監視カメラを見上げる。

それは縋田なりの宣戦布告だった。何も言わず、にらみつけるでもなく、ただレンズの向こうにいる誰かへ、その奥にいる管理者たちへ、自分たちを檻に入れたシステムそのものへ、まなざしをぶつけた。

体の中に火が灯った。

DAY 58

《通話》の時間、縋田は八津に話しかけた。

「教授は、大学で漢字の研究をされていたそうですね」

『ああ』

「お願いしたいことがあるんです。通話口に近づいてください」

縋田はポケットから二枚綴じの手引書を出し、一枚をちぎり、通話口の中に差し入れた。

「おい、馬鹿」とたんに飛井が叫んだ。「言っただろ、ここじゃ紙はものすごく貴重なんだぞ。自分から渡すやつがあるか」

「貸すだけだ」

「返ってくるわけないだろ！」

飛井は《解答欄》の電子パネルに指をつきつける。日付は〈11／27〉。

「あと何日かで部屋が変わるんだぞ。このましらばっくれて連中はおさらばだ」

通話口の向こうから、受け取ったよ、とマイペースな声が返る。

『わしにどうしろと？』

「存在しないひらがなと、漢字を作っていただけませんか」

『なんだって？』

「一見すると既存の字と似てるけど、よく見るとぜんぜん違う――そんな字です。十文字ずつくらいあると嬉しいかな。その紙に書いて、ぼくに返してください」

『何をする気だね』

「ここから出るんです」

無機質な裂け目の向こう側で、老人が自分を見つめているような気がした。ひげの生えた男がうつむき、顔のしわを深めながら思案する姿を想像した。

やがて通話口から、ため息が聞こえた。

『三日くれ』

DAY 61

八津は約束を守った。

076号室で過ごす最終日。シャッターが開くと同時に、折りたたんだ紙がスリットの向こうから現れた。紙はひらひらと舞い、縋田のベッドの上に着地した。裏面の余白に、平行世界の言語めいた奇妙な文字が並んでいた。しんにょうに〈喪〉を組み合わせた漢字や、〈ね〉と〈な〉の中間じみた仮名《かな》。どれも達筆である。

『漢字風のものが十文字、ひらがな風のものが十文字だ』

「ありがとうございます」

『その文字を壁に書く気かい』

「ええ。明日には部屋が変わるので、結果をお伝えすることはできないんですが」

『いや、久々に頭の体操ができて楽しかったよ。君の健闘を祈る』

『ここはきっとメールシュトレームだ。シャトー・ディフじゃない』

八津とは異なる、野太い男の声が聞こえた。初めて菊尾が発言したことに、遅れて気づいた。

「書かないのか?」

「もうすぐ書くよ」

二十三時五十分。飛井は自分の解答を終え、縋田は廊下を見張り続けていた。会話する間も視線ははずさない。

「その字、どう使うんだ?」

「AIだって完璧じゃないだろ。文字をうまく識別できなかった場合、どうなると思う」

「問答無用で不正解さ。汚い字を書いたそいつが悪い」

「でも万が一、その十一文字が正解だったら?　考えてみろよ、解答そのものは壁に残り続けるんだ。既出扱いになるから、ほかの受刑者は絶対に同じ文を書かない。一度でも正解が見逃されたら、誰も正解できなくなって、ゲームの前提が崩れる」

「わかったわかった」飛井はうっとうしそうに片手を振った。「じゃ、そうだな……読み取りエラーが出た解答だけは、職員が直接判定するとか」

「そうだよ。きっとそうなる」縋田は異界の文字リストを広げた。「いまからそれをたしかめる」

「どうやって?」

「時間を計る」

待っていたものが来た。

巡回の二人だ。

縋田はリストを握りしめたまま、《解答欄》へと向かう。ペンのキャップを口にくわえ、はずす。

いくつかの仮説をまとめ、考えたことがあった。

職員の数は一フロアにつき五人。普段はモニタールームのような場所で、ひとり十部屋ずつを監視している。正午と真夜中の巡回時、二人がそこから離脱する。

モニタールームに残っているのは、いま、三人。

エラー後の目視判定を請け負うのも、その三人だ。だが彼らは、通常の監視業務も続けなければならない。いくつものモニターに目をこらす通常業務のほうが、当然負担は大きい。

監視に二人、エラー対応にひとり――自然と、その形で分かれるのではないか。

つまり、いまエラー対応を請け負っているのは、ひとり。

縋田はカメラの死角になるよう、いつもより壁に接近する。これから起きることを想像しながら、異界の文字を記していく。

解答を記す。ＡＩがそれを読み取る。エラーが出る。音やポップアップで職員にそれが知らされる。午前零時前、囚人たちの解答が集中する時間帯。ほかの部屋からも悪筆などによるエラー報告は複数出ているだろう。エラー対応の職員が、あくびをしながらそれを処理していく。ふいに映し出される、見たことのない文字列。ぎょっとするはずだ。職員は目をすがめ、何と書いてあるか読み取ろうとする。同僚に「これ、読めるか?」と尋ねさえするかもしれない。

普通だったら、判定は二秒。

この場合は?

縋田は十一文字目の線を引き終える。時計の秒針をにらみながら、ペン先を離す。

一秒、二秒――

三秒。

四秒。

ブー。

「おい」と、飛井。「鳴らないぞ」

不安でかすれた、けれど高揚をはらんだ声だった。縋田は時計を見続ける。垂れた汗が目に入り、右の視界がぼやけたが、まばたきすらしなかった。

赤ランプが点灯し、ブザーが鳴った。

六十一回目の挑戦。存在しない文字で記した解答。結果は当然、不正解。

判定までは、八秒かかった。

「一歩前進だ」縋田は右目の汗を拭う。「エラーが出たときは、人間が目視で判定する」

「で、これって何かの役に立つのか？」

「わからない」続けた言葉はほとんど負け惜しみだったが、少しだけ本心も混じっていた。

「でも、ぼくらは人文学徒だ。人間が相手なら、戦いようがあると思わないか」

DAY 62

〈びんぼくじ　ふくろだたきの　副産仏〉

〈解釈　我は不運にも捕らえられ、体制側に嬲《なぶ》られた末、死を選び仏となるが、死骸は闘争の副産物にすぎぬ。体制に抗った強い意志こそが、我の主産物である〉

〈無理がある〉

〈「びんぼう」と「ふく」をかけた点はおもしろい〉

ベッドのすぐ横には、筆跡の異なる字でそんなことが書いてあった。誰かが残した辞世の句に、あとから来た者たちがコメントを加えていったようだ。

緖田は新たな部屋を見回す。

部屋番号は〈224〉。《解答欄》のキーワードは〈自由〉だった。明るいイメージの単語だが、壁面には、**〈自由で幸福な東土の国民〉〈節制はいつか自由へ続く〉〈大陸は東土政府の自由帳〉**といったひとりよがりな標語が並ぶ。直近に〝折れかけ〟の者が暮らしていたと見え、《メモ欄》にはダイナミックな殴り書きが目立った。たすけてくれ。もういやだ。ここから出せ。感情をそのままぶつけた悲痛な叫びの数々から、緖田は目をそむけた。

朝食時に、職員のベストを確認する。シールには〈5－A〉と書いてあった。201から

250号室は五階にあるはずなので、仮説が裏付けられたといえる。

絹田は飛井とスーパーボールキャッチで戦い、水垢まみれの洗面台をピカピカに磨き、そのあとはずっと《解答欄》を眺めた。インクが色あせた一角に、興味深いものを見つけた。それはどうやら〈**敵の存続は自由への冒涜**〉という解答のようだったが、最後の〈涜〉はさんずいまでしか書き込まれていなかった。その人物の字は全体的にバランスが悪く、特に〈冒〉は真ん中が大きく開いていた。

絹田は起きたことを推理した。AIは十文字目の〈冒〉を〈日〉と〈目〉の二文字だと識別し、合計が十一文字になったため、そのまま判定に移ったのではないか。記述者は〈涜〉の字を書いている途中でブザーを食らい、記入を投げ出したのではないか。しかし納得できない部分もあった。絹田が十一文字以上で実験したときは、文を書き終えるまでブザーは鳴らなかった。それに、記入と識別のこうした食い違いは頻繁に起こりそうなものだ。この施設のAIはその程度の補正もできないほどお粗末なのだろうか。

「何文字目から判定してるんだろう」

シャワーのあと、体を拭いている飛井に尋ねる。粘り強い交渉の結果、今月は絹田が先に体を洗う権利を有していた。

「何文字目って?」

「つまりさ、当たり前だけど、ぼくらは一文字ずつ解答を書くだろ。判定者が人間なら、三文字くらい書いた時点で正解と合致してるかどうかはすぐわかる。AIはどうなのかな、と思って。十一文字目を書くより前に判定は出てるのかな」

「アルキメデスの真似してると風邪ひくぞ」

素っ裸のまま思索する緇田を後目《しりめ》に、飛井は服を着始めた。

223号室の住人は五年目の広松《ひろまつ》という男と、四年目の父原《ちちばら》という男だった。緇田が自己紹介し、短編を各部屋に残していくつもりだと話すと、広松はひどく喜んだ。

『あのさ、男同士は書ける?』

「書いたことはないけど」

『いくつかの話は、そうしてもらえると嬉しいな。ボクも最初は趣味じゃなかったんだけどさ、こんな場所にいると、どうしてもね』

そういうこともあるだろうとは思っていたので、緇田はうなずいた。

『肉体関係はわるくないよ。部屋によってはいがみ合って、殺し合っちゃうやつらもいるだろ? でもそういう関係になりゃ、殺すってわけにゃいかないもんな。ボクらはもう何年も平和に過ごしてるよ。父原はすごくいいやつなんだ。システムエンジニアだったらしいけど、趣味でオペラをやっててさ。毎月新曲を作ってくれるんだ。いま歌ってもらおうか?』

「あー、いや、また今度に……待った。前職がなんだって?」

通話相手を父原に代わってもらう。

彼は地図アプリの開発者で、他国への技術漏洩《ろうえい》の濡れ衣で投獄されていた。判定システムについても独自に予測しており、やはりAIが運用されているという読みだった。

緒田が文字の識別法について尋ねると、低音の美声が返った。

『難しいことは何もやってない。大量の手書き文字のサンプルをぶちこんで、傾向をつかませる。それだけだ。トライ&エラーで何百万回も試行するうちに識別の精度が上がっていく。そうやって構築したデータベースを、入力された線の塊と照合して、一番近い形の字をはじき出してる』

「識別は一文字目から始まってると思う?」

『いや。文が完成してから、熟語ごとに識別したほうが精度は上がる。十一文字以上書き込んだことはあるか?』

「あるよ。書いてる間は判定が出なかった」

『おそらく、書き終わらない限り識別も始まらない仕様だ』

「でも〝書き終わり〟はどう定義してるんだろう? 君が開発者ならどんなふうに作る?」

『一概にはいえないが、効率と正確性を両立させるなら……おっと』

シャッターが閉じた。

緒田はうめきつつも期待を抱いた。父原の性格はいかにも硬派で、信頼できそうだ。

待ちに待った《通話》の時間、緒田は父原に呼びかけた。

「話の続きを」

『なんだったっけ』

「書き終わりの定義」

『ああ、それか。おれならペンを基準にプログラムする。ペンが壁から離れて、再び接触しないまま一定時間経過したら、識別を開始。識別の結果が十文字以下だったら保留。十一文字以上なら判定に移行。読み取れない字が生じた場合はエラーとし、職員の目視に回す』

たしかに〝書き終わり〟を物理事象と捉えるなら、ペンが壁から離され、それ以上接触しない状態を指すだろう。接触・非接触はＡＩにも判定可能だ。中途半端な〈冒涜〉の謎も解けた。記入者は〈涜〉の字を思い出せず、一定時間以上考え込んだのだ。

「その時間っていうの、父原なら何秒に設定する？」

『昨日ヒロとも話し合ったが、一秒じゃ短すぎるだろうな。漢字を忘れたときなんかは筆が止まることもあるし。かといって、長すぎても判定までのタイムラグが出る』

「それじゃ……」

『二秒だ』

二十三時過ぎ、緒田はペンのキャップをはずし、《解答欄》に十一文字を書いた。**〈自由は無風の航海に似る〉**

書き終えてもペンを離さず、壁に押しつけ続ける。〈る〉の円のつけ根にインクがにじみ、小さな黒丸ができた。ブザーは鳴らなかった。

一分待ってから、そっとペンを離す。

二秒後にブザーが鳴った。

縋田は〈棺〉のふたを開け、新たなルールを書き足した。

⑦二秒以上ペンを離さない限り、判定は行われない。

取材が実を結びつつある。そんな気がした。

DAY 70

夕方、統括管理責任者と三人の職員が廊下を横切った。

近くの部屋で死者が出て、〈棺〉の回収に来たのだとわかった。縋田はガラスに駆け寄りたい気持ちをこらえ、あえて無視した。施設が求めているのは《解答欄》で実験を繰り返すような受刑者ではたぶんないだろう。これから何をするにしろ、なるべく目立つまいと決めていた。

彼らが去ってから、〈棺〉のふたを開く。並んだルールを見つめ、頭の中でこね回し、アイデアが降ってくるのを待つ。もう何日もそれを繰り返している。さんざん眉間にしわを刻んだ末、今日も絻田は匙を投げた。もともとたいして飲むほうではないが、むしょうに酒がほしくなった。

〝正解者〟に思いを馳《は》せる。

唯一の出所者。二週間でパスワードをあてた伝説の囚人。二二九七の十一乗分の一という、途方もない博奕に勝った中学生。偶然だとしたら、奇跡の範疇《はんちゅう》すら越えている。到底人間業ではない。

彼はいったい、どんな思考をしたのだろう。

DAY 80

「いいかげんにしてくれねーかな」

ある夜、飛井が痺れを切らした。

今日の絻田は最後と最初をつなげながら〈そ〉〈そ〉〈そ〉……と十一回書き、結果を待っているところだった。予想どおりブザーは鳴らない。ここ数日で判明したことだが、線がつながっている限りどんなものも〝一文字〟と識別されるようだ。

「べつに、君に迷惑はかけてない」

「いいや、かけてるね。あのさ、部屋ごとにキーワードが決まってることと、二度同じ部屋に来る確率が低いことは話したよな。おれらが〈自由〉を使って文を作れるチャンスはこの部屋にいる間しかないんだよ。別の部屋で作っても既出かどうかの確認ができないからな」

２２４号室の壁にはすでに七千個の解答が書き込まれており、その多くが〈自由〉という単語を含んでいる。壁面は《解答欄》であると同時に、試行履歴のアーカイブでもある。

「本来なら二人で協力して、少しでも正解っぽい文をつぶしてくのがスジだ。あとからこの部屋に来るやつらも参考になるだろ。でも、おまえは馬鹿な実験でチャンスを浪費してる。一度しかない貴重なチャンスを。おれらからすれば大迷惑だ」

おれら——飛井は複数形を用いた。

そういえば一日目、飛井は縋田が解答を書くまで待ち、その後「参考になりゃしない」とぼやいていた。この施設の秘密に縋田はまたひとつ気づいた。囚人たちは群体なのだ。全員が協力し、岩山をスプーンでかき崩すように、解答の範囲を少しでも狭めようと努力している。

「でも、これは……長い目で見れば、みんなの役に立つはずで」

「そんな日はこねえよ。無駄な研究に時間を使うな」

「東土政府みたいなことを言うじゃないか」

「なんだと」

飛井は縋田をにらみつけたが、すぐに首を振り、ベッドに寝転んでしまった。殴り合っても意味がないことは縋田にもわかっている。「ごめん」と言い足す。

「縋田。おまえ、どうして捕まったんだ」

その質問をされるのは二ヵ月ぶりだった。緒田は《解答欄》に視線を流した。

自由、自由、自由。

「官能小説を書いたんだ」

「検閲にひっかかったのか」

「うん。でも、問題だったのは官能描写じゃないんだ。いろんな業界を題材にするって言っただろ。その小説では、警察官が主人公だった」

サスペンス仕立ての作品で、スパイ容疑のかかった少女に取調官が誘惑され、築いた地位が崩れていく——という内容だった。この本は警察に対する侮辱であり、東土政府の治安政策を愚弄している。そんな指摘がなされ、議論が生じた。

緒田は最初、くるならこい、という気概だった。娯楽の規制が強まる中、彼も作家の端くれとして多くの同業者と連携し、自由な創作を呼びかけていた。官能小説や性表現が批判されるたび仲間たちは論陣を張り、規制派に対抗していた。今回もそうなるだろうと思っていた。

仲間は誰も助けてくれなかった。

海が凪いだようにみなが口をつぐんだ。政府の批判はまずいよ、と苦笑いで緒田の肩を叩いた。逮捕は緒田にとって大きなショックではなかった。それよりも同業者たちの見せた反応が、あの苦笑いが、胸につかえて離れなかった。

彼らは、何を守ろうとしていたのだろう。

語り終えると同時に照明が落ちた。緒田は毛布を引き寄せ、寝返りを打った。遠くから空調の音だけが聞こえる。施設の室温は常に一定に保たれている。壁の文字と同じ色をした生ぬるい闇に体を覆われ、自分が均質でぼやけた存在に変わってゆくのを感じた。

「あのさ」ふいに飛井の声がした。「おれはおまえの味方だよ」

それから、いびきが鳴り始める。

縋田は耳をふさがず、いつまでもそれを聞いていた。

DAY 93

年が明けた。

移った部屋は189号室。キーワードは〈我慢〉。夕食に白玉の浮いた雑煮が出たが、正月を感じさせる出来事はそれだけだった。新年の訪れは抗いようのない時の流れを実感させ、縋田たちをむしろ憂鬱にした。飛井も隣室になった者たちも同じ気分らしく、牢の会話はいつも以上に弾まなかった。

壁に十一文字を書く。

地球のどこかに埋まった一粒の砂金をスコップで掘りあてようとするような、無駄なあがきをひたすら続ける。書いては間違え、書いては間違え、賽《さい》の河原の模倣じみた無限に終わらぬ罰を受ける。

だが考えてみれば、檻に入る前やっていた仕事もこれと同じかもしれなかった。

あらゆる文章には、正解の形が必ずある。

とどのつまり〝文字〟という記号の集合なわけだから、理想の順列が存在する。ものを書くということは、それを探すということだ。脳を絞り、試行錯誤し、取捨選択し、削除し、書き直し、推敲し、また書き直し、最終的にこれしかない、と思える会心の一文を置く。本当に正解かどうかの判断はつかぬまま、次のセンテンスへ移り、また同じ苦行を続ける。何度も、何度も。

それは一種の刑罰のようなものではないか。

自分たちは望んで檻に入った愚者であり、求道者であり、数寄者《すきもの》なのではあるまいか。

夜、まどろみの中、縋田は執筆の夢を見た。自宅のデスクに座り、パソコンを開いている。ところが両手はキーを叩かず、頭をかいたり、頬杖をついたり、マグカップに伸びたりしてばかり。

官能小説は語彙《ごい》との戦いだ。いきりたつ獣、ビーナスの丘、濡れそぼつ真珠——ありきたりな表現は出尽くしている。猥雑《わいざつ》と芸術の境目をくぐるような巧みな比喩、本能を刺激しつつ文学の地平を拓くような新たな表現が、常に求められる。縋田はそうした作業がからきし苦手だった。必死にやれば出ないことはないが、とにかく時間がかかった。筆が止まってしまったとき、彼はよくスペースキーを叩いて空欄をあけた。表現の創出はあと回しにし、ストーリーを進めていった。結果的に原稿が虫食いだらけになることもしばしばで、一度書きかけのデータを編集者に見せたときは大笑いされたものだった。

縋田は目を開ける。

ある思いつきが飛来した。

それはひどく馬鹿げていて、子どもじみたアイデアだった。だが馬鹿げすぎているがゆえに、誰もためしたことがない方法かもしれなかった。

DAY 95

「いまからぼくが十一文字の文を書くから、意見を聞かせてくれ」

縋田はおもむろに切り出した。

何十度目かのスーパーボールキャッチ選手権が開催され、飛井が王座を奪還し、コップを回しながら水を飲んでいる最中だった。同居人は勝利の余韻にひたっており、快くうなずいた。

二日かけて考えたことをもう一度まとめてから、縋田はペンのキャップをはずす。

まず《メモ欄》の壁面に、こう書いた。

○○○○○○○○○○○

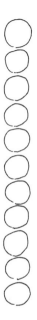

それから最初の円の中に、ひらがなを書き足した。

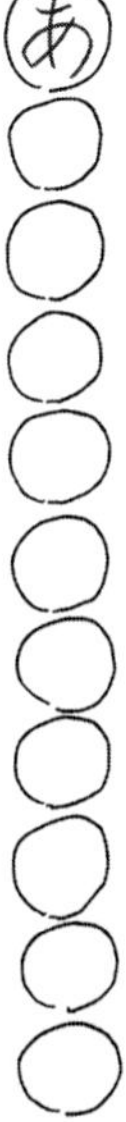

壁から一歩さがる。

奇妙な無言の時間が過ぎたあと、飛井は首をかしげた。

「続きは?」

「もう書いた。十一文字だ」

飛井は眉を上げた。ベッドに座り、説明を求めるように腕を組む。

「これを《解答欄》に書いたとする。十一個の記号の塊だから、解答と定義されて判定が始まる。でも〇で囲んだ一文字目は、どのフォーマットにも存在しない字だ。ＡＩはエラー判定を出す。エラーが出ると、どうなる?」

「職員が目視で判定する。あんたの仮説によれば」

「そう、人間が見る。そして、いまの君と同じ反応をする」

人の脳はそういうふうにできている。

空欄の最初の一マスだけが埋まっていれば、書き途中だと錯覚する。

「まあ、そうかもしれんが……まだ話が見えないぞ」

「職員の立場で考えてくれ。たとえば、正解パスワードが〈とびいのスーパーボール〉だったとするよな」

「その解答はまだためしてないな、今日書いてみるよ」

「真面目に聞いてくれ。君は職員で、正解パスワードを知ってる。囚人がこの空欄つきの解答を出してきたとする。少し待っても〈あ〉から下を書く素振りはない。どうする?」

「すぐ不正解のスイッチを押すね。一文字目が〈と〉じゃないんだから、そのあと何を書いたって不正解に決まってる」

「じゃあ、一文字目が〈と〉だったら?」

飛井の表情が、はっと弛緩した。スーパーボールをくわえこんだみたいにあごが開き、まぶたがパチパチと動いた。

どうやら話が見えてきたようだ。

「答えろよ、〈と〉だったらどうだ? 正解が書かれる可能性がある。だから君は、しばらく慎重に見守る。記入者が次の行動をとるまで。違うか?」

「あんた、まさか……」

「この空欄方式を五十音で一文字ずつためしていく。判定に普通よりも時間がかかる文字があったら、それが正解の一文字目を成す可能性は高い」

飛井の一言目は「馬鹿か?」だった。

「わかってると思うが、パスワードには漢字も含めるんだぞ。一文字目が仮名って保証は何もない」

「いや。正解パスワードは、仮名を多く含むと思うんだ」

「なんでだよ」

「076号室で見ただろ。塗りつぶされたあの部分だよ。ほかの字と比べてスペースはかなり小さかった。漢字なら、字がつぶれてうまく読み取れないはずだ」

飛井と二日目に交わした会話も、発想の背中を押していた。

十一文字は作りにくい。自分なら、文字数を調整するとき漢字をひらく。

正解パスワードも、そんなふうにひらがな主体でできているのでは？

「いや……いや、待て。手引書にもあったが、記号はパスワードに含めない。空欄を書いてる時点でそもそもルール違反ってことだ。職員の間で問題視されるぞ」

「毎日この方式で書くわけじゃない。週に一度、間をあけながら慎重に進める」

「いや、それでも無理だろ。いまのおれみたいなリアクションがもらえるのは初見の一回目だけだ。『こいつはしょっちゅう空欄を書く』って職員に知られたら、次からは即不正解になる」

「知られないんだよ。最近確信を持ったけど、巡回で現れる職員には曜日ごとに法則性がある」

縋田は部屋を移りながらも職員たちの観察と記録を続けており、これはその結果気づいたことだった。月曜に〈身長180（猫背）身長165（小太り）〉と記録すると、翌週の月曜にも同じ特徴のコンビが現れた。火曜も、水曜も、巡回で現れるペアは固定されていた。

「職員は一フロアにつき常時五人。きっと七～八人が日勤のローテを組んでる。巡回係が曜日ごとのシフト制なら、モニタールームでエラー対応する係も曜日ごとに替わるはずだ。曜日をずらしながら空欄をぶつけていけば、一フロアにつき七回は〝初見〟の反応が見れるってことだ。うまくやれば十フロア分、つまり七十回はためすことができる。カタカナは無理でも、ひらがなだけなら九割方さらえる」

「そんなやり方じゃ何ヵ月もかかるぞ」

「一年くらいかかるかもね。でも、一年我慢してパスワードの一文字目がわかるなら、安いものだと思わないか」

「…………」

「それに、可能性が高そうな字からつぶしていくつもりだ。ほら、〈ぬ〉とか〈れ〉から始まるパスワードは想定しづらいだろ。〈か〉とか〈し〉から始まる単語のほうが数は多い」

飛井はじっと考え込み、大きくかぶりを振る。同時に汗が散った。

「空欄は《解答欄》の中じゃかなり目立つ。ほかの囚人にも、チェックに来た職員にも、やってることがばれるぞ」

この反論も予想していた。緇田はペンのキャップで空欄を叩いた。

「この線、色が薄いと思わないか」

「そうだな。あんたのペン、インクが切れかけてるみたいだ」

「わざと切らす。その状態で書く」

隣の部屋まで聞こえそうな、「はあ?」という声があがった。

「ほかの解答の上に解答を重ねても、判定はそのまま行われた。AIにとってインクの有無は関係ないんだよ。このペンがタッチペンで、壁がタッチパネル。ペン先をつけてなぞるだけで向こうには線が入力される。インク切れのペンで書けば、壁に履歴を残さずに解答し続けることができるはずだ」

「待っ……ちょ、ちょっと待ってくれ」飛井はベッドに腰を据え直す。「インクなしに、どうやって正確な字を書くんだよ」

「書くのは空欄とひらがなだけ。目をつぶっても書ける」

「いや、あんたさっき、空欄をためすのは週一って言ったよな。ほかの解答するときはどうするんだよ? 見えずに書いたらめちゃくちゃいびつな字になるぞ。エラーばっかり出したら、どのみち連中にマークされる」

「普段の解答はバラバラに書く」

「バラバラ?」

「これも前に実験した。壁のあちこちに字を分散させても、いつもどおり判定が出た。重要なのは引いた線と順番だけ。字と字との距離が十センチでも一メートルでも、AIにとっては同じってことだ。十一文字目を書かない限り判定は始まらないから、時間もたっぷりかけられる。普通に書くと字が重なったり曲がったりしそうだけど、場所をずらしながら慎重に書いていけば、綺麗な字にできると思う」

飛井の膝が神経質に揺れ、緋田から壁の空欄へと視線が移ろった。やがて、彼は眼鏡をかけ直した。

「おれにどうしろってんだ。手伝えってか？」

「そうじゃないけど……ただ、どう思うかな、と思って」

「おれの意見は最初に言ったとおり、『馬鹿か？』だ。まあ、やりたいなら止めないさ」

皮肉屋の相棒にしては上出来だった。


緋田は飛井と話し合い、優先すべきひらがなを決めた。〈し〉〈か〉〈こ〉〈き〉〈い〉〈お〉。その字から始まる単語が特に多い六文字。国語教師のお墨つきである。

緋田は《メモ欄》の端に大きな黒丸を書き、インクを完全に消費した。そのあと飛井にペンを借り、手引書の二枚目の裏面に、まるで小学一年生のように、濁音・促音まで含むひらがなのリストを書いた。一枚目の裏面は八津の創作文字ですでに埋まっている。貴重な二枚目の余白は、こうして消費された。曜日の数え間違いを犯さぬよう、〈棺〉の側面にはカレンダーを書いた。

零時が近づく。

緋田は廊下を見張り、巡回の二人が現れるのを待つ。

二十三時五十七分、いつもより五分ほど遅れて、職員たちが廊下を通った。縋田はすぐさま《解答欄》に向かい、乾いたペン先を壁につけ、透明な線を引き始めた。〈し〉を書き、その字を円で囲む。その下に十個の円を書き連ねる。

壁からペンを離す。

飛井は秒針を見つめ、カウントを始めている。一秒、二秒。三秒を過ぎてもブザーは鳴らなかった。エラーが出て、職員のチェックが入っている。ここまでは想定どおり――

四秒弱で、ブザーが鳴った。

部屋中に反響したそれは、試合開始のサイレンに似ていた。長い長い試合の開始。二人は顔を見合わせ、うなずき合った。

縋田はリストの〈し〉にバツをつけた。

DAY　96〜135

日々は淡々と過ぎた。

縋田は必ず七時に目覚めるようになった。体が部屋の配置を覚え、目をつぶったままでもトイレに入り、歯を磨き、衣服をたためるようになった。かじったものを舌の上で転がし、わずかな塩味の差まで味わい尽くす癖がついた。筋肉がついたかわりに、日光にあたらぬ肌からはみるみる血色が失せた。暇つぶしに始めたボイスパーカッションが上達し、飛井とのセッションはスーパーボールキャッチに次ぐ娯楽となった。一度下痢をし、幸い数日で治ったが、薬ももらえぬ状況で寝込むのはひどく心細かった。

でも、飛井にペンを借りて壁に短編を書いた。真面目な学生カップルが性の泥沼にはまっていく話と、屋敷の庭師として雇われた男が令嬢と一線を越えてしまう話。430号室での執筆中、縋田はふと、隣に古い書き込みを見つけた。それは〈ここから出られた者がいたら次の住所を訪ね、妻に愛してると伝えてほしい〉という伝言であり、〈八津〉とサインが記してあった。

〝空欄〟を用いたローラー作戦は亀の歩みで進行した。

八日に一度、曜日と巡回の顔ぶれを確認したうえで、壁面をなぞる。一ヵ月かけて、〈か〉〈こ〉〈き〉〈い〉をためした。どれも三〜五秒程度でブザーが鳴り、チェックリストにバツが増えた。

　正直なところ、実験の手ごたえはなかった。判定システムも職員のローテーションも、すべては縋田の仮説でしかない。監視カメラの向こうでどんなことが起きているのか、囚人には一切わからない。星座を眺めながら神々の話を夢想するのと同じだ。

　日が経つにつれ頭が冷え、自分は間違っていたという気がしてきた。虚無感が再び縋田を侵し、リストを見返すのが苦痛になった。二枚しかない貴重な紙を、なぜこんなふうに使ってしまったのだろう。それでもなかば意地のように巡回の監視と記録を続け、インク補充も断固として申請しなかった。

「やっぱりやめねーか」

　ついに飛井が不満を発した。

　開始から四十一日目、六度目の実験。縋田は《解答欄》に〈お〉を書き込んでいるところだった。

「見てらんねーよ、毎度毎度。明日インクの申請してさ、普通のスローガン作りに戻ろうぜ」

「いまさらやめられないよ」

「東土軍みたいな言い分だな」

「君だって賛成しただろ！」縋田は語気を強めた。「普通の解答よりはこっちのほうが有意義だ」

「どっちも無意味さ」飛井が近づいてくる。縋田の頰に唾が飛ぶ。「いいか。おまえが現実と向き合えないならはっきり言ってやる。無理なんだよ！　出られないんだ。どんなやり方でもおれたちは一生出られない。ノーヒントで十一文字をあてるなんて不可能だ。何が空欄だよ。ＡＩ？　ひらがな？　全部妄想だろ」

「待って、飛井」

「待たないね。だいたいおまえは……」

「待ってくれ」絽田は目を見開いていた。「ブザーが鳴らない」

飛井もぎょっとして、絽田の手元を見た。

絽田は解答を終え、すでに壁からペンを離している。カウントもとっくに始めている。七秒。八秒。九秒。すべてが静止したような沈黙の中、秒針だけが動き続けていた。

「空欄、ちゃんと十個書いたか」

「書いたよ」

「数え間違いじゃないか」

「指で数えながら書いた。間違いない」

低い声で話す間も、男たちは時計を見続ける。ペンが折れそうなほどこぶしを握る。識別は済んだのか？　解答は職員のもとに届いているのか？　確認のすべはブザーしかない。早く鳴ってくれ。いやだめだ、まだ鳴るな。あと少し、もう一秒だけ。矛盾した祈りが渦巻き、救いを求めるように吐息が震え、そして、
ブザーが鳴った。

「……十八秒かかった」

わずか十八秒。

だが、いままでのどんな判定よりも圧倒的に長いタイムラグだった。施設に収監されてから過ごしてきたすべての時間を凝縮した十八秒だった。無意味な実験も、失敗も、ほかの囚人たちの書き込みも、すべてはこの十八秒のためにあった。

飛井は膝から崩れるように床の上にへたり込んだ。絙田もふらついて、《解答欄》の壁に背を預ける。

「ヒントがもらえたぞ」カラカラに渇いた喉から、声を絞り出した。「一文字目は〈お〉だ」

DAY 151

おどる、おちる、おどける、おく、おもう、おもさ、おんど、おじ、おば、おぼろ、おもしろ、おそう、おぼこ、おまえ、おさない、おそらく、おそれる、おす、おと、おとうと、おまる、おうらい、おうしゅう、おぐら、おたる、おそい、おいる、おれ、おぼれる、おこじょ、おろす、おる、おりがみ、おくじょう、おくない、おなら、おっぱい、おすし——

絁田の〈棺〉の内側は真っ黒に染まっていた。書き込みのすべてが、思いつくまま書き連ねた〈お〉から始まる単語だった。

日付は〈2／28〉。時刻はもうすぐ零時。430号室で過ごすのは今夜が最後である。

飛井は半裸でストレッチをしており、絁田は《メモ欄》に書き上げた官能短編をもう一度読み返していた。次の部屋ではもっとアブノーマル要素を取り入れてみようか。

ヒントを得てから十六日。パスワードあてに関して、絁田と飛井はすでに議論を尽くしていた。隣室に話を漏らすことはせず、二人だけでことを進めていた。いくつもの考察、仮定、推理、反論が飛び交い、口喧嘩の域に達することもしばしばあったが、いまはそれもなりをひそめている。饒舌の周期は過ぎ、二人は半日近く言葉を交わしていなかった。

『自走寝台を、あけて、中に、入ってください。消灯時間を、過ぎると、自動で、ふたが、ロックされます』

アナウンスが始まる。零時を過ぎ、日付は三月に変わっている。

絁田は寝具や私物をまとめ、〈棺〉の中に寝る。飛井はまだ支度をせず、オーケストラの指揮でもするように、何やら空中で手を動かしている。

「……じゃ、おやすみ」

「おう」

少し不安に思いながら、絁田はふたを閉じた。数分後にロックの音が鳴った。体はとっくに施設の生活リズムを備えている。狭い暗闇の中、すぐに眠気が襲ってきた。

どこからか、ピンポン、という音が聞こえた気がした。

DAY 152

視覚を失った者は聴覚や嗅覚が鋭くなるというが、緒田も退屈な景色ばかり見続けたせいで、ほかの感覚が発達したのかもしれない。

覚醒したとたん、においと音に違和感を覚えた。

嗅ぎなれない整髪料のにおいを感じた。半年間そばで聞き続けた、寝息や、いびきや、わずかな衣擦れの音が聞こえなかった。

緒田はゆっくりと体を起こし、〈棺〉から出た。部屋番号は〈007〉。キーワードは〈国家〉。

同居人がいるはずの場所には、統括管理責任者が立っていた。

「……飛井は?」

「彼はパスワードをあてた」

その言葉は、緒田の脳に、時間をかけて染み込んだ。

「昨夜、消灯時間を過ぎ自走寝台のふたがロックされても、彼は寝台に入らなかった。職員が注意に向かうと、彼は《解答欄》に向かい、暗闇の中で今日の分の解答を記した。そして正解した。服の袖を破り、数センチごとに切れ目をつけ、それを壁にあて、字の配置の目安としたようだ」

　スーツについた糸くずを取りながら、統括管理責任者は話す。

「若干の審議を要した。そもそも寝台に入らなかった時点で、彼は規則違反を犯している。加えて日付は今月に変わっていたため、システム上、彼の部屋はここに移動している。本来彼が解答を書くべきはこの００７号室の壁というわけだ。しかしこれらは、消灯後に解答する者を想定していなかった我々の落ち度ともいえる。００７号室に移動後、もう一度書き直させる案も出たが、そうなると正解者一名に対して、塗りつぶしが二つ生じてしまうことになる。これは受刑者たちの推理のノイズになり、フェアではない」

　絹の手袋に包まれた指先が、糸くずを飛ばす。

「結局、４３０号室の解答を公式扱いにした。なぜこのタイミングで書いたのかと聞くと、彼はこう答えた。『緒田にパスワードを見せたくなかった』」

　緒田というのは君のことだね。手元のファイルをめくりながら統括管理責任者が言う。緒田はしばらく呆然とし、何も答えられなかった。

「考えましたね」ようやく発した言葉は、どこか客観的だった。「〈棺〉がロックされてから解答を書けば、ぼくに盗み見られる心配は絶対にない」

「正式名称は自走寝台なので、そう呼んでほしいな」

「ぼくは出し抜かれたんですか」

「君は出し抜かれたようだ。では、また」

「あ、待ってください」

「何かな」

「ぼくのペン、インクが切れてまして」

「それはよくないね。職員に補充させよう」

統括管理責任者はいつもと同じように笑い、部屋を去っていく。

縋田は自分が夢を見ていないかたしかめようとするみたいに、何度も手で顔を拭った。ふと尿意を思い出し、トイレに入った。朝食の配給を受けたが、パンにも牛乳にも手をつけなかった。日課のストレッチをし、部屋の中をぶらぶらと歩き、そのあとはベッドに座って、インクを補充したばかりのペンを回しながら、《メモ欄》の余白を見つめ続けた。

そして、渾身の官能小説を練り始めた。

DAY 170

統括管理責任者の執務室からは、窓のない更生施設とそれを囲む森が見える。真っ白な箱とは対照的に、カエデやマンサクが多く茂るその森は、四季によって表情を変える。

いま、外では新緑が芽吹き始めていた。

朝七時、統括管理責任者は執務室にやってきて、タイムカードを押し、デスクに着く。バリスタマシンでコーヒーを淹れ終えたころ、監視技術部の部長が現れて、紙を挟んだバインダーを渡される。優良解答が五十個ほど載った、選考会議に用いるリストである。〈Proof〉という名の判定システムが語彙分布・文法的正確さ・前例の検索結果などから自動で選出し、そこに各フロアの責任者が吟味を加えたもので、毎日作成されている。

同時に、夜間の報告を受ける。

「昨夜は正解者ゼロ。死者ゼロ。ほか異状なし」

「どうも」

もう何年も、同じルーティンを続けている。

DAY 260

梅雨の雨がやんだばかりで、葉はほのかに湿り、森全体が輝いている。

監視技術部長がやってきて、リストを渡される。

「昨夜は正解者ゼロ。死者ゼロ。ほか異状なし。M450用に見本紙が届いています」

「では、渡しにいきましょう」

統括管理責任者は席を立つ。

DAY 301

空の青は濃く、日がさんさんと降り注ぎ、森では蟬《せみ》が鳴いている。

監視技術部長がやってきて、リストを渡される。

「昨夜は正解者ゼロ。死者一名。G889、自殺です。ほか異状なし」

「では、遺体の回収にいきましょう」

統括管理責任者は席を立つ。

DAY 367

木々は燃え盛るような赤と黄の衣をまとい、一年で最も美しい状態にある。

監視技術部長がやってきて、リストを渡される。

「昨夜は正解者ゼロ。死者二名。D084は自殺。K972は、同室のJ331に殺害されました。ほか異状なし」

「Ｊ３３１は前も殺していたな。少し乱暴ですね、罰則を与えるように」

「了解です」

「遺体の回収にいきましょう」

ＤＡＹ　４２４

裸の枝が山の向こうまで連なり、寒風に耐えながら揺れている。

監視技術部長がやってきて、リストを渡される。

「昨夜は正解者ゼロ。死者ゼロ。Ｌ１６２用に見本紙が届いています」

「Ｌ１６２……ああ、あの官能作家。最近はおとなしいですか」

「各部屋のメモ欄に小説を書きつけています。かなりスペースをとっていますが」

「まあ許容しましょう、囚人たちにも娯楽は必要だ。見本紙を渡しにいきましょう」

統括管理責任者は席を立つ。

ＤＡＹ　４５０

「本日の候補です。昨夜は正解者ゼロ。死者ゼロ。ほか異状なし」

「どうも」

DAY　492

「本日の候補です。昨夜は正解者ゼロ。死者ゼロ。ほか異状なし」

「どうも」

DAY　527

冬が過ぎ、木々はつぼみを膨らませ、新たな新緑の季節がやってこようとしていた。

統括管理責任者はいつもどおり、七時に執務室のドアを開けた。日めくりカレンダーをちぎり、今日の日付――三月十日に合わせていると、監視技術部長が駆け込んできた。彼は汗だくで、いまにも卒倒しそうだった。

「あ、あ、あの」

「今日のリストは？」

「あ」部長は初めて気づいたように、何も持っていない自分の手を見た。「いえ、あの、その」

「まあまあ、落ち着いて。いつもどおり報告してください」

「せ、せ、正解者が、出ました」

「人数は?」

「六百八十名です」

＊

ジャンパーというのはこんなに重いものだったのかと、緖田はそこに驚いている。

窓から森を眺めようとするが、日光が眩しすぎて結局顔を伏せてしまう。花瓶もデスクもファイル棚も緖田にとっては色彩の楽園であり、目がチカチカした。靴を履くのも久しぶりで、立っているだけなのにバランスがうまくとれなかった。

奥のドアから統括管理責任者が現れて、アームレストつきの椅子に座る。両手に持った紙コップからは芳醇《ほうじゅん》な香りがした。

「インスタントコーヒーだけど、よければ」

「いただきます」

淹れたての熱が手のひらに伝わり、じんわりと全身に広がった。あたたかい飲みものに触れるのも、ずいぶん久しぶりのことだ。

「急な呼び出しを許してくれ。何人かに聞いたら、官能作家のアイデアだと言われたのでね。大変なことをしでかしてくれたな」

「あのう……何人正解しましたか」

六百八十人だ、と返される。これには縋田も目を見張った。

「それは大成功だ。三百人いけばいいほうだと思っていたので」

「よければ、どうやったのか聞かせてくれないか」

「暗号を回しただけですよ。〈1185　三の前半　三月十日六時〉。始めたのは十二ヵ月前です。部屋の移動と《通話》を介して、ほぼ全員に伝わりました。それで今日、計画に賛同してくれた人たちみんなで、一斉に正解を書いたんです」

まあ半信半疑、冗談半分で書いた者がほとんどだったとは思うが。

「一年前から今日のために準備をしていたと？」

「ひとりずつ出る方法だと、正解が出回ってることがばれて、何か対策されると思ったので。それに一気に大量の正解者が出れば、施設をつぶせるかもしれないでしょ」

「自分だけ助かろうとは思わなかったのか」

「あなたがゲームだとおっしゃったので、理想の勝ち方を考えたんですよ」

統括管理責任者は吐息を吹きかけてからコーヒーをすすった。縋田も真似した。苦味の深さにまた驚く。

「つまり君は、一年前の時点でパスワードをあてていたわけだな」

「いろいろためして、一文字目は〈お〉かもしれないとわかりました。そこからは一週間程度で済みました。飛井と〈お〉から始まる単語を片っ端から書き出していったら、ある単語でピンときたんです。ひらがなを多く含む文。以前の正解者は中学生。そして、手引書のヒント」

東土政府に恒久的な利益をもたらす十一文字の日本語。

「最初から、あの意味をもっと考えるべきでした。恒久的な利益といっても、永遠に続く帝国なんてあるわけがない。もしすべての政府に不変の教訓があるとすれば、それはひとつだけです」

緦田はペンを拝借し、デスクの上に十一文字を書いた。

おごれる人も久しからず

「平家物語、三文目、前半。なるほど、1185は壇ノ浦《だんのうら》の合戦の年号か」

「誰もが知っている十一文字です。初代の正解者は、きっと捕まる直前に授業でこの文を習ったんでしょう。よくこんな皮肉が通りましたね」

「上の連中はこんな施設に興味なんてないのさ」ギシ、と椅子の背もたれが鳴る。「だが、〈おごれる人〉が正解だという確証はなかったはず」

「だから、飛井にたしかめてもらいました」

「あれもやはり君の指示か」

「パスワードが変更されないためには、ぼくが飛井の書いた解答を知っていると絶対に疑われない状況が必要でした。いろいろ考えたんですけど、あの方法がよさそうかなと」

「あの朝、私が彼の出所を伝えた瞬間、君の勝ちが決まったわけだな」

「まあ、ぼくはその気になればいつでも出られるので。あとは消化試合でしたね」

統括管理責任者は微笑を崩さない。心の底から会話を楽しんでいるように、緒田には思えた。

「もうひとつだけ教えてくれ。君の計画において、抜け駆けする者がひとりも出なかったことがどうしても納得いかない。一刻も早くここから出たい者がほとんどだったはず。なぜみんな君にしたがったのだろう」

「ぼくはこの一年半で、かなり人望を得たので」

「どうやって?」

「壁に書いた官能小説ですよ。《通話》を介して感想が広まって、みんなファンになってくれました」

統括管理責任者は紙コップに口をつけたまま固まり、緒田をまじまじと見つめた。コップが離されたとき、微笑は満面の笑みに変わっていた。

「西側の指導者が変わり、静観状態から舵を切った。東土はいずれ負ける。戦火は本土まで届くぞ。失態を犯した以上この施設は閉鎖されるだろうが、檻の外も地獄かもしれない」

「ある古本屋が、ここはメールシュトレームだと言っていました。ここっていうのが檻のことか国のことかはわからないけど、彼はたぶん、思考をやめない者だけが生き残る、と言いたかったんだと思います」

「ここから出たら何をするつもりかな」

「眼鏡をかけた坊主頭の男が金髪の美女とセックスする話を書きます」

「毒にも薬にもならなそうだな」

「毒にだって薬にだってなりますよ。ならない話なんてないんです」

「門の外で、ちょうどそんな容姿の男が待っていた。取材をするといい。娘さんを連れているので、表現には気をつけるように」

正解おめでとう。それだけ言うと、統括管理責任者は何ごともなかったように書類仕事を始めた。緒田はコーヒーを飲みほそうと紙コップを傾けたが、途中でやめ、デスクの隅に置き直した。飲もうと思えばいつだって、どこでだって飲めるのだ。

緒田は外へと歩きだした。

著者による各話解説

「加速してゆく」

あなたがわたしの名前を検索バーに打ち込んだら、いくつかの紹介文で「平成のエラリー・クイーン」という大仰なあだ名を目にし、鼻白むことになるだろう。

これはデビュー当時平成生まれのミステリ作家がまだ少なく、かつわたしがエラリー・クイーン好きだったことにちなみ、編集者さんがつけたキャッチコピーである。光栄ではあるものの、メガネの級友に「ノーベル賞」とあだ名をつけるようなもので、呼ばれる側はあまり面白くない。だが幸いなことに、この名前の賞味期限は長く続かなかった。天皇退位に伴い、元号が変わることになったからである。新元号は「令和」。改元は二〇一九年、五月一日に行われた。

ときを同じくし、南雲堂から『平成ストライク』というアンソロジーが刊行された（現在は角川文庫）。九人の作家が平成に起きた事件や出来事を題材に短編を書き、時代の総括をしよという企画である。発起人は遊井かなめさん。「加速してゆく」はその一編目に収録された。依頼を受けたころ、ニュースやSNSは改元の話題で連日盛り上がりを見せていた。名前を変えることで時代をリセットし、平成に起きた不都合な事柄の数々を忘れ去ろうとするような、なんともいえない空気を感じていた。そこで忘却をテーマに何か書こうと思った。福知山線脱線事故を選んだ理由は、震災やオウムだとほかの作家さんとかぶるかも、という遠慮があったせいもあるが、一番は自分自身がこの事故のことを忘れかけていたからである。当時自分は中学生。関東民だったので、事故はテレビの向こうの出来事だった。

事故現場は現在、マンションの四階までを保存した上で「祈りの杜」という慰霊施設になっている。一般公開されたのは、短編に着手する三ヵ月前。実際に足を運び、犠牲者の方たちに手を合わせ、併設された資料室にこもって当時の新聞記事などをメモにとった。お話はもちろんフィクションだが、事故に関する情報や現場の模様はすべて事実にもとづいている。尼崎駅ホームの乗務員乗継詰所、植戸が上った外階段のある工場なども実在する。

作中ではひとつ、ある人物の抱えた事情に関してあえて明言を避けた部分がある。ピンとこなかった方はキーワードで検索するか、『平成ストライク』の解説を読んでいただきたい。

二〇一九年四月三十日、平成が終わる日、わたしは知人数名と岡崎琢磨《おかざきたくま》さんの家を訪れていた。お酒を持ち寄り、それを飲みながら儀式の中継などを見て過ごした。昼から飲み始めたため夜にはベロベロになってしまい、わたしは午後十時ごろ離脱。横浜までは戻れたものの、電車を降りたところで吐き気に襲われた。午前零時、時代が平成から令和に変わる記念すべき瞬間、平成のクイーンと呼ばれた男はＪＲ横浜駅南改札男子トイレ内の個室で便座に顔を埋め、ゲロを吐いていた。わたしと平成にふさわしい終わり方だったと思う。

「嶫ヶ森《つぐみがもり》の硝子《ガラス》屋敷」

わたしのデビュー作は『体育館の殺人』という冗談みたいなタイトルの小説で、続編に『水族館の殺人』『図書館の殺人』などがある。いうまでもなく〈館〉シリーズの威を借るネーミングであり、デビューから数年間は綾辻行人《あやつじゆきと》先生に怒られるのではと戦々恐々であった。

そんな折、講談社の担当さんから電話があり、『十角館の殺人』三十周年を記念して館もの縛りのアンソロジーを編むつもりだ、君はあんなタイトルのシリーズを書いてるくらいだからきっと原稿をくれるだろう、な？　と穏やかな脅迫を受けた。もちろんです、と震え声でわたしは返した。かくして『謎の館へようこそ　白　新本格30周年記念アンソロジー』が刊行され、この読みづらいタイトルの短編が収録されることとなった。アンソロジーは二部構成で、もう一冊『謎の館へようこそ　黒』がある。

綾辻先生公認（？）ならば、ということで、お話には自分なりの新本格らしさを詰め込んだ。「鹿爪らしい」という単語も地の文に出した。トリックはもともと長編用にとっておいたものだが、いい機会なので使ってしまった。

作中には墨壺深紅という建築家と、薄気味良悪という探偵が登場する。当初は薄気味を主人公に、残り五つの屋敷をめぐるお話をシリーズ化しようと思っていた。いまだ着手できていませんが、いつか続きを書きたいです。

このお話と、現代を舞台にしたほかの自作とは世界がつながっている。『ノッキンオン・ロックドドア』という本には、琵琶とは別の神保《じんぼう》という仲介屋が登場する。後述の「恋澤姉妹」とも世界は共通している。

「前髪は空を向いている」

この短編は、星海社刊『私がモテないのはどう考えてもお前らが悪い！　小説アンソロジー』に収録された。同名の漫画作品『私がモテないのはどう考えてもお前らが悪い！』（以下『わたモテ』）の公式二次創作である。今回、スクウェア・エニックスなど各所に許可を得たうえでの掲載となる。連載中の漫画作品の二次創作が創元推理文庫に収録されるのは、たぶん史上初ではないか。

原作未読の方は雰囲気だけ楽しんでいただければ充分なのだが、より詳しく知りたいという方のために、『わたモテ』について簡単に説明しておく。作者は谷川《たにがわ》ニコ氏。二〇二二年十一月現在、漫画アプリ「ガンガンオンライン」にて連載中で、コミックスは二十二巻まで刊行中。

二〇一三年にはアニメ化もされている。

主人公は黒木智子《くろきともこ》という、ちょっとオタク趣味のある少女。薔薇色の高校生活を夢見ていた彼女が、入学後ぜんぜん友達ができず、いわゆる〝ぼっち〟化してしまうところから物語は始まる。ストーリー序盤では、モテようとして空回りする智子の失態、リア充に対するしょうもない僻《ひが》みといった、学園生活の日陰者あるあるが日常ギャグとして描かれる。

だが高校二年の秋、修学旅行で智子が余りもの班に押し込まれたことを機に、物語は様相を変える。同じ班になった不良っぽい少女、仲のいいグループから弾かれてしまった少女などと交流が生まれ、旅行後もぽつぽつと話す関係に。スクールカースト上位の生徒たちも黒木智子という一風変わった存在を気にし始める。以後、バレンタインデー、クラス替え、遠足とイベントが重なるごとに、いくつかの誤解とアクシデントを挟みながら、智子の意志とは無関係に人間関係が波及していく。

現在、連載内において智子は高校三年生。『わたモテ』は日常ギャグの軸を保ちつつ、総勢二十名を越える少女たちが入り乱れる一大青春群像劇と化している。

内気な少年少女と友人作りを描いた漫画は『古見さんは、コミュ症です』『ぼっち・ざ・ろっく！』『事情を知らない転校生がグイグイくる。』『オナニーマスター黒沢』など多くあるが、『わたモテ』の特筆すべき点は、黒木智子のぼっち状態が第一話から七十話近く、コミックスにして七冊分続いたことだろう。智子はしばしば人づきあいに悩み、自らの価値観と向き合うが、遠大なぼっち期間をふまえたうえで展開する思考にはリアリティがあふれている。欠点を備えた等身大のキャラクターたちも魅力のひとつ（主人公の智子からしていいところばかりの人間ではまったくない）。ほか、人間関係の軋轢《あつれき》の妙、些細《ささい》な台詞や描写からにじみ出るキャラクターの内心、そんな繊細さとスラップスティックとの往復ビンタが、読者を惹きつける理由だろう。

　えらそうに書いているが、わたしは『わたモテ』読者としては一時離脱組であった。連載初期は読んでいたが、智子の鬱屈した日常がどうにもむずがゆく（まるで鏡で自分を見ているかのようなのである）、三巻あたりで一度やめていた。

　そんなある日、ツイッターを開くと、円居《まどい》挽《ばん》さんが狂ったように『わたモテ』の話をしている。何ごとだろうか。わたしは数年ぶりにコミックスを買い、本編に追いついた。そして狂ったように『わたモテ』の話をすることになった。熱波は口コミで伝染し、ファンを標榜する作家が増え、とうとう星海社の丸茂さんから小説アンソロジーの誘いが来るに至った。原作の谷川先生も小説で参加するという常軌を逸した企画であった。

「前髪は空を向いている」は、そんな『わたモテ』のサブキャラクター・岡田茜が主人公。コミックス十五巻、一四八話〜一四九話の間に起きた出来事で、一四九話から始まる球技大会編の前日譚、という設定のお話だ。

　岡田茜、通称あーちゃんは『わたモテ』内ではかなり普通の少女。さっぱりした性格で友人が多く、根元陽菜というメインキャラクターの親友として連載初期から登場している。根元陽菜は声優志望の少女。アニメ好きであることを周囲に隠しており、同じ趣味を持つ智子に興味いはず。

をひかれている、という背景がある。後半に登場する吉田茉咲は少しやさぐれたところのある生徒。教室では一匹狼だったが、修学旅行をきっかけに智子たちと接点を持ち、昼休みなどは一緒に過ごしている。とりあえずこの三人だけおさえておけば、「前髪〜」を読むのに支障ないはず。

智子たちの高校は海浜幕張にあり、原作にも街の様々な場所が登場する。小説もそれに合わせ、生徒たちの下校ルート、モール内の店舗配置、カフェの内装など可能な限り現実に近づけた。ほか、登場するキャラクターや言及される出来事は、すべて原作にもとづいている。岡田茜の中学時代のヘアスタイルについては、『月刊ガンガンJOKER』二〇一九年七月号掲載の特別編で描かれた一コマを典拠としている。

ちなみに小説アンソロジーは二巻目も刊行されており、そちらはミステリ縛り。円居挽さんの短編「モテないし一人になる」はトリック的にも大傑作なので、一読の価値ありです（ただし理解するためには原作を二十巻まで読み、かつほかの谷川ニコ作品にも目を通しておく必要があります）。

星海社ではもう一冊、『FGOミステリー小説アンソロジー カルデアの事件簿 file.01』に自作短編が載っている。こちらは人気スマホゲーム『Fate/Grand Order』の公式トリビュート。わたしはゲームをやっていないにもかかわらず依頼を受けてしまい、半年かけてプレイしてから短編を書いた。今回そちらも収録されれば面白かったのだが、権利関係が複雑で掲載許可が下りなかった。

「your name」

『超短編！　大どんでん返し』（小学館文庫）に収録。もとは小説誌『STORY BOX』上の企画であり、二千字以内でどんでん返しもののショートショートを、という依頼だった。自分はどんでん返しが得意でないので、どうしようかと悩みながら書いた。で、ちょっとした叙述トリックを明かしたあと、その情報を元にロジックが展開される、というつくりにしてみた。本当は「君の名は。」というタイトルにしたかったのだが、問題が生じるかもしれないのでこの英題にした。

「現れた男は、見事な禿頭だった」というこれ見よがしな一文から始まるが、これはただの探偵役の特徴であり、トリックとはなんの関係もない。水雲雲水は薄気味良悪と同じく上位ランクの探偵で、九州を中心に活動している。実は助手もいる。いつかほかのお話にも出したいと思っているが、いつになるかはわからない。

「飽くまで」

こちらは講談社が二〇二一年にスタートした会員制オンライン読書クラブ「メフィストリーダーズクラブ」に掲載。「黒猫を飼い始めた」という一文から始める縛りの、一風変わったショートショート企画である。二行目で飼うのやめちゃってたら面白いかな、と意地悪なことを考え、そこから続きをつくった。

この男ほどではないにしろ、わたしも飽き性である。サークルの先輩から、誕生日プレゼントに楽器のボンゴをもらったことがある。動画などを見て叩き方の練習をしていたが、あるとき日当たりのよい出窓に置いたきり、すっかり存在を忘れてしまった。三ヵ月後にボンゴを見てみると、太鼓の皮は日光によって劣化し、バリバリに破れていた。もっともこれは飽き性というより記憶力の問題かもしれない。

「クレープまでは終わらせない」

ちょっと一度この本を閉じて、表紙カバーを見てください。とっても素敵なイラストが描いてありますね。作者は田《た》中《なか》寛崇《ひろたか》さん。小説の装画を始め、教科書のイラスト、ＣＤジャケット、カルピスのパッケージなど幅広く活躍されているイラストレーターさんです。

田中さんにはデビュー時から自作シリーズのイラストを描いてもらっていて、長らくお世話になっている。その縁で、東京創元社から田中さんの画集が刊行されることになった際、青崎が短い話を書き、田中さんがそれに描き下ろしイラストをつける、というコラボ企画が持ち上がった。

さてどんなお話にするか。打ち合わせは新宿にある珈琲西武の貸会議室で行われた。打ち合わせのためにわざわざ借りたわけではなく、田中さんが友人たちとマジック：ザ・ギャザリング（カードゲーム）で遊ぶ会をしており、そこにわたしがお邪魔したのだった。マナコスト、マリガン、サクリ台といったギャザ用語が飛び交う横で我々は真剣に話し合った。

田中さんの作風に合わせて女子高生を主人公にしたもの、という方針だけは決まっていたが、それ以外は未定である。事前に考えてきたアイデアを三つほど話したが、どれも感触がよくない。停滞の気配があった。あせったわたしは、来る途中に電車の中で思いついた案を駄目元で口にした。「巨大ロボの清掃バイトをする女の子の話はどうでしょう」「巨大ロボですって？」すぐに決まった。そういえば田中さんは大のガンダム好きであった。

ロボットのデザインや清掃用具については、先に田中さんにイメージボードを描いてもらい、それをお話に落とし込んだ。網膜に映すＡＲ端末も田中さんの発案。まさに合作である。画集『ENCOUNTER』ではその設定画と、三枚の見開きイラストを見ることができる。

タイトルは最初「クレープまでは終わらない」だったが、原稿を送る直前に思い直し、「せ」を足した。

「恋澤姉妹」

この短編は実業之日本社刊『彼女。百合小説アンソロジー』に収録された。

百合とは何か。ロックや本格ミステリと同じくらい定義が難しい言葉であり、一概にはいえないのだが、狭義では女性同士の恋愛を扱った物語、つまりガールズラブのことを指し、広義では友情、憧れ、嫉妬、憎悪、シスターフッドなどもひっくるめた女性同士の関係性全般を指す、と理解していただければ、まあ問題ないと思う。

発起人は実業之日本社の若手編集者、加藤さん。何年も前から「百合アンソロジーを作りたい」という話をされていて、陰ながら応援していたら、実現させてしまったので驚いた。そしてわたしもメンバーに入れられていた。

「百合」を冠したアンソロジーが商業文芸から出るのは、ハヤカワ文庫JA『アステリズムに花束を　百合SFアンソロジー』に続き、おそらく二例目。安易なラベリングはときに作品の枝葉を削ぎ、間口を狭めるかもしれない。しかし、エラリー・クイーンが文豪たちの非ミステリ作を『犯罪文学傑作選』としてまとめ直したように、百合というフィルターを介すことで初めて見えてくるものもある。「恋澤姉妹」はそんなラベリングの物語であり、自省の物語である。百合作品に限らず、わたしも漫画やアニメのキャラクター同士の関係性を語るのが大好きだ。

『彼女。』は刊行時期が近すぎるため、この本に「恋澤姉妹」は収録しない方針だった。が、FGO短編の掲載許可が出ず、ページに空きが生じたため、加藤さんに無理を言って収録させていただいた。本当にありがとうございます。『彼女。』は小さな恋から殺意・情念までバラエティ豊かな作品がそろい、装丁や扉絵まで凝りに凝った良質アンソロジーです。本棚に並べて損はないはず。未入手の方は、ぜひ買ってください。

「11文字の檻」

書き下ろし短編。スペイン映画『プラットフォーム』、法月綸太郎《のりづきりんたろう》「しらみつぶしの時計」、小《お》川《がわ》一水《いっすい》「ギャルナフカの迷宮」、ドラマ『世にも奇妙な物語』の一作「壁の小説」などに影響を受けています。

散らかった屋根裏部屋を前にし、途方に暮れたあとは、いっそのこともっと散らかしてやろう、と自棄《やけ》になったりするものである。わたしはハッチを閉め、鍵をかけ、しばらくははしごを上らないことにする。

初出一覧

加速してゆく……『平成ストライク』南雲堂（二〇一九年四月）
噤ケ森《つぐみがもり》の硝子《ガラス》屋敷……『謎の館へようこそ　白　新本格30周年記念アンソロジー』講談社タイガ（二〇一七年九月）
前髪は空を向いている……『私がモテないのはどう考えてもお前らが悪い！　小説アンソロジー』星海社FICTIONS（二〇一九年十一月）
your name……「STORY BOX」小学館（二〇一九年九月号）
飽くまで……「メフィストリーダーズクラブ」講談社（二〇二一年五月十六日公開）
クレープまでは終わらせない……『田中寛崇作品集　ENCOUNTER』東京創元社（二〇一八年九月）
恋澤姉妹……『彼女。　百合小説アンソロジー』実業之日本社（二〇二二年三月）
11文字の檻……書き下ろし

検印
廃止

著者紹介　1991年神奈川県生まれ。2012年、明治大学在学中に『体育館の殺人』で、第22回鮎川哲也賞を受賞してデビュー。著作は他に、『水族館の殺人』『風ヶ丘五十円玉祭りの謎』などがある。

11 文字の檻
青崎有吾短編集成

2022年12月9日　初版
2024年12月6日　8版

著　者　青《あお》　崎《さき》　有《ゆう》　吾《ご》

発行所　(株)　東京創元社
代表者　渋谷健太郎

162-0814/東京都新宿区新小川町1-5
電　話　03・3268・8231-営業部
　　　　03・3268・8204-編集部
URL　http://www.tsogen.co.jp
DTP　精　興　社
暁　印　刷・本　間　製　本

乱丁・落丁本は、ご面倒ですが小社までご送付ください。送料小社負担にてお取替えいたします。

ISBN978-4-488-44315-3　C0193

シリーズ第三長編

THE RED LETTER MYSTERY◆Aosaki Yugo

図書館の殺人

青崎有吾

創元推理文庫

◆

期末試験の勉強のために風ヶ丘図書館に向かった柚乃。
しかし、重大事件が発生したせいで
図書館は閉鎖されていた！
ところで、なぜ裏染さんは警察と一緒にいるの？
試験中にこんなことをしていて大丈夫なの？

被害者は昨晩の閉館後に勝手に侵入し、
何者かに山田風太郎『人間臨終図巻』で
撲殺されたらしい。
さらに奇妙なダイイングメッセージが残っていた……。

“若き平成のエラリー・クイーン”が
体育館、水族館に続いて長編に
選んだ舞台は図書館、そしてダイイングメッセージもの！

第26回鮎川哲也賞受賞作

The Jellyfish never freezes◆Yuto Ichikawa

ジェリーフィッシュは凍らない

市川憂人

創元推理文庫

◆

●綾辻行人氏推薦——「『そして誰もいなくなった』への挑戦であると同時に『十角館の殺人』への挑戦でもあるという。読んでみて、この手があったか、と唸った。目が離せない才能だと思う」

特殊技術で開発され、航空機の歴史を変えた小型飛行船〈ジェリーフィッシュ〉。その発明者である、ファイファー教授たち技術開発メンバー六人は、新型ジェリーフィッシュの長距離航行性能の最終確認試験に臨んでいた。ところがその最中に、メンバーの一人が変死。さらに、試験機が雪山に不時着してしまう。脱出不可能という状況下、次々と犠牲者が……。

第28回鮎川哲也賞受賞作

The Detective is not in the Classroom◆ Kouhei Kawasumi

探偵は教室にいない

川澄浩平

創元推理文庫

◆

わたし、海砂《うみすな》真史《まふみ》には、ちょっと変わった幼馴染みがいる。幼稚園の頃から妙に大人びていて頭の切れる子供だった彼とは、別々の小学校にはいって以来、長いこと会っていなかった。

変わった子だと思っていたけど、中学生になってからは、どういう理由からか学校にもあまり行っていないらしい。

しかし、ある日わたしの許に届いた差出人不明のラブレターをめぐって、わたしと彼——鳥飼歩は、九年ぶりに再会を果たす。

日々のなかで出会うささやかな謎を通して、少年少女が新たな扉を開く瞬間を切り取った四つの物語。